Josephine Tey, Alibi für einen König

Josephine Tey

Alibi für einen König

Aus dem Englischen von
Maria Wolff

Rio Verlag
Zürich

Die Originalausgabe erschien 1951 in London
unter dem Titel *The Daughter of Time*
und 1959 erstmals auf deutsch
unter dem Titel *Richard der Verleumdete*

Die Deutsche Bibliothek - CIP-Einheitsaufnahme:
Tey, Josephine: Alibi für einen König /
Josephine Tey. Aus dem Engl. übers. von Maria Wolff.
- Zürich : Rio-Verl., 1995

Umschlagabbildung: Jeanne Peter
Druck und Bindung:
Offizin Andersen Nexö
ISBN 3-9520059-9-1

Die Wahrheit ist das Kind der Zeit

ALTES SPRICHWORT

I

GRANT LAG IN SEINEM HOHEN WEISSEN BETT UND starrte zur Decke. Angeekelt starrte er sie an. Er kannte jeden noch so kleinen Sprung auf der hübschen, sauberen Fläche auswendig. Er hatte diese Decke zur Landkarte gemacht und hatte Flüsse, Inseln und Kontinente darauf entdeckt. Er hatte ein Vexierbild aus ihr gemacht und Gesichter, Vögel und Fische darin gefunden. Er hatte sie nach mathematischen Gesichtspunkten aufgeteilt und sich bei der Beschäftigung mit Winkeln, Rechtecken und Dreiecken in seine Kindheit zurückversetzt gefühlt. Nun konnte er sie nur noch anstarren. Ihr Anblick war ihm verhaßt.

Er hatte die Zwergin gebeten, sein Bett ein wenig zu verrücken, damit er ein anderes Teil des Plafonds erforschen könne. Aber dies schien die Symmetrie des Raumes zu zerstören, und in Krankenhäusern kommt die Symmetrie kurz nach der Sauberkeit und ein gut Stück vor der Gottgefälligkeit. Alles, was der Symmetrie zuwiderlief, war eine Profanierung des Krankenhauses. Sie fragte ihn, weshalb er denn nicht lese. Weshalb er denn nicht einen dieser teuren nagelneuen Romane lese, die seine Freunde ihm ständig brächten?

»Es werden viel zuviel Menschen geboren und viel zuviel Wörter geschrieben. Jede Minute kommen Millionen und aber Millionen Wörter aus den Druckmaschinen. Ein grauenhafter Gedanke.«

»Ihre Verdauung ist wohl nicht in Ordnung«, sagte die Zwergin.

Die Zwergin war Schwester Ingham, für einen nüchternen Betrachter eine wohlproportionierte, niedliche

Person von etwa einem Meter fünfundfünfzig. Grant nannte sie die Zwergin, um sich dafür zu rächen, daß dieses Meißner Porzellanfigürchen ihn herumkommandierte; mit einer Hand hätte er das Ding hochheben können. Allerdings hätte er dazu auf beiden Beinen stehen müssen. Sie schrieb ihm nicht nur vor, was er zu tun und zu lassen habe, sondern ließ seinen ein Meter achtzig eine so unbeeindruckte Behandlung angedeihen, daß Grant sich gedemütigt fühlte. Größenordnungen schien es für die Zwergin nicht zu geben. Sie warf Matratzen mit der zerstreuten Anmut eines Fließbandarbeiters. Wenn sie dienstfrei hatte, wurde er von der Amazone versorgt, einer Göttin, deren Arme an die Äste einer Birke erinnerten. Die Amazone hieß Schwester Darroll, stammte aus Gloucestershire und wurde zur Zeit der Narzissenblüten immer heimwehkrank. (Die Zwergin stammte aus Lytham St. Anne's und gab sich nicht mit solchem Narzissen-Blödsinn ab.) Schwester Darroll hatte große, sanfte Hände und große, sanfte Kuhaugen mit einem stets teilnahmsvollen Blick, mußte aber bei der geringsten körperlichen Anstrengung wie eine Dampfwalze schnaufen. Im großen ganzen empfand Grant die Behandlung als schweres, lebloses Gewicht noch demütigender als eine Behandlung, bei der sein Gewicht überhaupt keine Rolle zu spielen schien.

Grant war bettlägerig und befand sich in der Obhut der Zwergin und der Amazone, weil er durch eine Falltür gestürzt war. Das war natürlich der Gipfel der Demütigung, neben dem das Geschnaufe der Amazone und das mühelose Herumbugsieren der Zwergin eine reine Lappalie blieben. Durch eine Falltür zu stürzen war die Höhe der Lächerlichkeit, es war ein Stummfilmgag, ebenso trivial wie grotesk. Als er da vom Erdboden verschwand, war Grant gerade Benny Skoll auf den Fersen gewesen, und die Tatsache, daß Ben an der nächsten Ecke dem

Sergeanten Williams in die Arme gelaufen war, bildete den einzigen geringen Trost dieses unerträglichen Vorfalls.

Benny war jetzt auf drei Jahre »versorgt«, was für die Mitwelt höchst erfreulich war. Aber Benny würde man gewiß einen Teil der Strafe wegen guter Führung erlassen. In Krankenhäusern gab es keine Strafverkürzung wegen guter Führung.

Grant wandte den Blick von der Decke und ließ ihn nun über den Bücherstapel auf dem Nachttisch gleiten. Da lag der fröhlich bunte, teure Haufen, auf den die Zwergin seine Aufmerksamkeit gelenkt hatte. Der obenauf liegende Band mit der hübschen Ansicht von Valetta in unwahrscheinlichem Rosa war Lavinia Fitchs alljährlicher Bericht von den Leiden einer untadeligen Heldin. Aus der Darstellung des großen Hafenbeckens auf dem Umschlag durfte man schließen, daß die diesmalige Valerie oder Angela oder Cecilie oder Denise die Gattin eines Marineoffiziers war. Er hatte das Buch nur aufgeschlagen, um Lavinias liebenswürdige Widmung auf dem Vorsatzpapier zu lesen.

»Der Schweiß und die Furche« von Silas Weekley war eine siebenhundert Seiten lange Heimat-Schwarte. Soweit aus dem ersten Absatz ersichtlich, hatte sich seit Silas letztem Buch nicht viel geändert: Mutter liegt mit ihrem elften oben in Wehen, Vater liegt nach seinem neunten im Parterre, ältester Sohn liegt im Streit mit Behörden, älteste Tochter liegt mit Liebhaber in der Scheuer, und alles andere liegt im argen. Vom Strohdach trieft der Regen, vom Misthaufen dampft der Kuhdung. Es lag nicht an Silas, daß dieser Dampf das einzige aufstrebende Element im Gesamtbild war. Wäre Silas eine Dampfsorte bekannt gewesen, die nach unten dampft, er hätte sie gewiß in seinem Roman verwendet.

Auf die harten Schatten und Lichter von Silas' Schutzumschlag folgte eine elegante Fin-de-Siècle-Schnörkelei mit albernen Barockeinflüssen, die »Glöckchen an ihren Fußspitzen« betitelt war und worin Rupert Rouge sich neckisch über das Laster ausließ. Auf den ersten drei Seiten brachte Rupert Rouge einen immer zum Lachen. Von Seite drei ab merkte man jedoch, daß Rupert von jenem überaus neckischen (aber natürlich nicht lasterhaften) Geschöpf George Bernard Shaw gelernt hatte, daß man auf die müheloseste Weise witzig erscheinen kann, wenn man sich der billigen und naheliegenden Methode des Paradoxons bedient. Und dann wußte man auch schon genau, welcher Witz im übernächsten Satz fällig war.

Das Ding mit dem roten Mündungsfeuer auf dem nachtgrünen Umschlag war Oscar Oakleys neuestes Produkt. Schwere Jungen, die in synthetischem Amerikanisch, ohne Witz und Würze, aus dem Mundwinkel kauderwelschen. Blondinen, chromblitzende Bars, halsbrecherische Verfolgungsjagden. Beachtenswerter Quatsch.

»Das Geheimnis des Büchsenöffners« von John James Mark hatte schon auf den ersten zwei Seiten drei kriminalistische Kardinalfehler aufzuweisen und verschaffte Grant wenigstens fünf fröhliche Minuten, in denen er in Gedanken einen Brief an den Autor aufsetzte.

An das schmale blaue Bändchen, das zu unterst lag, konnte er sich nicht recht erinnern. Es mußte sich um etwas Seriöses und Statistisches handeln. Tsetsefliegen oder Kalorien oder sexuelles Verhalten oder so was Ähnliches.

Aber sogar bei solchen Büchern wußte man schon, was einen auf der nächsten Seite erwartete. Fällt denn niemandem auf dieser Welt jemals auch nur hie und da eine neue Masche ein? War denn heute jeder an eine Formel gekettet? Die heutigen Autoren schrieben so schematisch, daß ihr Publikum es gar nicht mehr anders von ihnen erwartete. Man sprach von einem »neuen Silas Weekley« oder einer »neuen Lavinia Fitch« nicht anders als von einem »neuen Ziegelstein« oder einer »neuen Haarbürste«; nie war von einem »neuen Buch von« die Rede, wer immer es auch verfaßt haben mochte. Das Interesse galt nicht dem Buch, sondern nur noch der Neuerscheinung. Und man wußte von vornherein, wie das Buch sein würde.

Als Grant den Blick angewidert von diesem zusammengewürfelten Haufen abwandte, schien es ihm ein verlockender Gedanke, daß alle Druckpressen der Welt eine Generation lang stillstehen blieben. Eine literarische Stagnation müßte einsetzen. Irgendein Übermensch müßte einen Strahl erfinden, der alle Druckpressen gleichzeitig zum Stillstand brächte. Dann könnten einem die Leute nicht mehr ganze Haufen konzentrierten Blödsinns schicken, wenn man auf dem Rücken liegen mußte, und die Meißner Porzellankommandeusen könnten dann nicht verlangen, daß man das Zeug läse.

Er hörte die Tür aufgehen, rührte sich aber nicht. Er hatte buchstäblich und in übertragenem Sinn das Gesicht zur Wand gekehrt.

Er hörte jemanden auf sein Bett zukommen und schloß die Augen, um jedem Gespräch aus dem Weg zu gehen. Ihn verlangte in diesem Augenblick weder nach dem Mitgefühl Gloucestershires noch nach der Forschheit Lancashires. In der nun folgenden Stille stieg ihm ein zarter Wohlgeruch in die Nase, eine wehmütige Erinnerung an die Blumenfelder von Grasse. Er genoß diesen Duft und überlegte. Die Zwergin roch nach Lavendel und Talkumpuder, die Amazone nach Seife und Jodoform. Was aber hier so köstlich um seine Nasenlöcher wogte, war teures L'Enclos Numéro Cinq. Marta Hallard.

Er öffnete ein Auge und blinzelte sie an. Sie hatte sich über ihn gebeugt, um festzustellen, ob er schliefe, und stand nun unentschlossen – soweit man Unentschlossenheit und Marta überhaupt in einem Atem nennen durfte –

neben seinem Bett, den Blick nachdenklich auf den Stapel allzu jungfräulich aussehender Veröffentlichungen auf dem Nachttisch gerichtet. In dem einen Arm hielt sie zwei neue Bücher, in dem andern einen großen Strauß weißen Flieders. Er überlegte, ob sie wohl weißen Flieder gewählt hatte, weil er ihr das angemessene Blumenangebinde in der Wintersaison zu sein schien (er zierte ihre Garderobe im Theater von Dezember bis März), oder ob sie ihn gewählt hatte, weil er die Harmonie ihrer schwarz-weißen Eleganz nicht störte. Sie trug einen neuen Hut und die üblichen Perlen, jene Perlen, die er einst für sie hatte wiederfinden dürfen. Sie sah sehr hübsch aus, sehr pariserisch und wohltuend unkrankenhausartig.

»Habe ich dich geweckt, Alan?« fragte sie.

»Nein, ich habe nicht geschlafen.«

»Ich scheine hier die sprichwörtlichen Eulen zu tragen«, sagte sie und legte die beiden Bücher neben die verhaßten Artgenossen. »Hoffentlich interessieren sie dich mehr, als es, allem Anschein nach, die anderen getan haben. Hast du denn nicht wenigstens einen ganz kleinen Blick in unsere Lavinia geworfen?«

»Ich kann nichts lesen.«

»Hast du Schmerzen?«

»Ich leide Höllenqualen. Aber das hat nichts mit dem Bein und auch nichts mit dem Rücken zu tun.«

»Was ist es denn?«

»Meine Kusine Laura nennt es die Dornen der Langeweile.«

»Armer Alan! Welch treffende Bemerkung von deiner Laura!« Sie nahm einen Narzissenstrauß aus einer viel zu großen Vase, warf ihn mit überaus eleganter Geste ins Waschbecken und begann, den Flieder in dem leeren Gefäß zu arrangieren. »Man sollte meinen, Langeweile sei ein einziges gewaltiges Gähnen, aber das ist sie natürlich nicht. Sie piekt einen ununterbrochen.«

»Was heißt hier pieken? Mir kommt es eher vor, als ob man mich mit Brennesseln schlüge.«

»Beschäftige dich doch mit irgendwas!«

»Um aus diesen köstlichen Stunden das Beste herauszuholen.«

»Um deine Laune zu bessern, ganz zu schweigen von deiner Seele. Du könntest zum Beispiel philosophische Studien betreiben. Beschäftige dich doch mit Yoga oder so was Ähnlichem. Aber ein analytischer Verstand ist wohl nicht gerade sonderlich dazu geeignet, sich mit dem Abstrakten zu befassen.«

»Ich habe schon daran gedacht, noch einmal mit Algebra anzufangen. In der Schule hatte ich wohl nicht die richtige Einstellung dazu. Aber inzwischen habe ich so viel Geometrie auf dieser verdammten Zimmerdecke betrieben, daß ich die Mathematik ein wenig leid bin.«

»Puzzlespiele werden dir wenig helfen können, weil du ja liegen mußt. Wie wär's mit Kreuzworträtseln? Wenn du willst, besorge ich dir Hefte.«

»Gott schütze mich!«

»Du könntest natürlich selbst welche machen. Das soll viel lustiger sein, als sie zu lösen.«

»Vielleicht. Aber ein Lexikon wiegt mehrere Pfund, und ich hasse Nachschlagebücher.«

»Spielst du eigentlich Schach? Wie wär's mit Schachproblemen? Weiß ist am Zug, und Schach dem König oder so ähnlich.«

»Mein Interesse am Schachspiel ist rein ästhetischer Natur.«

»Ästhetisch?«

»Sind doch sehr dekorative Dinger, diese Türme und Bauern und was es sonst noch gibt. So elegant.«

»Ja, entzückend. Ich könnte dir ja ein Spiel bringen, daß du mit den Figuren spielen kannst. Na schön, dann kein Schach. Du könntest aber auch irgendwelche rein theoretischen Untersuchungen anstellen. Das ist auch eine Art von Mathematik. Ein ungelöstes Problem lösen.«

»Meinst du, ein Verbrechen? Ach, diese klassischen Lehrbeispiele kenne ich alle auswendig. Und da gibt's nichts Neues mehr zu entdecken, jedenfalls nicht von jemandem, der flach auf dem Rücken liegen muß.«

»Aber nein. Ich meine ja nicht aus den Akten von Scotland Yard. Ich habe was ganz anderes gemeint, etwas mehr – wie nennt man das nur? –, etwas Klassisches. Etwas, worüber sich die Welt schon seit Jahrhunderten den Kopf zerbricht.«

»Zum Beispiel?«

»Na, zum Beispiel die Kassettenbriefe.«

»Komm mir bloß nicht mit Maria Stuart!«

»Und weshalb nicht?« fragte Marta, die, wie alle Schauspielerinnen, von Maria Stuart nur eine verklärte Vorstellung besaß.

»Eine schlechte Frau könnte mich vielleicht interessieren, eine alberne unter keinen Umständen.«

»Albern?« sagte Marta in ihrem schönsten tragikumwitternden Elektraton.

»Höchst albern.«

»Aber, Alan, wie kannst du nur?«

»Hätte sie eine andere Art von Haube getragen, hätte sich kein Mensch um sie gekümmert. Diese Haube hat die Leute verführt.«

»Meinst du, sie hätte in einem Sonnenhütchen weniger leidenschaftlich geliebt?«

»Sie hat überhaupt niemals leidenschaftlich geliebt. Ganz gleich, was sie auf dem Kopfe hatte.«

Marta sah so empört aus, wie ein Leben auf der Bühne und eine Stunde sorgfältigen Make-ups es ihr gestatteten.

»Wie kommst du nur auf so etwas?«

»Maria Stuart war eins achtzig groß. Fast alle Frauen von dieser Größe sind frigide. Frag deinen Arzt.«

Und während er dies sagte, fiel ihm ein, daß ihm in all den Jahren, in denen er Marta hatte begleiten dürfen, wenn sie nicht um einen Begleiter umhin kam, noch nie der Gedanke gekommen war, ihre notorische Nüchternheit in bezug auf Männer sei vielleicht aus ihrer Körpergröße zu erklären. Marta jedoch hatte gar keine Vergleiche gezogen. Ihre Gedanken kreisten noch immer um ihre Lieblingskönigin.

»Zumindest war sie eine Märtyrerin. Das wirst du ja wohl zugeben.«

»Märtyrerin – wofür?«

»Für ihre Religion.«

»Ihr ganzes Märtyrertum war nichts als Rheumatismus. Sie heiratete Darnley ohne päpstlichen Dispens und Bothwell nach protestantischem Ritus.«

»Vielleicht willst du auch noch behaupten, daß sie keine Gefangene war!«

»Du begehst den Fehler, daß du sie dir in einem kleinen Zimmer hoch oben in einem Schloß vorstellst, mit vergitterten Fenstern und einem getreuen alten Höfling, der mit ihr betet. In Wirklichkeit verfügte sie über einen persönlichen Hofstaat von sechzig Personen. Als man ihn auf lumpige dreißig reduzierte, beschwerte sie sich bitterlich, und als man ihn auf zwei männliche Sekretäre, mehrere Frauen, einen Sticker und ein oder zwei Köche reduzierte, starb sie beinah vor Kummer. Und das alles mußte Elisabeth aus ihrer eigenen Tasche bezahlen. Zwanzig Jahre lang zahlte sie, und zwanzig Jahre lang bot Maria Stuart die schottische Krone in Europa feil, fest entschlossen, sie jedem zu verschachern, der eine Revolution vom Zaun brechen und sie wieder auf den Thron setzen würde, den sie verloren hatte. Oder auch auf den Thron, auf dem Elisabeth saß.«

Er merkte, daß Marta lächelte.

»Sind sie jetzt nicht mehr so schlimm?« fragte sie.

»Was soll nicht mehr so schlimm sein?«

»Die Dornenstiche der Langeweile.« Er lachte.

»Ja. Ich hatte sie eine geschlagene Minute lang vergessen. Wenigstens ein Pluspunkt, der auf das Konto von Maria Stuart geht.«

»Woher weißt du denn so viel über sie?«

»Ich habe in meinem letzten Schuljahr einen Aufsatz über sie geschrieben.«

»Und ich merke, daß du sie nicht mochtest.«

»Ich mochte nicht, was ich über sie herausfand.«

»Du hältst sie also für eine tragische Figur?«

»O doch, sogar sehr tragisch. Aber nicht in dem Sinn, in dem man sie gemeinhin für tragisch hält. Ihre Tragödie bestand darin, daß sie als eine Königin mit dem Horizont einer Mittelstandshausfrau geboren wurde. Wenn man eine Mrs. Tudor aus der Nachbarschaft ausstechen und erledigen will, so ist das harmlos und unterhaltsam. Es kann einen zwar in unverantwortbare Geldschwierigkeiten bringen, aber man bleibt der alleinige Leidtragende. Überträgt man das gleiche Benehmen auf ganze Königreiche, dann sind die Folgen katastrophal. Wer ein Land mit zehn Millionen Einwohnern verpfänden will, um eine königliche Rivalin zu erledigen, der endet eben als gescheiterte Existenz und verscherzt sich alle Sympathien.« Er dachte einen kurzen Augenblick nach. »Als Direktorin einer Mädchenschule wäre sie ein rauschender Erfolg gewesen.«

»Du Biest!«

»Ich habe das nicht abschätzig gemeint. Der Lehrkörper hätte sie gemocht, und alle kleinen Mädchen hätten sie angeschwärmt. Das hatte ich im Sinn, als ich sie tragisch nannte.«

»Na schön. Dann also keine Kassettenbriefe. Was gibt's sonst noch? Den Mann mit der eisernen Maske?«

»An den kann ich mich nicht erinnern. Aber ich könnte

mich auch nicht für jemanden interessieren, der sich hinter Blech versteckt. Ich könnte mich überhaupt für niemanden interessieren, dessen Gesicht ich nicht sehen kann.«

»Ach ja, ich vergaß deine Leidenschaft für Gesichter. Die Borgias hatten prachtvolle Köpfe. Ich könnte mir denken, daß sie dir ein paar kleine Rätsel aufzugeben hätten, wenn du dich mit ihnen beschäftigen würdest.«

Die Tür öffnete sich, und Mrs. Tinkers biederes Gesicht erschien, von einem noch biedereren und historischen Hut gekrönt, im Türspalt. Diesen Hut trug Mrs. Tinker, seit sie in Grants »Dienste« getreten war. Grant konnte sich gar keinen anderen Hut auf ihr vorstellen. Er wußte, daß sie noch einen besaß, denn sie erwähnte ihn ab und zu als »meinen Blauen«. Ihr Blauer war nicht nur ein Gelegenheitskauf, er wurde auch nur zu besonderen Gelegenheiten getragen und tauchte natürlich niemals in Tenby Court 19 auf. Er war der absolute Maßstab für alle gesellschaftlichen Ereignisse. (»Ist es hübsch gewesen, Tink?« – »Mein Blauer war mir zu schade dafür.«)

Sie hatte ihn zu Prinzessin Elisabeths Hochzeit und zu anderen königlichen Anlässen aufgesetzt, und für zwei erhebende Sekunden hatte man sie tatsächlich damit in einer Wochenschau gesehen, in der die Herzogin von Kent ein Band durchschnitt. Aber das wußte Grant nur von Erzählungen.

»Ich hab' draußen gehört, daß jemand drin ist«, sagte Mrs. Tinker, »und wollt' schon wieder gehen. Aber die Stimme ist mir bekannt vorgekommen, und da hab' ich mir gesagt, das ist ja man bloß Miss Hallard, da kannste ruhig 'reingehen.«

Mrs. Tinker war mit verschiedenen Papiertüten und einem kleinen Anemonenstrauß beladen. Sie begrüßte Marta unbefangen, denn sie war früher einmal Garderobiere gewesen, und ihre Verehrung für die Göttinnen des Theaters hielt sich daher in entsprechenden Grenzen.

Dann warf sie einen schiefen Blick auf das herrliche Fliederarrangement, das unter Martas Händen erstanden war. Dieser Blick entging Marta, das kleine Anemonensträußchen jedoch fiel ihr auf, und sie zeigte sich der Situation gewachsen, als hätte sie sie schon mehrmals geprobt.

»Da vergeude ich meinen Gauklerlohn für weißen Flieder, und schon kommt Mrs. Tinker und übertrumpft mich, indem sie dir die Lilien des Feldes bringt.«

»Lilien?« fragte Mrs. Tinker mißtrauisch.

»Sie sind wie Salomon in all seiner Herrlichkeit. Sie sind die, welche nicht säen und nicht ernten.«

Mrs. Tinker ging nur zu Hochzeiten und Taufen in die Kirche, gehörte aber einer Generation an, die noch die Sonntagsschule hatte besuchen müssen. Sie betrachtete daher jetzt die kleine Handvoll Herrlichkeit, die ihr Wollhandschuh umschloß, mit ganz anderen Blicken.

»Ah so. Das hab' ich nie gewußt. Aber so ist's ja viel verständlicher, nicht wahr? Ich hab' dabei immer an weiße Madonnenlilien gedacht, an ganze Felder voll schrecklich teurer Lilien. Und die haben ja in Massen doch was Bedrückendes. Die waren also farbig? Warum erfährt man das denn nicht gleich richtig?«

Und dann sprach man noch weiter von Übersetzungen und wie irreführend die Heilige Schrift doch sein konnte. Und die Situation war gerettet.

Während sie noch mit der Bibel beschäftigt waren, kam die Zwergin mit neuen Blumenvasen herein. Grant sah, daß die Vasen für weißen Flieder und nicht für Anemonen bestimmt waren. Sie waren ein Tribut an Marta, ein Freibrief für weitere Besuche. Aber Marta waren Frauen gänzlich gleichgültig, wenn sie ihr nicht unmittelbar nützlich sein konnten. Ihr taktvolles Verhalten Mrs. Tinker gegenüber war reines *savoir-faire* gewesen, eine Reflexhandlung. Die Zwergin fühlte sich in ihre Schwesterngrenzen zurückgewiesen, holte die verdrängten Narzissen aus dem Waschbecken und stellte sie kleinlaut in eine Vase. Die Zwergin kleinlaut zu sehen, bereitete Grant eine langersehnte, tiefe Befriedigung.

»So«, sagte Marta, als sie ihr Fliederarrangement beendet und das Resultat ins rechte Licht gerückt hatte. »Jetzt werde ich gehen, damit Mrs. Tinker dich in aller Ruhe mit all den Köstlichkeiten füttern kann, die in diesen Papiertüten verborgen sind. Sollten Sie vielleicht zufällig in einer dieser Tüten Ihre köstlichen Liebesknochen haben, liebste Mrs. Tinker?«

Mrs. Tinker strahlte.

»Möchten Sie vielleicht welche haben? Frisch aus dem Herd!«

»Und ob! Wenn ich es auch bitter büßen muß! Diese schweren kleinen Kuchen sind der Tod meiner Taille. Aber bitte, bitte, geben Sie mir ein paar davon. Damit ich im Theater was zum Tee habe.«

Mit schmeichelhafter Aufmerksamkeit suchte sie sich zwei Stück aus (»Ich habe sie besonders gern, wenn sie ein bißchen scharf gebacken sind«), verstaute sie in ihrer Handtasche und sagte: »Also auf Wiedersehen, Alan. Ich komme in den nächsten Tagen wieder vorbei und helf' dir dann, einen Socken anzufangen. Nichts beruhigt so wie Stricken. Stimmt doch, Schwester?«

»O ja, da haben Sie recht. Viele Herren, die ich pflege, stricken ganz begeistert. Sie finden, daß es einem sehr angenehm die Zeit vertreibt.«

Marta warf Grant unter der Tür ein Kußhändchen zu und verschwand, gefolgt von der tief beeindruckten Zwergin.

»Würde mich nicht wundern, wenn das ein ganz durchtriebenes Luder ist«, sagte Mrs. Tinker und machte sich daran, die Papiertüten zu öffnen. Die Bemerkung bezog sich nicht auf Marta.

II

ABER ALS MARTA ZWEI TAGE SPÄTER WIEDERKAM, brachte sie weder Stricknadeln noch Wolle mit. Sie stürmte sehr forsch ins Zimmer, ihren Kosakenhut so lässig auf den Kopf gestülpt, daß sie bestimmt mehrere Minuten vor dem Spiegel verbracht haben mußte, um diese Wirkung zu erzielen. Es war kurz nach dem Mittagessen.

»Ich kann nicht lange bleiben, mein Lieber. Bin auf dem Weg ins Theater. Heute ist Matinee, Gott steh mir bei. Teeschlürfende alte Tanten. Und dabei haben wir alle nun das furchtbare Stadium erreicht, wo wir überhaupt nicht mehr darüber nachdenken, was wir eigentlich sagen. Ich habe das dumpfe Gefühl, dieses Stück wird nie abgesetzt. Es wird noch so wie in New York, wo ein Theaterstück nicht jahre-, sondern jahrzehntelang läuft. Geoffrey ist gestern abend mitten im zweiten Akt steckengeblieben, die Augen quollen ihm beinah aus dem Kopf. Einen Augenblick lang glaubte ich, der Schlag würde ihn treffen. Hinterher sagte er, er hätte keine Ahnung, was zwischen seinem ersten Auftritt und der Stelle geschehen sei, wo er zu sich kam und merkte, daß der Akt schon zur Hälfte vorbei war.«

»Mattscheibe?«

»Nein, o nein. Er ist einfach zum Automaten geworden. Da spricht man, völlig abwesend, seinen Text und bewegt sich nur noch mechanisch und denkt dabei an ganz andere Dinge.«

»Wenn es stimmt, was man so hört, ist das bei Schauspielern doch gar nichts Ungewöhnliches.«

»Na, ganz so ist es auch wieder nicht. Jonny Garson kann dir zum Beispiel genau sagen, wer mit Papier raschelt, während er gerade schluchzend seinen Kopf in irgend jemandes Schoß vergräbt. Aber das ist etwas ganz anderes, als einen halben Akt lang nicht ›da‹ zu sein. Stell dir nur vor! Geoffrey hat auf der Bühne seinen Sohn aus dem Haus geworfen, sich mit seiner Maitresse verzankt und seine Frau beschuldigt, sie hätte ihn mit seinem besten Freund betrogen. Und das alles, ohne daß er sich dessen bewußt war.«

»Und woran hat er wirklich gedacht?«

»Er hat sich überlegt, ob er sein Flat in Park Lane an Dolly Dacre vermieten und das Haus in Richmond kaufen soll, das die Latimers aufgeben, und ob er das kleine Zimmer mit der chinesischen Rokokotapete in ein zusätzliches Badezimmer umbauen soll. Mit der herrlichen Tapete könnte man den langweiligen kleinen Raum hinten im Erdgeschoß recht hübsch machen. Der hat nämlich eine viktorianische Täfelung. Er hatte sich gerade dafür entschieden, die Sträucher am Tor zu entfernen, als er merkte, daß er vor neunhundertsiebenundachtzig Zuhörern und mitten in einer Rede mir gegenüber auf einer Bühne stand. Kein Wunder, daß er die Augen aufriß ... Ich sehe, du hast dich wenigstens zur Lektüre eines meiner Bücher aufgerafft – wenn der zerknitterte Schutzumschlag diesen Rückschluß erlaubt!«

»Ja. Das über die Berge. Es war die reine Erlösung. Stundenlang habe ich mir die Bilder betrachtet. Nichts rückt die Dinge so rasch ins Lot wie der Anblick eines Berges.«

»Ich finde, die Sterne können das noch besser.«

»O nein. Die Sterne reduzieren einen lediglich auf den Status einer Amöbe. Sie rauben einem den letzten Rest von Menschenwürde, den letzten Funken Selbstvertrauen. Aber ein schneebedeckter Berg hält sich in erträglichen Grenzen. Ich lag da, betrachtete mir den Everest und dankte Gott, daß ich ihn nicht besteigen mußte.

Mein Krankenbett war ein Hafen der Wärme und Ruhe und Sicherheit im Vergleich zu diesen Hängen, und die Zwergin und die Amazone gehörten plötzlich zu den höchsten Errungenschaften der Zivilisation.«

»Nun, hier habe ich dir noch mehr Bilder mitgebracht.«

Marta schüttelte den großen Umschlag, den sie in der Hand hatte, über seinem Bett aus, und eine Menge Kunstdruckblätter flatterten auf die Bettdecke.

»Was ist denn das?«

»Gesichter«, sagte Marta entzückt. »Dutzende von Gesichtern habe ich dir mitgebracht, Männer, Frauen und Kinder. Alle Arten und alle Größen.«

Er nahm ein Blatt von der Bettdecke und betrachtete es. Es war ein Frauenporträt aus dem 15. Jahrhundert.

»Wer ist das?«

»Lucrezia Borgia. Ist sie nicht ein Herzchen?«

»Mag es sein. Aber willst du vielleicht behaupten, daß sie ein Geheimnis umwittert?«

»O ja. Bis heute hat noch niemand herausgebracht, ob sie das Werkzeug oder die Komplicin ihres Bruders war.«

Er legte Lucrezia beiseite und nahm ein zweites Blatt in die Hand. Es war ein Porträt eines kleinen Jungen in der Tracht des späten 18. Jahrhunderts, und darunter stand in verblaßten Druckbuchstaben: Louis XVII.

»Na, das ist doch ein ganz erstklassiges Rätsel für dich«, sagte Marta. »Der Dauphin. Entkam er oder starb er in der Gefangenschaft?«

»Wo hast du denn all diese Bilder her?«

»Ich lockte James aus seinem Verschlag im Viktoria-und-Albert-Museum und ließ mich von ihm in einen Kunstladen bringen. Er kennt sich doch in solchen Dingen aus, und ich bin überzeugt, daß ihn in seinem Museum sowieso nichts interessiert.«

Es war charakteristisch für Marta, stillschweigend vorauszusetzen, daß ein Beamter, der gleichzeitig auch

Dramatiker und Experte für Porträts war, seine Arbeit freudig im Stich ließe, um ihretwegen in Kunstläden herumzustöbern.

Grant drehte die Reproduktion eines elisabethanischen Porträts um. Ein Mann in Samt und Perlen. Auf der Rückseite stand zu lesen, daß es sich um den Grafen von Leicester handele.

»Das ist also Elisabeths Robin«, sagte er. »Ich glaube, ich habe noch niemals ein Porträt von ihm gesehen.«

Marta betrachtete das fleischige männliche Gesicht und sagte: »Mir wird zum erstenmal bewußt, daß es zu den großen Tragödien der Geschichte gehört, daß die wirklich guten Maler die Leute immer erst gemalt haben, wenn sie ihren Höhepunkt bereits überschritten hatten. Robin muß ein bemerkenswerter Mann gewesen sein. Auch Heinrich VIII. soll als junger Mann betörend gewesen sein. Aber wie kennen wir ihn! Als Spielkartenkönig. Heute weiß man wenigstens, wie Tennyson ausgesehen hat, ehe er sich diesen greulichen Bart wachsen ließ. Ich muß sausen. Bin sowieso schon zu spät. Ich habe im ›Claridge‹ zu Mittag gegessen, und da sind so viele Leute an meinen Tisch gekommen, daß ich später wegkam, als ich vorhatte.«

»Ich hoffe, dein Gastgeber war entsprechend beeindruckt«, sagte Grant mit einem Blick auf den Hut.

»O ja. Sie kennt sich aus mit Hüten. Ein Blick, und sie sagte: ›Jacques Tous, wenn ich nicht irre!‹«

»Sie?« fragte Grant erstaunt.

»Ja. Madeleine March. Und eingeladen hatte ich. Mach nicht so ein erstauntes Gesicht. Das ist taktlos. Wenn du es genau wissen willst, ich möchte, daß sie das Stück über Lady Blessington für mich schreibt. Aber es war ein solches Kommen und Gehen an unserem Tisch, daß ich gar keine Gelegenheit hatte, ihr Eindruck zu machen. Na, jedenfalls habe ich ihr ein köstliches Essen gegeben.

Dabei fällt mir ein, daß Tony Bittmaker sieben Leute an seinem Tisch hatte. Eine Magnumflasche nach der anderen. Wie der das nur schafft?«

»Mangel an Beweisen«, sagte Grant, sie lachte und ging.

Kaum allein, wandte er sich wieder Elisabeths Robin zu. Welches Geheimnis umgab Robin?

Ach ja. Amy Robsart natürlich.

Aber Amy Robsart interessierte ihn nicht. Es war ihm egal, wie und weshalb sie die Treppe hinuntergefallen war.

Er verbrachte jedoch einen höchst vergnüglichen Nachmittag mit den übrigen Gesichtern. Schon lange, ehe er zur Polizei gegangen war, hatte er sich für Gesichter interessiert, und während seiner Jahre in Scotland Yard hatte dieses Interesse sich auch als vorteilhaft für seinen Beruf erwiesen. Zu Beginn seiner Laufbahn war er einmal mit seinem Vorgesetzten zufällig dazugekommen, als aus einer Reihe von Verdächtigen der Schuldige herausgefunden werden sollte. Der Fall gehörte nicht in sein Ressort, aber er und sein Vorgesetzter hielten sich im Hintergrund und sahen zu, wie ein Mann und eine Frau nacheinander die Reihe der zwölf nichtssagenden Männer abschritten, um nach dem einen zu suchen, den sie zu erkennen hofften.

»Wissen Sie, welcher es ist?« hatte ihm sein Chef zugeflüstert.

»Ich weiß es nicht«, hatte Grant gesagt. »Aber ich kann es mir denken.«

»So? Und welchen meinen Sie?«

»Den dritten von links.«

»Was hat er ausgefressen?«

»Keine Ahnung. Ich weiß überhaupt nichts von der ganzen Geschichte.«

Sein Vorgesetzter hatte ihn belustigt angesehen. Als aber weder der Mann noch die Frau einen der Männer bezeichnen konnten und wieder gegangen waren, und die Reihe der Verdächtigen sich zu einer schwatzenden Gruppe auflöste, die Männer an ihren Krawatten zupften und sich anschickten, wieder auf die Straße zu gehen und im Alltag unterzutauchen, aus dem man sie herbeigeholt hatte, um dem Recht Hilfestellung zu leisten, war der einzige, der sich nicht rührte, der dritte von links gewesen. Der dritte von links wartete ergeben auf seinen Wärter und wurde wieder in die Zelle zurückgeführt.

»Donnerwetter!« hatte sein Vorgesetzter gesagt. »Die Chancen standen eins zu zwölf – und Sie haben es erraten. Nicht übel. Er hat den richtigen Mann herausgepickt«, sagte er erklärend zum Polizeiinspektor.

»Kannten Sie ihn?« fragte der Inspektor, ein wenig überrascht. »Soweit wir wissen, ist er zum erstenmal mit dem Gesetz in Konflikt gekommen.«

»Nein, ich habe ihn noch nie gesehen. Ich weiß nicht einmal, was er verbrochen hat.«

»Wie kommen Sie dann dazu, gerade auf ihn zu tippen?«

Grant hatte gezögert. Er mußte es sich selbst erst klarmachen. Mit dem Verstand hatte es nichts zu tun. Er konnte kein charakteristisches Merkmal benennen, das auf die Täterschaft hindeutete. Es war eine reine Gefühlssache gewesen. Die Gründe lagen tiefer. Schließlich hatte er gestottert: »Er war der einzige von den zwölf, der ein völlig glattes Gesicht hatte.«

Darüber hatte man gelacht. Aber als Grant die Angelegenheit noch einmal gründlich überdachte, wurde ihm klar, wie sein Instinkt gearbeitet hatte und welche Überlegungen dem zugrunde lagen. »Es klingt sehr dumm, aber das ist es gar nicht«, hatte er gesagt. »Der einzige Erwachsene mit vollkommen glattem Gesicht ist der Idiot.«

»Freeman ist kein Idiot, lassen Sie sich das gesagt

sein«, unterbrach ihn der Inspektor. »Ein äußerst heller Bursche, das können Sie mir glauben.«

»So habe ich es auch nicht gemeint. Ich meine, daß der Idiot unzurechnungsfähig ist. Der Idiot ist der Prototyp des unzurechnungsfähigen Menschen. Jeder dieser zwölf Männer, die da standen, war um die dreißig. Aber nur einer hatte das Gesicht eines Unzurechnungsfähigen. Deswegen bin ich auf ihn gekommen.«

Seit diesem Vorfall nannte man Grant in Scotland Yard halb im Scherz den »Mann, der auf den ersten Blick Bescheid weiß«. Und einmal hatte ein hoher Vorgesetzter neckend zu ihm gesagt: »Erzählen Sie mir bloß nicht, daß Sie glauben, es gäbe so etwas wie ein Verbrechergesicht, Inspektor.«

»Nein«, hatte Grant geantwortet, so einfach sei das nicht abzutun. »Wenn es nur eine Art von Verbrechen gäbe, Sir, dann ließe sich darüber reden. Aber die Verbrechen sind so vielfältig wie die menschliche Natur, und wenn ein Polizist anfängt, Gesichter in Kategorien einzustufen, dann ist er verloren. Wenn man zwischen fünf und sechs Uhr nachmittags die Bond Street entlanggeht, dann kann man feststellen, wie die durchschnittliche mannstolle Frau aussieht – und dennoch sieht die berüchtigste Nymphomanin Londons wie eine Säulenheilige aus.«

»In letzter Zeit ist es nicht mehr weit her mit der Heiligkeit. Sie trinkt zuviel«, hatte der Vorgesetzte erwidert, der sofort wußte, von wem die Rede war. Dann hatten sie von anderen Dingen gesprochen.

Aber Grants Interesse an Gesichtern war geblieben und allmählich zu einem ernsthaften Studium geworden. Er studierte die Gerichtsakten und zog seine Vergleiche. Es war, wie er schon gesagt hatte, unmöglich, Gesichter in irgendwelche Kategorien zu bringen. Es war aber möglich, einzelne Gesichter zu analysieren. Angesichts der Fotografien von berühmten Gerichtsverhandlungen, auf denen die Hauptakteure der Öffentlichkeit vorgestellt wurden, gab es gar keinen Zweifel, wer der Angeklagte und wer der Richter war. Manchmal konnte man bei flüchtiger Betrachtung einen der Anwälte mit dem Angeklagten verwechseln – Anwälte waren schließlich nur Durchschnittsmenschen, der Leidenschaft und der Begierde ebenso ausgesetzt wie die übrige Menschheit. Einem Richter aber haftete etwas Besonderes an, er war unversehrt und stand über den Dingen. Auch ohne Perücke war er mit dem Mann auf der Anklagebank, der weder unversehrt war noch über den Dingen stand, nicht zu verwechseln.

Martas James hatte es offenbar tatsächlich Spaß gemacht, aus seinem »Verschlag« gezerrt zu werden, denn eine prächtige Auswahl von Missetätern oder deren Opfern unterhielt Grant, bis die Zwergin ihm den Tee brachte. Als er die Blätter einsammelte, um sie in seine Schublade zu tun, entdeckte er noch ein Bild, das von seiner Brust gerutscht und den ganzen Nachmittag über unbemerkt auf der Bettdecke gelegen hatte.

Es war das Porträt eines Mannes. Eines Mannes, der die Samtmütze und das geschlitzte Wams des späten 15. Jahrhunderts trug. Eines Mannes um Fünfunddreißig, hager und glatt rasiert. Der Kragen war reich mit Juwelen bestickt, und der Mann steckte gerade einen Ring an den kleinen Finger der rechten Hand. Aber er beachtete den Ring nicht, sondern er blickte ins Leere.

Von allen Porträts, die Grant an diesem Nachmittag gesehen hatte, war dies am meisten ausgeprägt. Es schien, als hätte der Künstler etwas auf der Leinwand festhalten wollen, was über sein Talent ging. Den Ausdruck der Augen – diesen faszinierendsten und persönlichsten Ausdruck – hatte er nicht wiederzugeben vermocht. Auch den Mund nicht. Es war ihm nicht gelungen, diesen schmallippigen und doch sehr breiten Mund lebendig wirken zu lassen, und deshalb wirkte er hölzern und ungekonnt. Am besten war ihm die Struktur des Gesichts geglückt: die starken Backenknochen und die eingefallenen Wangen darunter, das Kinn, das zu lang war, um kraftvoll zu sein.

Grant wartete einen Augenblick, ehe er das Blatt umwandte, und betrachtete das Gesicht noch einmal gründlich. Ein Richter? Ein Krieger? Ein Fürst? Ein Mensch, der an große Verantwortung gewöhnt war und diese Verantwortung ernst nahm? Ein übergewissenhafter Mensch, ein Grübler, vielleicht ein Perfektionist. Ein Mann, der in großen Dingen frei verfügte, in kleinen Dingen aber ängstlich war. Ein Anwärter auf Magengeschwüre. Überdies ein Mensch, der als Kind gekränkelt hatte; er zeigte jenen verschlossenen, nicht näher fixierbaren Ausdruck, den das Leiden der Kindheit zurückläßt und der nicht so deutlich ist wie der Ausdruck im Gesicht eines Krüppels, aber ebenso unübersehbar. Dies hatte der Künstler begriffen und auch in sein Bild übertragen können. Da waren die ein wenig geschwollenen unteren Augenlider eines Kindes, das keinen guten Schlaf hat. Da war diese eigenartige Beschaffenheit der Haut, der greisenhafte Ausdruck in einem jungen Gesicht.

Er wandte das Porträt um.

Auf der Rückseite stand: »Richard III. Nach dem Porträt in der National Portrait Gallery. Künstler unbekannt.«

Richard der Dritte.

Der also war es. Richard III.! Der Bucklige. Der Unhold der Kinderbücher. Der Zerstörer der Unschuld. Der Inbegriff der Schurkerei.

Er drehte das Blatt wieder um und betrachtete es noch einmal. Hatte der Künstler das ausdrücken wollen, als er diese Augen malte? Hatte er darin den Blick eines von den Furien gehetzten Menschen gesehen?

Lange Zeit betrachtete Grant dies Gesicht, die ungewöhnlichen Augen. Es waren langgeschnittene Augen, die dicht unter den Brauen saßen, diese wiederum leicht zusammengezogen zu einem besorgten, übergewissenhaften Stirnrunzeln. Auf den ersten Blick wirkten sie forschend, aber je länger man sie betrachtete, desto deutlicher merkte man, daß sie in Wirklichkeit nach innen gewandt waren, beinah abwesend.

Als die Zwergin die leere Teetasse holen wollte, starrte er noch immer auf das Porträt. Seit Jahren hatte er nichts dergleichen gesehen. Die Mona Lisa wirkte daneben wie ein Plakat.

Die Zwergin betrachtete mißbilligend die unberührte Teetasse, befühlte mit geübter Hand die lauwarme Teekanne. Sie gab ihm zu verstehen, daß sie anderes zu tun hatte, als ihm den Tee zu bringen, den er einfach stehen ließ.

Er hielt ihr das Porträt unter die Nase.

Was sie davon halte? Welche Diagnose sie stellen würde, wenn dieser Mann ihr Patient wäre?

»Leber«, sagte sie barsch und entschwand auf erzürnt klappernden Absätzen, ganz Stärke und blonde Löckchen, mit dem Teetablett.

Aber der Chirurg, der kurz darauf, freundlich und unpersönlich, hereinkam, war anderer Meinung. Er kam der Aufforderung, das Porträt zu betrachten, liebenswürdig nach, und sagte nach einem Augenblick aufmerksamer Betrachtung:

»Poliomyelitis.«

»Kinderlähmung?« fragte Grant. Und plötzlich fiel ihm ein, daß Richard III. einen verkümmerten Arm hatte.

»Wer ist es?« fragte der Chirurg.

»Richard III.«

»Ach nein! Das ist aber interessant.«

»Wußten Sie, daß er einen verkümmerten Arm hatte?«

»Hatte er das? Daran entsinne ich mich nicht. Ich dachte, er sei bucklig gewesen.«

»Das war er auch.«

»Ich erinnere mich nur, daß er mit all seinen Zähnen geboren wurde und lebende Frösche verspeiste. Nun, meine Diagnose scheint aber seltsamerweise genau zu stimmen.«

»Sie war genial. Wie kamen Sie auf Kinderlähmung?«

»Jetzt, wo sie mich präzis fragen, weiß ich es eigentlich nicht. Wahrscheinlich brachte mich der Gesichtsausdruck darauf. Es ist der Ausdruck, den man im Gesicht eines verkrüppelten Kindes findet. Wenn er mit einem Buckel geboren wurde, dann ist wohl das und nicht die Kinderlähmung die Erklärung dafür. Ich sehe, daß der Künstler den Buckel weggelassen hat.«

»Ja. Hofmaler müssen ein gewisses Maß an Takt wahren. Erst nach Cromwell ließen die Auftraggeber sich gewissermaßen warzengetreu darstellen.«

»Wenn Sie mich fragen«, sagte der Chirurg und betrachtete dabei abwesend Grants geschientes Bein, »hat Cromwell diese umgekehrte Versnobtheit in Mode gebracht, an der wir heute alle kranken. ›Ich bin ein schlichter Mensch, sonst nichts, bei mir gibt's keine Mätzchen.‹ Aber auch keine Manieren, keine Anmut und keine Großzügigkeit.« Er zwickte Grant nicht sehr interessiert in die Zehe. »Es ist wie eine ansteckende Krankheit. Ich habe gehört, daß in manchen Teilen der Vereinigten Staaten ein Mann, der mit Krawatte und Rock zu einer Wahlversammlung geht, seine politische Karriere verspielt, weil er sich altmodisch benimmt. Das heutige Ideal ist der kesse Junge. Der macht aber einen guten Eindruck«, fügte er hinzu und meinte Grants großen Zeh. Dann wandte er seine Aufmerksamkeit unaufgefordert wieder dem Porträt zu, das auf der Bettdecke lag.

»Interessant«, sagte er, »die Sache mit der Kinderlähmung. Vielleicht war es wirklich Kinderlähmung, das wäre eine Erklärung für den verkümmerten Arm.« Er betrachtete das Bild weiter, ohne Anstalten zum Gehen zu machen. »Auf jeden Fall sehr interessant. Porträt eines Mörders. Würden Sie ihn einen klassischen Typ nennen?«

»Es gibt keinen Mördertyp. Die Menschen morden aus vielzuviel verschiedenartigen Gründen. Aber ich entsinne mich keines Mörders, ob aus eigener Erfahrung oder aus der Geschichte, der ihm ähnlich sieht.«

»Er war ja natürlich auch außer Konkurrenz in seiner Klasse. Das Wort Skrupel hat er wohl kaum gekannt.«

»Nein.«

»Ich habe einmal Laurence Olivier in der Rolle gesehen. Es war die tollste Darstellung des absolut Bösen. Immer an der Grenze des Grotesken, aber nicht um ein Haar darüber hinaus.«

»Hätten Sie den Mann für einen Schurken gehalten«, fragte Grant, »ehe ich Ihnen sagte, wer er ist?«

»Nein«, sagte der Chirurg. »Nein, ich hielt ihn für einen Kranken.«

»Seltsam, nicht wahr? Auch mir kam er nicht wie ein Schurke vor. Und nun, seit ich weiß, wer er ist, seit ich den Namen auf der Rückseite gelesen habe, muß ich immer an den Schurken denken.«

»Ich glaube, daß es damit ist wie mit der Schönheit, über die ja auch der Betrachter entscheidet. Also, ich werde Ende der Woche wieder nach Ihnen sehen. Keine besonderen Schmerzen?«

Und er ging so freundlich und unpersönlich, wie er gekommen war.

Erst als Grant das Porträt noch eine Weile verwirrt betrachtet hatte – es wurmte ihn, einen der berüchtigsten Mörder aller Zeiten für einen Richter gehalten zu haben –, kam ihm der Gedanke, daß dieses Porträt ihm vielleicht zugespielt worden war, damit er seine Fähigkeiten als Detektiv daran beweisen könne.

Welches Geheimnis umgab Richard III.

Und dann entsann er sich der Geschichte. Richard hatte seine beiden kleinen Neffen ermordet, aber niemand wußte, auf welche Weise. Sie waren einfach verschwunden. Wenn er sich recht erinnerte, waren sie verschwunden, als Richard von London abwesend war. Richard hatte irgend jemand damit beauftragt. Aber das Geheimnis um das Schicksal der Kinder war niemals geklärt worden. Man hatte zwei Skelette gefunden – war es nicht unter einer Treppe gewesen? – und beigesetzt. Das war zur Zeit Karls II. gewesen. Man hatte es für selbstverständlich genommen, daß diese Skelette die Überreste der kleinen Prinzen waren, aber bewiesen wurde es nie.

Es war erschreckend, wie wenig Geschichtskenntnisse einem auch von einer guten Erziehung zurückblieben. Er wußte von Richard III. nur, daß er der jüngere Bruder Eduards IV. war, daß Eduard ein blonder Hüne von bemerkenswerter Schönheit und noch bemerkenswerterem Erfolg bei Frauen war und daß Richard ein Krüppel war, der sich nach dem Tod seines Bruders an Stelle des unmündigen Erben in den Besitz des Throns gebracht und den Tod dieses Erben und dessen jüngeren Bruders befohlen hatte, um sich weitere Scherereien zu ersparen. Er wußte auch, daß Richard in der Schlacht von Bosworth gefallen war und verzweifelt nach einem Pferd gerufen hatte und daß er der Letzte seines Stammes gewesen war. Der letzte Plantagenet.

Jeder Schuljunge blätterte erleichtert die letzte Seite des Kapitels Richards III.um. Denn nun waren die Kriege der Rosen endlich aus, und man kam zu den Tudors, die langweilig, aber leicht zu verstehen waren.

Als die Zwergin erschien, um vor der Nacht noch einmal seine Kissen aufzuschütteln, fragte Grant: »Sie haben nicht zufällig ein Geschichtsbuch greifbar?«

»Ein Geschichtsbuch? Nein. Was soll ich mit einem Geschichtsbuch?« Da dies nicht als Frage gemeint war, erhielt sie auch keine Antwort. Sein Schweigen schien sie zu ärgern.

»Wenn Sie wirklich ein Geschichtsbuch haben wollen«, sagte sie nach einiger Zeit, »dann fragen Sie doch Schwester Darroll, wenn sie Ihnen das Abendessen bringt. Sie hat all ihre Schulbücher auf einem Regal in ihrem Zimmer, und es ist durchaus möglich, daß sich darunter auch ein Geschichtsbuch befindet.«

Das sah der Amazone ähnlich, ihre Schulbücher aufzuheben! Sie hatte wohl immer noch Heimweh nach der Schule, wie sie zur Zeit der Narzissenblüte Heimweh nach Gloucestershire hatte. Als sie mit dem Käseauflauf und dem gekochten Rhabarber ins Zimmer trapste, verfolgte er ihre Bewegungen mit einer verständnisvollen Geduld, die an Wohlwollen grenzte. Mit einemmal schien sie kein vollbusiges Frauenzimmer mehr zu sein, das wie eine Dampfwalze schnaufte, sondern eine potentielle Freudenspenderin.

O ja, sie habe ein Geschichtsbuch. Wahrscheinlich sogar zwei. Sie habe all ihre Schulbücher aufgehoben, denn sie sei sehr gern zur Schule gegangen.

Es lag Grant auf der Zunge, zu fragen, ob sie auch ihre Puppen aufgehoben habe, aber er hielt sich noch rechtzeitig zurück.

»Und natürlich liebte ich Geschichte«, sagte sie. »Es war mein Lieblingsfach. Mein Held war Richard Löwenherz.«

»Ein unerträglicher Nichtstuer«, bemerkte Grant.

»Wie können Sie!« erwiderte sie gekränkt.

»Ein thyreotoxischer Typ«, sagte Grant mitleidlos. »Raste wie eine verunglückte Rakete auf dem Erdball hin und her. Haben Sie jetzt Feierabend?«

»Sobald ich meine Tabletten ausgetragen habe.«

»Könnten Sie mir das Buch noch heute abend bringen?«

»Man hat Ihnen Schlaf verordnet und nicht nächtliche Lektüre von Geschichtsbüchern.«

»Ich kann ebensogut Geschichtsbücher lesen wie die Decke anstarren – was anderes täte ich ja doch nicht. Würden Sie es mir holen?«

»Ich glaube nicht, daß ich für jemanden, der häßlich über Löwenherz spricht, den weiten Weg bis zum Schwesternhaus und wieder zurück gehen kann.«

»Na schön«, sagte er. »Ich bin nicht aus dem Holz, aus dem Märtyrer geschnitzt werden. Dann war Löwenherz eben ein Ausbund an Edelmut, ein Ritter ohne Furcht und Tadel, ein Befehlshaber ohne Fehl, der höchsten Ehren würdig. Werden Sie mir jetzt das Buch holen?«

»Mir scheint, Sie haben es bitter nötig, sich ein wenig mit Geschichte zu befassen«, sagte sie und glättete die Bettdecke mit ihrer großen Hand. »Und deshalb werde ich Ihnen das Buch nachher vorbeibringen. Ich gehe sowieso ins Kino.«

Es dauerte fast eine Stunde, bis sie wiederkam, ein Turm in einem Kamelhaarmantel. Das Oberlicht war abgedreht worden, und sie trat wie eine freundliche Fee in den Lichtkegel der Leselampe.

»Ich hatte gehofft, Sie würden schon schlafen«, sagte sie. »Ich finde es eigentlich nicht richtig, daß Sie jetzt noch zu lesen anfangen.«

»Wenn mich überhaupt etwas einschläfern kann«, sagte Grant, »dann ist es ein englisches Geschichtsbuch. Sie dürfen also mit gutem Gewissen Händchen halten.«

»Ich gehe mit Schwester Murrows.«

»Sie können trotzdem Händchen halten.«

»Und Sie können einem wirklich auf die Nerven gehen«, sagte sie geduldig und entschwand wieder im Dunkel.

Sie hatte zwei Bücher mitgebracht.

Das eine war die Sorte Geschichtsbuch, die unter dem Namen »Erzählungen aus der Geschichte« läuft. Mit Geschichte hatte es ebensoviel zu tun wie die Biblischen Geschichten mit der Heiligen Schrift. Raleigh breitete seinen Mantel für Elisabeth aus, Nelson verabschiedete sich von Hardy in seiner Kabine auf der »Victory«, und so weiter. Das alles in schönen großen, gut leserlichen Buchstaben und kurzen Absätzen. Zu jeder Episode gab es eine ganzseitige Abbildung.

Die Tatsache, daß die Amazone solch kindische Bücher hortete, hatte etwas seltsam Rührendes an sich. Er blätterte bis zum Vorsatzblatt zurück, weil er sehen wollte, ob ihr Name hineingeschrieben war. Da stand:

Ella Darroll
Dritte Klasse
New Bridge — Mädchenschule
New Bridge
Gloucestershire
England
Europa
Welt
Universum.

Um das Ganze rankten sich farbige, sorgfältig abgestimmte Schnörkel.

Ob wohl alle Kinder ihren Namen auf diese Weise schreiben und dann die Schulstunden damit verbringen, Schnörkel zu machen? Er jedenfalls hatte es getan. Nichts in all den vergangenen Jahren hatte ihm seine Kindheit so nahegebracht wie der Anblick dieser leuchtenden, primitiven Farben. Dieser wunderbare, erhebende Augenblick, wenn die Schnörkel schön ineinander übergingen! Die Welt der Erwachsenen kannte nur wenige Höhepunkte von solcher Köstlichkeit. Am nächsten kam dem vielleicht noch ein ganz sauberer Golfschlag. Oder der Augenblick, da sich die Schnur strafft und man weiß, daß der Fisch angebissen hat.

Das kleine Buch gefiel ihm so gut, daß er mit Vergnügen darin blätterte. Andächtig las er jede der kindischen Geschichten. Eigentlich war das die Geschichte, der sich jeder Erwachsene noch entsann. Das blieb im Gedächtnis haften, wenn alle Perserkriege, Glaubenskämpfe und Friedensverträge längst vergessen waren.

Als er zu Richard III. kam, stellte er fest, daß seine Geschichte »Die Prinzen im Tower« betitelt war. Klein-Ella schien den Prinzen längst nicht die gleichen Sympathien entgegengebracht zu haben wie Löwenherz, hatte sie doch jedes kleine »o« in der Geschichte säuberlich mit dem Bleistift ausgemalt. Und die beiden goldlockigen Knaben auf dem dazugehörigen Bild, die in dem Sonnenstrahl spielten, der durch das vergitterte Fenster fiel, waren jeder mit einer anachronistischen Brille versehen worden. Auf der leeren Rückseite des Bildes hatte jemand Schreibspiele gemacht. Was Klein-Ella anbetraf, waren die Prinzen eine Pleite.

Und dennoch war es eine fesselnde kleine Geschichte. Makaber genug, um jedes Kinderherz zu entzücken. Die unschuldigen Kinder, der böse Onkel, die klassischen Zutaten einer Geschichte von klassischer Einfachheit.

Sie hatte auch eine Moral. Es war die perfekte Mahnung zur Vorsicht.

»Aber der König hatte keinen Nutzen von seiner verruchten Tat. Das englische Volk war über seine kaltblütige Grausamkeit entsetzt und beschloß, er dürfe nicht länger mehr König sein. Es ließ einen entfernten Vetter Richards, Henry Tudor, aus Frankreich kommen, damit dieser an seiner Stelle zum König gekrönt werde. In der nun folgenden Schlacht starb Richard nach tapferem Widerstand. Aber er hatte seinen Namen im ganzen Lande verhaßt gemacht, und viele wandten sich von ihm ab, um für seinen Rivalen zu kämpfen.«

Nun, das war hübsch, aber nicht gerade farbig. Simpelste Reportage.

Er wandte sich dem zweiten Buch zu.

Das zweite Buch war ein richtiges Lehrbuch. Die zweitausend Jahre englischer Geschichte waren säuberlich aufgeteilt, damit man sie rasch überblicken konnte. Die einzelnen Abschnitte waren, wie üblich, Regierungsepochen. Kein Wunder, daß man daraufhin hervorragende Persönlichkeiten mit einem ganz bestimmten Herrscher verknüpfte und darüber vergaß, daß diese Persönlichkeiten auch unter anderen Königen gelebt hatten und bekannt gewesen waren. Völlig mechanisch wurden sie in ein bestimmtes Fach eingeordnet. Pepys: Karl II. Shakespeare: Elisabeth. Marlborough: Königin Anna. Nie kam einem der Gedanke, daß jemand, der Königin Elisabeth gekannt hatte, ebensogut auch Georg I. gekannt haben konnte. Von Kindheit an war man daran gewöhnt, alles in Regierungsepochen einzuteilen.

Das vereinfachte jedoch die Dinge, wenn man nur ein schlichter Polizist mit einem unbeweglichen Bein und einer Rückgratprellung war, der Nachforschungen über tote und längst zu Staub gewordene Könige anstellte, um nicht vor lauter Langeweile verrückt zu werden.

Erstaunt stellte Grant fest, wie kurz die Regierungszeit Richards III. gewesen war. Wer es fertigbrachte, in nur zwei Jahren einer der bekanntesten Herrscher in Englands zweitausendjähriger Geschichte zu werden, der mußte gewiß eine überragende Persönlichkeit sein. Hatte Richard sich auch keine Freunde gemacht, so hatte er doch zweifellos Menschen beeinflußt.

Auch das Geschichtsbuch war der Ansicht, daß er eine Persönlichkeit war.

»Richard war ein Mann von großen Fähigkeiten, kannte aber hinsichtlich seiner Mittel keine Skrupel. Er erhob bedenkenlos Anspruch auf die Krone und berief sich dabei auf die absurde

Behauptung, die Ehe seines Bruders mit Elisabeth Woodville sei illegal gewesen, und folglich seien auch die Kinder aus dieser Ehe illegitime Nachkommen. Das Volk, dem vor der Regierung eines minderjährigen Königs graute, erkannte ihn an, und er machte sich auf eine große Rundreise durch den Süden, wo er herzlich empfangen wurde. Während dieser Reise verschwanden jedoch die beiden kleinen Prinzen, die im Tower lebten, und man glaubte, sie wären ermordet worden. Es kam zu einer Volkserhebung, die Richard mit äußerster Grausamkeit niederschlug. Um wenigstens etwas von seiner verlorengegangenen Popularität wiederzugewinnen, berief Richard das Parlament ein, welches nützliche Gesetze gegen Benevolenzen verabschiedete.

Es folgte aber eine zweite Volkserhebung, welche die Form einer Invasion annahm, an deren Spitze der Chef der Lancaster-Linie, Heinrich Tudor stand, und bei der französische Truppen mitwirkten. In Bosworth bei Leicester trafen Heinrich und Richard aufeinander, und durch den Verrat der Stanleys errang Heinrich den Sieg. Richard fiel nach mannhaftem Kampf in dieser Schlacht. Er hatte seinen Namen kaum weniger mit Schande befleckt als Johann.«

Was zum Kuckuck waren Benevolenzen?

Und was sagten die Engländer dazu, als die Thronfolge mit Hilfe französischer Truppen für sie entschieden wurde?

Frankreich war allerdings in den Tagen der Rosen immer noch eine Art Anhängsel von England, jedem Engländer viel vertrauter als Irland. Im 15. Jahrhundert war es für einen Engländer eine Selbstverständlichkeit, nach Frankreich zu reisen, nach Irland begab er sich nur höchst widerwillig.

Grant lag da und dachte über jenes England nach, um dessentwillen die Kriege der Rosen geführt worden waren. Ein grünes, grünes England, in dem es von Cumberland bis Cornwall nicht einen Fabrikschornstein gab. Ein England ohne Hecken, dessen riesige Wälder von Wild wimmelten und in dessen weiten Marschen die Wildhühner schier überhand nahmen. Ein England, in dem die ewig gleiche Gruppe von Behausungen sich alle paar

Meilen in endloser Einförmigkeit wiederholte: Schloß, Kirche, Hütten; Kloster, Kirche, Hütten; Herrenhaus, Kirche, Hütten. Streifen bebauten Landes um die Häuflein von Behausungen, und dann wieder das Grün. Das ungebrochene Grün. Die ausgefahrenen Feldwege, die von einer Wohnsiedlung zur anderen verliefen, im Winter verschlammt, im Sommer weiß vom Staub, je nach der Jahreszeit im Schmuck der wilden Rosen oder der roten Hagebutten.

Dreißig Jahre lang hatten die Kriege der Rosen um dieses grüne, weite Land gewährt. Aber es war mehr eine Blutfehde als ein Krieg gewesen. Eine Montague-und-Capulet-Affäre, die den Durchschnittsengländer nicht weiter berührte. Niemand schlug einem die Tür ein, um zu erfahren, ob man für York oder Lancaster sei, und einen ins Konzentrationslager zu sperren, wenn die Antwort nicht die erwünschte war. Es war ein kleiner, örtlich begrenzter Krieg, fast schon eine Privatangelegenheit. Man kämpfte auf der Wiese irgendeines Bauern, benutzte dessen Küche, um die Verwundeten zu verbinden, und zog dann weiter, irgendwohin, um wieder eine Schlacht auszutragen. Und ein paar Wochen später erfuhr man den Ausgang dieser Schlacht, und im trauten Familienkreis kriegten die Leute sich in die Haare, weil vielleicht der Familienvater für Lancaster und sein Eheweib für York war, so wie man eben bei einem Ausscheidungsspiel Partei für eine bestimmte Fußballmannschaft nimmt.

Grant dachte über jenes grüne England nach, bis er schließlich einschlief.

Was die beiden kleinen Prinzen und ihr Schicksal anbetraf, so war er keinen Deut schlauer geworden als zuvor.

III

Können Sie nicht einen erfreulicheren Blickfang finden als das da?« fragte die Zwergin am nächsten Morgen und deutete auf Richards Porträt, das Grant gegen den Bücherstapel auf seinem Nachttisch gelehnt hatte.

»Macht Ihnen das Gesicht gar keinen Eindruck?«

»Eindruck? Mich schüttelt es, wenn ich nur hinsehe. Erinnert mich an das ›Phantom‹.«

»Wenn man den Geschichtsbüchern glauben darf, war er ein Mann von großen Fähigkeiten.«

»Das war Blaubart auch.«

»Und offenbar auch äußerst populär.«

»Blaubart auch.«

»Überdies ein hervorragender Soldat«, sagte Grant boshaft. Und nach einer kleinen Pause: »Da kommt Blaubart wohl nicht mehr mit?«

»Warum müssen Sie denn immer dieses Gesicht anstarren? Wer ist das überhaupt?«

»Richard III.«

»Jetzt ist mir alles klar!«

»Heißt das, daß Sie ihn sich genauso vorgestellt haben?«

»Ja, genauso.«

»Und weshalb?«

»Ein bestialischer Mörder. War er doch?«

»Sie scheinen sich in der Geschichte gut auszukennen.«

»Das weiß doch jeder. Hat seine zwei kleinen Neffen abgemurkst. Die armen Kerlchen. Ersticken hat er sie lassen.«

»Ersticken?« sagte Grant interessiert. »Das wußte ich nicht.«

»Mit Kissen hat man sie erstickt.« Sie hieb mit ihrer zerbrechlich kleinen, aber kraftvollen Faust in Grants Kissen und schüttelte sie dann rasch und geschickt wieder auf.

»Weshalb erstickt? Weshalb nicht vergiftet?« erkundigte sich Grant.

»Wie soll ich das wissen? War ja nicht meine Idee.«

»Wer behauptet denn, daß sie erstickt wurden?«

»Das Geschichtsbuch, das wir in der Schule hatten.«

»So. Aber auf wen beruft sich denn dieses Geschichtsbuch?«

»Auf wen es sich beruft? Auf niemanden. Es berichtet die Tatsachen.«

»Stand auch drin, wer sie erstickt hat?«

»Ein Mann namens Tyrrel. Hatten Sie in Ihrer Schule denn keine Geschichte?«

»Wir hatten Geschichtsunterricht. Das ist nicht das gleiche. Wer war Tyrrel?«

»Keine Ahnung. Ein Freund von Richard.«

»Woher weiß man denn, daß es Tyrrel war?«

»Er hat gestanden.«

»Gestanden?«

»Natürlich erst, nachdem man ihn verurteilt hatte. Kurz bevor man ihn aufknüpfte.«

»Wollen Sie behaupten, daß dieser Tyrrel tatsächlich für den Mord an den beiden Prinzen baumeln mußte?«

»Ja, natürlich. Soll ich nicht dieses gräßliche Gesicht verschwinden lassen und Ihnen was Lustigeres hinstellen? Unter den vielen Bildern, die Miss Hallard Ihnen gestern brachte, waren eine ganze Menge netter Gesichter.«

»Nette Gesichter interessieren mich nicht. Mich interessieren nur gräßliche. ›Bestialische Mörder‹, mit ›großen Fähigkeiten‹.«

»Na, die Geschmäcker sind verschieden«, gab die

Zwergin erwartungsgemäß zurück. »Ich muß es ja gottlob nicht ansehen. Aber wenn Sie meine bescheidene Meinung wissen wollen, dann kann ich nur sagen, daß vor einem solchen Bild sogar den Knochen das Zusammenwachsen vergeht.«

»Na schön, wenn mein Bein nicht heilt, können Sie das ruhig auf das Schuldkonto von Richard III. schreiben. Bei dem Konto kommt es ja nicht mehr darauf an.«

Er wollte Marta bei ihrem nächsten Besuch fragen, ob sie auch diese Geschichte von Tyrrel kannte. Ihr Allgemeinwissen war nicht gerade überwältigend, aber sie hatte eine sehr teure Schule besucht, und vielleicht war irgendwas von dieser kostspieligen Erziehung hängengeblieben.

Doch der nächste Besucher aus der Außenwelt war Sergeant Williams. Dick, rosig und frisch geschrubbt. Für eine Weile vergaß Grant die Vergangenheit und ihre Schlachten und kehrte in die Gegenwart zurück und zu den kessen Jungen, die sie unsicher machen. Williams pflanzte sich auf dem kleinen, harten Besucherstuhl auf, die Oberschenkel gespreizt, die hellblauen Augen wie eine behaglich schnurrende Katze blinzelnd auf das Fenster gerichtet. Grant betrachtete ihn liebevoll. Es war hübsch, wieder Berufsklatsch zu hören, über Kollegen zu lästern und zu erfahren, wer gerade Liebkind war und wer nicht.

»Schöne Grüße vom Chef«, sagte Williams, als er aufstand, um sich zu verabschieden. »Und Sie sollen es ihn wissen lassen, wenn er etwas für Sie tun kann.« Nun nicht mehr vom Licht geblendet, bemerkte er die Fotografie, die an den Büchern lehnte. Er beugte sich darüber. »Was ist denn das für ein Kerl?«

Grant hatte die Antwort schon auf der Zunge, als ihm einfiel, daß ihm ja ein Kollege gegenüberstand, ein Mann, der, wie er, von Berufs wegen mit Gesichtern zu tun hatte. Jemand, für den Gesichter zum täglichen Brot gehörten.

»Porträt eines Mannes von einem unbekannten Maler des 15. Jahrhunderts«, sagte er. »Was halten Sie davon?«

»Ich verstehe überhaupt nichts von Malerei.«

»Das meine ich auch nicht. Ich möchte wissen, was Sie von dem Mann halten?«

»Oh. Ach so.« Williams beugte sich noch weiter vor und runzelte angesichts des Bildes die Brauen. »Was wollen Sie über ihn wissen?«

»Nun, wie würden Sie ihn einordnen? Würden Sie ihn auf die Anklage- oder auf die Richterbank setzen?«

Williams überlegte einen Augenblick lang und sagte dann im Brustton der Überzeugung: »Auf die Richterbank.«

»Sind Sie sich ganz sicher?«

»Und ob. Wieso? Sie nicht?«

»Doch. Aber das Komische ist, daß wir beide unrecht haben. Er gehört auf die Anklagebank.«

»Das überrascht mich aber«, sagte Williams und sah das Bild noch einmal forschend an. »Sie wissen also, wer es ist?«

»Ja. Richard III.«

Williams stieß einen Pfiff aus.

»Der ist das also! Na! Die Prinzen im Tower und so weiter. Das Urbild des bösen Onkels. Na ja, wenn man's weiß, kann man es wahrscheinlich auch erkennen. Aber so ohne weiteres käme ich nicht auf den Gedanken. War doch wohl ein richtiger Gangster. Wenn ich es mir recht überlege, sieht er haargenau wie der alte Halsbury aus. Und wenn Halsbury überhaupt einen Fehler hat, dann den, daß er mit den Gaunern auf der Anklagebank zu milde verfährt.Der bringt sich ja beinah um, damit er für sie bei der Rechtsbelehrung für die Geschworenen Vorteile herausschindet.«

»Wissen Sie, auf welche Weise die Prinzen ermordet wurden?«

»Ich weiß von Richard III. nur, daß seine Mutter zwei Jahre lang mit ihm schwanger ging.«

»Was! Wo haben Sie denn das her?«

»Wahrscheinlich aus der Geschichtsstunde.«

»Sie müssen aber in eine sehr ungewöhnliche Schule gegangen sein. In meinen Geschichtsbüchern stand nie etwas von Schwangerschaften. Deshalb waren ja Shakespeare und die Bibel eine so angenehme Bereicherung des Unterrichts. Da wurde ganz offen von den Geheimnissen des Lebens gesprochen. Haben Sie jemals was von einem Mann namens Tyrrel gehört?«

»Klar. Der Zinker, der immer mit der P & O-Linie fuhr. Ist mit der ›Ägypten‹ untergegangen.«

»Nein, ich meine in der Geschichtsstunde.«

»Ich muß Sie enttäuschen. Von Geschichte weiß ich nur, was 1066 und 1603 passiert ist.«

»Was war denn 1603 los?« fragte Grant, dessen Gedanken immer noch bei Tyrrel waren.

»Da haben wir die Schotten endgültig geschluckt.«

»Besser, als wenn wir sie alle paar Minuten auf dem Hals hätten. Tyrrel soll nämlich der Mann sein, der die beiden Prinzen aus dem Weg geräumt hat.«

»Die Neffen? Nee. Da kann ich mich nicht erinnern. So jetzt muß ich aber gehen. Kann ich irgend etwas für Sie tun?«

»Sagten Sie nicht, daß Sie in die Charing Cross Road müssen?«

»Ja, zur Phönix.«

»Könnten Sie mir einen Gefallen tun?«

»Und der wäre?«

»Gehen Sie doch bitte in eine der Buchhandlungen und besorgen Sie mir eine Englische Geschichte. Eine für Erwachsene. Und, wenn möglich, eine Biographie von Richard III.«

»Aber gern.«

Unter der Tür stieß er mit der Amazone zusammen. Er machte ein höchst verdutztes Gesicht. Das war ja fast ein weiblicher Doppelgänger, und dazu noch in Schwesterntracht. Er murmelte einen etwas betretenen Gruß, warf Grant einen fragenden Blick zu und verschwand im Korridor.

Die Amazone sagte, sie müsse jetzt Nummer vier baden, wolle sich aber vorher noch vergewissern, ob er nun überzeugt sei.

»Überzeugt?«

»Vom edlen Charakter von Richard Löwenherz.«

»Ich bin noch nicht zu Richard I. gekommen. Aber lassen Sie doch Nummer vier noch einen Augenblick warten und sagen Sie mir, was Sie über Richard III. wissen.«

»Ach, die armen süßen Schätze!« sagte sie, und ihre großen Kuhaugen schwammen in Mitleid.

»Wer?«

»Diese goldigen kleinen Jungen. Das war ja mein Alptraum als Mädelchen. Daß jemand kommen und ein Kissen auf mein Gesicht drücken könnte, während ich schlief.«

»Hat man sie denn auf diese Weise umgebracht?«

»Ja. Wußten Sie das nicht? Sir James Tyrrel ritt nach London, als der Hof in Warwick war, und gab Dighton und Forrest den Befehl, sie umzubringen. Und dann hat man sie unter einem großen Steinhaufen am Fuß irgendeiner Treppe begraben.«

»Aber in dem Buch, das Sie mir geliehen haben, steht das nicht.«

»Ach, das ist doch nur zur Vorbereitung auf die Prüfungen. Sie wissen schon, was ich meine. In den Büchern zum Büffeln stehen die interessanten Sachen nie drin.«

»Und darf ich fragen, woher Sie diesen aufregenden Klatsch über Tyrrel bezogen haben?«

»Das ist kein Klatsch«, sagte sie gekränkt. »Das können Sie auch in Sir Thomas Mores Geschichte seiner Zeit finden. Und eine angesehenere und vertrauenswürdigere Persönlichkeit als Sir Thomas More gibt es ja wohl in der ganzen Geschichte nicht. Oder?«

»Nein. Es wäre sehr ungezogen, Sir Thomas zu widersprechen.«

»Sir Thomas hat es gesagt, und schließlich hat er damals gelebt und all diese Menschen persönlich gekannt.«

»Dighton und Forrest?«

»Nein, die natürlich nicht. Aber Richard und die arme Königin und all die anderen.«

»Die Königin? Richards Gemahlin?«

»Ja.«

»Weshalb ›arm‹?«

»Die hat doch die Hölle gehabt. Er soll sie vergiftet haben. Er wollte nämlich seine Nichte heiraten.«

»Weshalb?«

»Weil sie die Thronerbin war.«

»Ach so. Erst hat er die beiden Prinzen erledigt, und dann wollte er ihre älteste Schwester heiraten.«

»Ja. Er konnte ja nicht einen von den Jungen heiraten.«

»Nein. Auf diesen Gedanken ist wohl nicht einmal Richard III. gekommen.«

»Er wollte also Elisabeth heiraten, um sich auf seinem Thron sicherer zu fühlen. In Wirklichkeit hat sie ja seinen Nachfolger geheiratet. Sie war die Großmutter von Königin Elisabeth. Mich hat es immer gefreut, daß Elisabeth ein paar Tropfen Plantagenet-Blut hatte. Die Tudors habe ich nie so recht gemocht. Jetzt muß ich aber gehen, sonst macht die Oberin noch Visite, ehe ich Nummer vier wieder im Bett habe.«

»Das wäre eine Katastrophe.«

»Für mich bestimmt«, sagte sie und verschwand.

Grant nahm das Buch, das sie ihm geliehen hatte, wieder vom Nachttisch und versuchte, sich über die Kriege der Rosen klarzuwerden. Es gelang ihm nicht. Armeen wogten hin und her. Mal siegte York, mal siegte Lancaster. Man kam gar nicht mehr mit. Der Kopf schwirrte einem wie beim Anblick der Autoscooter, die auf dem Jahrmarkt ineinanderfahren und durcheinanderkreiseln.

Aber es kam ihm vor, als sei der Ursprung dieses ganzen Schlamassels beinah hundert Jahre früher zu suchen, als die direkte Erbfolge durch die Entthronung Richards II. unterbrochen worden war. Darüber wußte er genau Bescheid, denn er hatte in seiner Jugend »Richard von Bordeaux« im Neuen Theater gesehen. Er hatte es sogar viermal gesehen. Drei Generationen lang hatten die Lancaster-Usurpatoren England regiert: Heinrich IV. unglücklich, aber ganz ordentlich; dann Shakespeares Prinz Heinz, dem Agincourt Ruhm und sein Glaubenseifer Schande eingetragen hatten, und schließlich dessen Sohn Heinrich, ein vertrottelter Tolpatsch und Versager. Kein Wunder, daß die Menschen sich wieder nach dem legitimen Herrscherhaus zurücksehnten, als sie mitansehen mußten, wie des armen sechsten Heinrich unfähige Freunde die französischen Siege vertaten, während er selbst seine neue Gründung Eton hätschelte und die Damen bei Hof bat, ihren Busen zu bedecken.

Alle drei Lancaster waren von einem unerfreulichen Fanatismus besessen, der so gar nichts mit den liberalen Anschauungen jenes Hofes gemein hatte, der mit Richard II. dahingegangen war. Auf Richards Methode des Leben-und-Lebenlassens war beinah über Nacht die Ketzerverbrennung gefolgt. Drei Generationen lang hatte man Ketzer verbrannt. Kein Wunder, wenn im Herzen des kleinen Mannes allmählich ein weniger öffentliches Feuer der Unzufriedenheit zu schwelen begonnen hatte.

Um so mehr, da nun aller Augen auf den Herzog von York gerichtet waren. Der war hochbefähigt, empfindsam, einflußreich, tüchtig, ein Fürst von Geblüt und der legitime Erbe Richards II. Vielleicht wollte das Volk gar nicht, daß York die Stelle des armen törichten Heinrich einnehmen sollte. Aber es wünschte, er würde die Geschicke des Landes in seine Hände nehmen und den Karren aus dem Dreck ziehen.

York versuchte es und mußte zum Lohn für seine Mühe den Schlachtentod sterben. Und seine Familie verbrachte viele Jahre im Exil oder im Asyl.

Als der Tumult und das Geschrei sich gelegt hatten, da saß auf Englands Thron der Sohn, der in jenem Kampf Seite an Seite mit ihm gekämpft hatte, und das Land schickte sich beruhigt in die Herrschaft dieses hochgewachsenen, flachsblonden, den Weibern nachstellenden, ungewöhnlich schönen, aber auch ungewöhnlich klugen jungen Mannes, Eduard IV.

Bis dahin und nicht weiter konnte Grant die Kriege der Rosen begreifen.

Er blickte von seinem Buch auf und sah die Oberin mitten im Zimmer stehen.

»Ich habe angeklopft«, sagte sie. »Aber Sie waren in Ihr Buch vertieft.«

Da stand sie, schlank und unnahbar und auf ihre Weise ebenso elegant wie Marta. Die Hände mit den weißen Manschetten waren locker vor der schmalen Taille ineinander verschlungen, der weiße Schleier bauschte sich in unnachahmlicher Würde. Ihr einziger Schmuck war die kleine silberne Schwesternbrosche. Grant überlegte, ob wohl irgend jemand auf der weiten Welt eine noch unerschütterlichere Haltung an den Tag legen könnte als die Oberin eines großen Krankenhauses.

»Ich habe angefangen, mich mit Geschichte zu befassen«, sagte er. »Ich bin ein bißchen spät dran damit.«

»Ein ausgezeichneter Gedanke«, antwortete sie. »Das rückt die Dinge ins rechte Licht.« Ihr Blick fiel auf das Porträt, und sie fragte: »Sind Sie für York oder für Lancaster?«

»Sie kennen das Porträt?«

»O ja. Als Lernschwester habe ich viel Zeit in der National Gallery verbracht. Ich hatte sehr wenig Geld und sehr wunde Füße. Und in der Galerie war es warm und ruhig, und es gab viele Sitzgelegenheiten.« Sie lächelte ein wenig, als sie von ihrer jetzigen Höhe auf das junge, müde und beflissene Geschöpf zurückblickte, das sie einmal gewesen war. »Die Porträtabteilung sagte mir besonders zu. Sie konnte einem das gleiche Gefühl für Proportionen geben wie das Studium der Geschichte. All die Prominenten, die zu ihrer Zeit so viel Lärm und so viel Aufsehen gemacht hatten – nun waren sie nur noch Namen, nur noch Leinwand und Farbe. Damals stand ich oft vor diesem Porträt.« Ihre Aufmerksamkeit wandte sich wieder dem Bild zu. »Ein sehr unglückliches Geschöpf«, sagte sie.

»Mein Chirurg tippt auf Poliomyelitis.«

»Polio?« Sie überlegte. »Vielleicht. Daran habe ich noch gar nicht gedacht. Für mich war es immer abgrundtiefe Traurigkeit. Es ist wohl das unglücklichste Gesicht, dem ich jemals begegnet bin – und ich bin sehr vielen unglücklichen Gesichtern begegnet.«

»Sie sind also der Meinung, daß es nach dem Mord gemalt wurde?«

»Ganz offensichtlich. Er ist nicht der Typ, der die Dinge leicht nimmt. Ein Mann von seiner Beschaffenheit! Er muß sehr genau gewußt haben, wie – verabscheuungswürdig das Verbrechen war.«

»Sie halten ihn also für den Typ, der sich hinterher selbst nicht mehr ertragen kann?«

»Ganz wie Sie sagen! Ja. Das ist der Typ, der etwas unbedingt haben will und dann entdeckt, daß der Preis, den er dafür bezahlt hat, zu hoch war.«

»Sie halten ihn also nicht für einen durch und durch schlechten Menschen?«

»Nein, o nein! Schurken leiden nicht. Und in diesem Gesicht spiegeln sich die grauenhaftesten Qualen.«

Sie betrachteten beide lange und schweigend das Porträt.

»Wissen Sie, es muß ihm wie die Vergeltung vorgekommen sein, daß er so bald darauf seinen einzigen Sohn verlor. Und dann der Tod seiner Frau. In so kurzer Zeit seiner engsten Familie beraubt zu werden, muß ihm doch als göttliches Strafgericht erschienen sein.«

»Glauben Sie, daß er sehr an seiner Frau hing?«

»Sie war seine Kusine, und sie kannten einander von Kindheit an. Also muß sie ihm, ob er sie nun liebte oder nicht, sehr nahegestanden haben. Für jemanden, der auf einem Thron sitzt, ist Verbundenheit wohl ein seltenes Glück ... Aber jetzt muß ich mich wieder um mein Krankenhaus kümmern. Ich habe noch nicht einmal die Frage gestellt, deretwegen ich zu Ihnen kam. Wie fühlen Sie sich denn heute? Immerhin ist es ein sehr gutes Zeichen, daß Sie Interesse für einen Mann aufbringen, der seit vierhundert Jahren tot ist.«

Sie hatte ihre Haltung seit ihrem Eintreten nicht verändert. Nun lächelte sie ihr leises, verhaltenes Lächeln und ging, die Hände noch immer vor dem Gürtel verschlungen, auf die Tür zu. Sie war von fast überirdischer Gelassenheit, wie eine Nonne, wie eine Königin.

IV

Sergeant Williams erschien erst nach dem Mittagessen wieder. Keuchend schleppte er zwei dicke Wälzer heran.

»Die hätten Sie aber doch bei der Anmeldung abgeben können«, sagte Grant. »Sie brauchten sie wirklich nicht selbst heraufzutragen.«

»Ich mußte schon selbst kommen, weil ich Ihnen etwas zu erklären habe. Ich konnte leider nur in einen Laden gehen, weil ich keine Zeit hatte. Aber es war der größte in der ganzen Straße. Das da ist die beste Englische Geschichte, die sie auf Lager haben. Die beste, die es überhaupt gibt, haben sie gesagt.« Er legte einen eindrucksvollen, grün gebundenen Wälzer auf den Nachttisch, und auf seinem Gesicht stand zu lesen, daß er keine Verantwortung übernehmen wolle. »Von Richard III. gab's keine Extra-Geschichte. Ich meine, keine Lebensgeschichte. Aber das haben sie mir noch mitgegeben.« Das zweite Buch sah viel ansprechender aus, ein Wappenschild zierte den Umschlag. Es hieß »Die Rose von Raby«.

»Was ist denn das?«

»Sie war offenbar seine Mutter. Die Rose, meine ich. Ich kann nicht länger bleiben. In fünf Minuten muß ich mich im Yard melden, und wenn ich zu spät komme, frißt mich der Chef. Tut mir leid, daß ich nicht mehr erreicht habe. Ich komme wieder vorbei, sobald ich hier in der Nähe bin, und wenn die Dinger da nichts taugen, will ich versuchen, etwas anderes zu bekommen.«

Grant war von dankbaren Gefühlen erfüllt und sagte das auch.

Williams' forsch verhallende Schritte im Ohr, begann er in der »besten englischen Geschichte, die es gibt« zu blättern. Es stellte sich heraus, daß es sich um eine sogenannte Verfassungsgeschichte handelte, um eine nüchterne Kompilation, der eindringliche Illustrationen etwas Farbe verliehen. Könige und Königinnen wurden nur am Rande aufgeführt. Tanners Verfassungsgeschichte befaßte sich in der Hauptsache mit dem sozialen Fortschritt und der politischen Entwicklung, mit dem Schwarzen Tod, der Erfindung der Druckerkunst, der Verwendung des Schießpulvers, der Entstehung der Gilden usw. Aber hin und wieder war Mr. Tanner doch gezwungen, einen König oder dessen Verwandtschaft zu erwähnen, und einer dieser zwangsläufigen Gründe hing mit der Erfindung der Druckerkunst zusammen.

Ein Mann namens Caxton kam aus den Wäldern Kents als Tuchmacherlehrling zu einem nachmaligen Lord Mayor von London und begab sich dann mit den zwanzig Talern, die sein Meister ihm testamentarisch vermachte, nach Brügge. Als eines Tages zwei jugendliche Flüchtlinge aus England im grauen Herbstregen an jenen flachen Küsten erschienen, war es der inzwischen zu Reichtum und Ansehen gelangte Kaufmann aus den kentischen Wäldern, der ihnen half. Die Flüchtlinge waren Eduard IV. und sein Bruder Richard. Und als das Blatt sich wendete und Eduard wieder nach England kam, um es zu regieren, da kam mit ihm Caxton und druckte die ersten Bücher Englands. Sie wurden in Eduards IV. Auftrag gedruckt und von Eduards Schwager verfaßt.

Grant blätterte weiter. Erstaunlich, wie langweilig Geschichte ist, wenn man sie des Persönlichen beraubt. Die Sorgen der Menschheit sind, wie jeder Zeitungsleser längst weiß, niemandes Sorgen. Liest man von einer totalen Zerstörung, läuft einem vielleicht ein kalter

Schauer über den Rücken, das Herz aber bleibt ungerührt. Finden tausend Menschen bei einer Überschwemmung in China den Tod, dann ist das eine Zeitungsnachricht. Ertrinkt aber ein Kind in einem Dorfweiher, dann ist das eine Tragödie. So gesehen, war Mr. Tanners Bericht über die Entwicklung des englischen Volkes zwar bewundernswert, aber nicht aufregend. Nur hie und da, wenn das Persönliche sich nicht umgehen ließ, gewann seine Erzählung ein unmittelbares Interesse. So etwa bei den Auszügen aus dem Briefwechsel der Familie Paston. Die Pastons hatten die Angewohnheit, zwischen ihre Bestellungen von Salatöl kurze Nachrichten von historischem Interesse einzustreuen, und zu diesen gehörte auch der kurze Hinweis, daß die beiden kleinen Yorks, George und Richard, im Londoner Haus der Pastons wohnten und dort täglich den Besuch ihres Bruders Eduard empfingen.

Grant ließ das Buch einen Augenblick auf die Bettdecke sinken, starrte zu der jetzt unsichtbaren Decke empor und dachte nach. Gewiß hatte noch nie zuvor ein Mann den englischen Thron bestiegen, der den Alltag des kleinen Mannes aus so persönlicher Erfahrung kannte wie Eduard IV. und sein Bruder Richard. Nach ihnen war vielleicht nur noch Karl II. zu nennen. Karl aber war noch in der Armut und auf der Flucht stets ein Königssohn geblieben, ein Mann, der abseits stand. Die beiden kleinen Jungen, die im Haus der Pastons lebten, waren nichts anderes als die Nesthäkchen der Familie York, im besten Falle völlig uninteressant und in dem Augenblick, da dieser Pastonbrief geschrieben wurde, ohne Heim und offenbar auch ohne Zukunft.

Grant griff nach dem Geschichtsbuch der Amazone, um festzustellen, was Eduard zu diesem Zeitpunkt in London tat. Er erfuhr, daß er eine Armee sammelte. »London war stets yorkisch gesinnt, und begeistert scharten sich die Männer um das Banner des jugendlichen Eduard«, sagte das Geschichtsbuch.

Und dennoch fand Jung-Eduard – achtzehnjährig, das Idol einer Hauptstadt, und unmittelbar vor dem ersten seiner Siege stehend – noch Zeit, täglich seine kleinen Brüder zu besuchen.

Grant überlegte, ob die erstaunliche Anhänglichkeit Richards an diesen älteren Bruder wohl aus jenen Tagen stammte. Eine Anhänglichkeit, die ein Leben lang anhielt und die von den Geschichtsbüchern nicht nur nicht geleugnet, sondern regelrecht moralisch ausgeschlachtet wurde. »Bis zu dem Augenblick, da sein Bruder starb, war ihm Richard stets und in jeder Situation ein getreuer und ergebener Helfer gewesen. Doch die Gelegenheit, eine Krone zu erringen, ließ ihn straucheln.« Oder in den schlichteren Worten des Geschichtslesebuches: »Er war Eduard ein guter Bruder gewesen. Aber als er merkte, daß er König werden könne, verhärtete die Gier sein Herz.«

Grant warf einen Blick auf das Porträt und entschied, daß das Geschichtslesebuch irrte. Was immer Richards Herz bis zum Mord verhärtet haben mochte, Gier war es nicht gewesen. Oder meinte das Geschichtslesebuch vielleicht Machtgier? Wahrscheinlich. Wahrscheinlich.

Aber Richard hatte doch gewiß alle Macht, die ein Sterblicher sich nur wünschen konnte. Er war der Bruder des Königs, und er war reich. War dieser kleine Schritt weiter nach oben so wichtig, daß es sich lohnte, seines Bruders Kinder zu ermorden?

Das Ganze war höchst seltsam.

Er grübelte noch immer über all diese Dinge nach, als Mrs. Tinker mit seinen frischen Pyjamas und ihren täglichen Bulletins zu Besuch kam. Mrs. Tinker bezog ihre Neuigkeiten aus den Schlagzeilen der Zeitung. Über die dritte Schlagzeile eines Berichtes las sie niemals hinaus, es sei denn, es handelte sich um einen Mord. Dann verschlang sie jedes Wort und erstand auf dem Heimweg auch noch eine Abendzeitung.

Heute ergoß sich ihr Kommentar zu einem Giftmord mit Exhumierung pausenlos über Grant, bis sie die Morgenzeitung erblickte, die unberührt neben den Büchern auf seinem Nachttisch lag. Dieser Anblick ließ sie plötzlich innehalten.

»Sie fühlen sich heute wohl nicht besonders?« fragte sie besorgt.

»Doch, Tink, mir geht's gut. Weshalb?«

»Sie haben ja Ihre Zeitung noch nicht mal aufgemacht. So hat's bei der Tochter meiner Schwester angefangen. Von da an ging's bergab mit ihr. Kein Interesse mehr an dem, was in der Zeitung stand.«

»Machen Sie sich keine Sorgen. Mit mir geht es bergauf. Sogar meine Laune hat sich wieder gebessert. Ich habe die Zeitung ganz vergessen, weil ich Erzählungen aus der Geschichte las. Haben Sie je was von den Prinzen im Tower gehört?«

»Na, die Prinzen im Tower kennt doch jeder.«

»Und wissen Sie auch, wie sie umgekommen sind?«

»Klar, weiß ich. Er hat ein Kissen auf ihre Gesichter gedrückt, als sie schliefen.«

»Wer hat das getan?«

»Ihr böser Onkel. Richard III. Sie sollten nicht an solche Sachen denken, wo Sie sich doch nicht wohl fühlen. Sie sollten was Hübsches und Lustiges lesen.«

»Haben Sie es sehr eilig, Tink, oder könnten Sie für mich den Umweg über St. Martin's Lane machen?«

»Nee, ich hab' haufenweise Zeit. Soll ich zu Miss Hallard? Die wird nicht vor sechs Uhr im Theater sein.«

»Ja, das weiß ich. Aber Sie könnten einen Brief für sie hinterlassen.«

Er angelte nach Notizblock und Bleistift und schrieb:

»Verschaff mir um Himmels willen ein Exemplar von Thomas Mores Geschichte von Richard III.«

Er riß das Blatt ab, faltete es zusammen und schrieb Martas Namen darauf.

»Sie können es dem alten Saxton am Bühneneingang geben. Der sorgt dafür, daß sie's bekommt.«

Mrs. Tinker steckte das zusammengefaltete Blatt vorsichtig in ihre billige Kunstlederhandtasche mit den abgestoßenen Ecken, die ebensowenig von ihr wegzudenken war wie ihr Hut. Jede Weihnacht hatte Grant ihr eine neue Handtasche geschenkt, und jede dieser Handtaschen war ein Erzeugnis bester englischer Taschnertradition, ein Kunstwerk von so betörend schöner Form und vollkommener Ausführung gewesen, daß Marta Hallard ohne weiteres damit zum Lunch ins »Claridge« gegangen wäre. Aber keine dieser Handtaschen hatte er jemals wiedergesehen. Da Mrs. Tinker ein Leihhaus für fast so ehrenrührig hielt wie ein Gefängnis, war sie über jeden Verdacht erhaben, seine Geschenke zu Bargeld gemacht zu haben. Grant war zu dem Schluß gekommen, daß sie die Handtaschen irgendwo sicher in einer Schublade verstaut hatte, um sie vorzuzeigen, oder auch nur, um sich an ihrem Anblick zu laben. Vielleicht verschaffte es ihr aber auch einfach Befriedigung, sie in ihrem Besitz zu wissen, so wie es manche Menschen befriedigt, etwas für ihre Beerdigung »zurückgelegt« zu haben. Nächste Weihnacht würde er diesen schäbigen Sack, diesen Allzweckbeutel, den sie da mit sich führte, öffnen und etwas in das Geldfach stecken. Das würde sie natürlich kleinweise verplempern, und am Ende würde sie nicht mehr wissen, was sie damit gemacht hatte. Aber vielleicht waren eine Reihe kleiner Genüsse, die wie schimmernde Pailletten das graue Gewand des Alltags zum Leuchten brachten, mehr wert als die heimliche Befriedigung, eine Sammlung schöner Gegenstände in einer dunklen Schublade zu wissen.

Als Mrs. Tinker sich zur ächzenden Begleitmusik ihrer Schuhe und ihres Korsetts entfernt hatte, wandte Grant sich wieder Mr. Tanner zu und tat etwas für seine Bildung, indem er vorübergehend Mr. Tanners Interesse an der menschlichen Rasse teilte. Aber auf die Dauer fiel ihm das schwer. Weder von Natur aus noch von Berufs wegen konnte er der Menschheit im allgemeinen Interesse abgewinnen. Seine Zuneigung, die angeborene wie die anerzogene, gehörte dem Individuum. Er kämpfte sich durch Mr. Tanners Statistiken und sehnte sich nach einem König in einem Eichbaum oder nach einem Besen, der an einen Mastkorb gebunden war, oder nach einem Hochländer, der sich an den Steigbügel eines angreifenden Kavalleristen hängt. Aber er konnte zumindest mit Befriedung feststellen, daß der Engländer des 15. Jahrhunderts »Wasser nur zur Buße« trank. Dem englischen Arbeiter zur Zeit Richards III. schien die Bewunderung des Kontinents zu gehören. Mr. Tanner zitierte einen Zeitgenossen, der aus Frankreich schrieb:

»Der König von Frankreich gestattet niemandem, Salz zu verwenden, das nicht zu einem von ihm willkürlich festgesetzten Preis gekauft worden ist. Die Soldaten bezahlen nichts und behandeln das Volk barbarisch, wenn es nicht nach ihrer Pfeife tanzt. Alle Weinbauern müssen dem König einen Vierten abgeben. Alle Städter müssen an den König jährlich hohe Summen für seine Soldaten zahlen. Die Bauern leben in großer Bedrängnis und Armut. Sie tragen keine Wolle am Leib. Ihre Kleidung besteht aus kurzen Sackleinwand-Wämsen, die Hose reicht nur bis zum Knie, die Beine sind nackt und der Kälte ausgesetzt. Die Frauen gehen alle barfuß. Das Volk ißt kein Fleisch bis auf das Schinkenfett in der Suppe. Auch dem Landadel geht es nicht viel besser. Wer eines Vergehens oder Verbrechens beschuldigt wird, muß sich einem geheimen Verhör unterziehen und verschwindet mitunter auf Nimmerwiedersehen.

In England herrschen ganz andere Zustände. Keiner darf das Haus eines anderen ohne dessen Erlaubnis betreten. Der König darf keine Steuern erheben, noch die Gesetze ändern oder gar neue Gesetze erlassen. Die Engländer trinken niemals Wasser, außer zur

Buße. Sie essen alle erdenklichen Sorten Fleisch und Fisch. Sie sind samt und sonders in gutes Wollzeug gekleidet und mit aller Art von Hausrat wohl versehen. Ein Engländer kann nur vor einem ordentlichen Richter angeklagt werden.«

Und Grant hatte den Eindruck, daß auch der Bedürftige, der sein erstes Enkelkind von Angesicht zu Angesicht sehen wollte, immerhin das beruhigende Bewußtsein haben durfte, in jedem christlichen Haus Unterkunft und Verpflegung zu finden und sich nicht den Kopf zu zerbrechen brauchte, wovon er die Reise und die Wegzehrung bezahlen sollte. Dieses grüne England, mit dem er gestern abend eingeschlafen war, hatte recht viel für sich.

Er schmökerte sich durch das 15. Jahrhundert und suchte nach menschlich interessanten Einzelheiten, nach Berichten, deren Lebendigkeit vielleicht auf den für ihn wichtigen Teil der Bühne ein wenig Licht werfen könnte. Aber das Buch widmete sich leider ganz und gar dem allgemeinen. Nach Ansicht von Mr. Tanner war Richards III. einziges Parlament das liberalste und fortschrittlichste, das es je gegeben hatte, und der löbliche Mr. Tanner bedauerte tief den Widerspruch, der zwischen Richards privaten Verbrechen und seinem offenkundigen Bemühen um das Gemeinwohl bestand. Das schien aber auch alles zu sein, was Mr. Tanner über Richard III. zu sagen hatte. Mit Ausnahme der Pastons, die unbeirrt durch die Jahrhunderte schwatzten, ermangelte dieser Bericht über die Menschheit in traurigem Maße der Menschen.

Er ließ das Buch von seiner Brust gleiten und tastete mit der Hand nach der »Rose von Raby«.

V

Die Rose von Raby« erwies sich als ein Roman. Immerhin ließ das Buch sich leichter in der Hand halten als Tanners Verfassungsgeschichte von England. Es war überdies in jener schon fast wieder erträglichen Methode historischer Romane geschrieben, die sozusagen die Geschichte in Dialoge auflöst. Mehr eine phantasievolle Biographie als eine phantastische Erzählung. Evelyn Payne-Ellis, wer immer sie auch sein mochte, hatte Porträts und einen Stammbaum beigefügt und offenbar nicht versucht, einen altertümelnden Ton anzuschlagen. In seiner Art war das Buch eine ehrliche Arbeit.

Aufschlußreicher als das Elaborat von Mr. Tanner.

Viel aufschlußreicher.

Grant war der Ansicht, daß man einen Menschen, über den nichts zu erfahren war, wenigstens ungefähr kennenlernen konnte, wenn man sich über seine Mutter informierte.

Und so würde er sich, bis Marta ihm den unfehlbaren und geheiligten Thomas More mit seinem persönlichen Bericht über Richard brachte, eben mit Cicely Nevill, Herzogin von York, amüsieren.

Er betrachtete den Stammbaum. Die beiden gekrönten Brüder York, Eduard und Richard, verfügten offenbar nicht nur über eine einmalige Erfahrung mit dem Alltagsleben des kleinen Mannes, sondern waren auch Engländer allerreinsten Wassers. Er betrachtete ihre Ahnenreihe und staunte. Etwas Englischeres konnte es wohl kaum geben. Nevill, Fitzalan, Percy, Holland, Mortimer, Clifford, Audley und Plantagenet. Königin Elisabeth war durch und durch englisch (und rühmte sich dessen), sofern man den Schuß wallisischen Blutes ebenfalls als englisch bezeichnete. Aber unter den Mischlingsmonarchen – halb französisch, halb spanisch, halb dänisch, halb niederländisch, halb portugiesisch –, die Englands Thron von der Eroberung bis zum Bauernkönig Georg geziert hatten, zeichneten sich Eduard IV. und Richard III. dadurch aus, daß sie unverfälschte Landesprodukte waren.

Außerdem stellte Grant fest, daß sie von Mutterseite wie von Vaterseite aus königlichem Geblüt waren. Cicely Nevills Großvater war John of Gaunt, der erste der Lancaster und der dritte Sohn Eduards III. Ihr Gemahl stammte zweimal in direkter Linie von Eduard III. ab. Also hatten drei der fünf Söhne Eduards III. zur Entstehung der beiden Brüder York beigetragen.

»Ein Nevill zu sein«, so sagte Miss Payne-Ellis, »bedeutete etwas, denn die Nevills waren Großgrundbesitzer. Eine Nevill zu sein, hieß beinah stets, gut auszusehen, denn die Nevills waren eine gut aussehende Familie. Eine Nevill zu sein, hieß eine Persönlichkeit zu sein, denn die Nevills zeichneten sich sowohl durch Charakter wie durch Temperament aus. Alle drei Nevillgaben in höchster Vollendung in einer Person zu vereinigen, war das glückliche Los von Cicely Nevill, der einzigen Rose des Nordens, lange ehe dieser Norden gezwungen war, sich zwischen weißen und roten Rosen zu entscheiden.«

Miss Payne-Ellis behauptete auch, daß die Heirat mit Richard Plantagenet, Herzog von York, eine Liebesheirat war. Grant stand dieser Behauptung skeptisch gegenüber, bis er die Folgen dieser Ehe entdeckte. Wenn im 15. Jahrhundert eine Familie jährlich Zuwachs bekam, so war dies nichts anderes als ein Beweis von Fruchtbarkeit. Und die große Familie, die Cicely Nevill ihrem charmanten Gemahl schenkte, konnte ebensowohl ein Zeichen für Liebe wie für regelmäßigen Beischlaf sein. Aber die ungewöhnliche Tatsache, daß Cicely Nevill in einer Zeit, da die Ehefrau züchtig zu Hause zu sitzen und sich um ihre Wirtschaft zu kümmern hatte, fortwährend in Gesellschaft ihres Gemahls umherreiste, berechtigte zu dem Schluß, daß man beiderseits diese Gesellschaft überaus zu schätzen wußte. Ausmaß und Häufigkeit dieser Reisen ließen sich an den Geburtsorten der Kinder ablesen. Anne wurde in Fotheringhay, dem Familiensitz in Northamptonshire, geboren. Henry, der als Baby starb, in Hatfield. Eduard in Rouen, wo der Herzog im Heeresdienst stand. Edmund und Elisabeth ebenfalls in Rouen. Margaret in Fotheringhay; John, der in jungen Jahren starb, in Wales. George in Dublin (was vielleicht die beinahe irische Perversität des unmöglichen George erklärte). Richard in Fotheringhay.

Cicely Nevill hatte nicht am trauten Herd in Northamptonshire gesessen und darauf gewartet, wann es ihrem Herrn und Meister gefiel, sie zu besuchen. Sie hatte ihn auf seinen Reisen begleitet. Das gab der Theorie von Miss Payne-Ellis recht. Zumindest mußte es eine sehr erfolgreiche Ehe gewesen sein.

Und das war vielleicht auch eine Erklärung für den Familiensinn, den jene täglichen Besuche Eduards bei seinen kleinen Brüdern im Hause Paston bewiesen. Die Familie York war, auch ehe sie schwere Prüfungen heimsuchten, eine einige Familie.

Dies fand eine weitere überraschende Bestätigung, als Grant beim Durchblättern des Buches auf einen Brief stieß, den die beiden älteren Knaben Eduard und Edmund an ihren Vater geschrieben hatten. In Schloß Ludlow, wo sie ihren Studien nachgingen, hatten sie an einem Samstag in der Osterwoche den Kurier dazu benützt, sich bei ihrem Vater heftig über ihren Erzieher zu beschweren und ihn zu bitten, dem Kurier, William Smyth, Gehör zu schenken, da er alle Einzelheiten ihrer Leidensgeschichte kenne. Dieser SOS-Ruf begann und endete mit einigen höflichen Floskeln, enthielt jedoch auch die betrübliche Mitteilung, daß man zwar dankend die Kleidungsstücke erhalten habe, jedoch die Breviere schmerzlich vermisse.

Die gewissenhafte Miss Payne-Ellis hatte nicht versäumt, die Quelle anzugeben, aus der sie da schöpfte. Grant blätterte nun langsamer, um nach weiteren solchen Schriftstücken zu suchen. Tatsachenbeweise waren genau das, was ein Polizist sich wünschte.

Er fand keine, stieß jedoch auf die Schilderung einer Familienszene, die ihn einen Augenblick gefesselt hielt:

»Die Herzogin trat in das klare, harte Sonnenlicht eines Londoner Dezembermorgens. Da zogen sie nun dahin: ihr Gemahl, ihr Bruder und ihr Sohn. Dirk und seine Neffen brachten die Pferde in den Hof und scheuchten dabei die Tauben und die schilpenden Sperlinge vom Kopfsteinpflaster auf. Sie sah ihren Gemahl anmutig und umsichtig wie stets in den Sattel steigen. Seiner beherrschten Haltung war es nicht anzumerken, daß er nicht etwa nach Fotheringhay ritt, um neue Zuchtschafe zu inspizieren, sondern in die Schlacht. Ihr Bruder Salisbury war ein Nevill und temperamentvoll. Er war sich der Größe des Augenblicks bewußt und kostete ihn auch ein wenig aus. Sie betrachtete die beiden Männer und mußte im stillen über sie lächeln. Aber Edmunds Anblick rührte an ihr Herz. Der siebzehnjährige Edmund — so schlank, so unerfahren und so verletzbar. Sein Gesicht war vor Stolz und Erregung über diesen Aufbruch zur ersten Schlacht gerötet. Sie wollte ihrem Gemahl zurufen: ›Gib acht auf Edmund!‹ Aber das war nicht möglich. Ihr Gemahl würde sie nicht verstehen, und Edmund wäre wütend geworden. Wenn Eduard, der nur ein Jahr älter war, in diesem Augenblick eine eigene Armee an der Grenze von Wales befehligte, dann war er, Edmund, bei Gott, alt genug, um den Krieg aus eigener Anschauung zu erleben.

Sie blickte sich nach den drei jüngeren Kindern um, die mit ihr herausgekommen waren: Margaret und George, die beiden stämmigen Blonden, und hinter ihnen, wie stets eine Schrittlänge zurück, Richard, ihr Wechselbalg. Mit seiner finsteren Miene und seinem dunklen Haar wirkte er wie ein Besucher. Die gutmütige, schlampige Margaret folgte dem Schauspiel mit der tränenfeuchten Rührung einer Vierzehnjährigen, George mit leidenschaftlicher Eifersucht und tief erbittert darüber, daß er erst elf war und sich daher in diesem kriegerischen Augenblick mit einer Statistenrolle begnügen mußte. Der magere, kleine Richard gab sich völlig ungerührt, aber seine Mutter merkte, daß er zitterte wie eine leise gerührte Trommel.

Die drei ritten mit klappernden Hufen und klirrendem Zaumzeug aus dem Hof. Die Kinder riefen ihnen nach, hüpften und winkten, bis sie durch das Tor verschwunden waren.

Und Cicely, die in ihrem Leben so viele Männer und so viele Familienmitglieder in den Krieg hatte ziehen sehen, kehrte mit einem ungewohnt beklemmenden Gefühl wieder ins Haus zurück. Welcher von ihnen, so fragte eine Stimme in ihrem widerstrebenden Herzen, welcher von ihnen ist es, der nicht mehr zurückkommt?

Sich auszumalen, daß vielleicht keiner von ihnen zurückkommen könnte, überstieg ihre Vorstellungskraft. Der Gedanke, daß sie keinen mehr wiedersehen könne, kam ihr nicht.

Und doch sollten, noch ehe das Jahr zur Neige ging, der Kopf ihres Gemahls, zum Spott mit einer Papierkrone geziert, an das Micklegate Bar in York und die Köpfe ihres Bruders und Sohnes an zwei weitere Tore angenagelt werden.«

Nun, das mochte vielleicht romanhaft sein, aber es gab doch einen wesentlichen Hinweis auf Richard. Der Dunkle in einer blonden Familie. Das Kind, das »wie ein Besucher wirkte«, der »Wechselbalg«.

Er wandte sich für den Augenblick von Cicely Nevill ab und durchsuchte das Buch nach ihrem Sohn Richard. Aber Miss Payne-Ellis schien kein sehr großes Interesse an Richard zu haben. Für sie war er einfach ein Anhängsel der Familie. Der strahlende junge Recke, der die Orgelpfeifen anführte, lag ihr näher. Und Eduard stellte auch etwas vor. Mit seinem Nevill-Vetter Warwick, dem Sohn Salisburys, gewann er die Schlacht von Towton und bewies, obgleich die Grausamkeiten der Lancasters noch deutlich vor seinen Augen standen und seines Vaters Kopf noch immer am Micklegate Bar hing, jene Toleranz, die für ihn so charakteristisch werden sollte. In Towton gab es für jeden, der darum bat, Pardon. Eduard wurde in der Westminster Abtei zum König von England gekrönt, und zwei kleine Knaben, die aus dem Exil in Utrecht heimgekehrt waren, ernannte man zum Herzog von Clarence und zum Herzog von Gloucester. Eduard ließ auch seinen Vater und seinen Bruder Edmund mit großem Pomp in der Kirche von Fotheringhay beisetzen. Aber es war der dreizehnjährige Richard, der jenen traurigen Leichenzug durch den strahlenden Glanz fünf sonnengoldener Julitage von Yorkshire nach Northamptonshire geleitete. Fast sechs Jahre waren verstrichen, seit er auf den Treppenstufen von Baynard's Castle in London gestanden und sie fortreiten gesehen hatte.

Erst als Eduard schon eine Weile König war, ließ Miss Payne-Ellis Richard wieder in ihrer Geschichte auftreten. Da wurde er, zusammen mit seinen Nevill-Vettern, in Middleham in Yorkshire erzogen.

»Als Richard aus dem grellen Sonnenschein und dem brausenden Wind von Wensleydale in den Schatten des Schloßturms ritt, kam ihm alles seltsam verändert vor. Die Wachen unterhielten sich laut und erregt im Torhaus und verstummten betreten, als sie seiner ansichtig wurden. Aus dieser plötzlichen Stille gelangte er in einen schweigenden Hof, der zu dieser Stunde von Geschäftigkeit hätte summen müssen. Es war kurz vor dem Abendessen. Gewohnheit wie Hunger führte alle Bewohner Middlehams von ihren verschiedenen Beschäftigungen nach Hause, wie auch er von der Falkenjagd zur abendlichen Mahlzeit heimgekehrt war. Das Schweigen und die Leere waren etwas Ungewöhnliches. Er führte sein Pferd zu den Stallungen, fand dort aber niemanden, dem er es hätte übergeben können. Als er absattelte, bemerkte er in der nächsten Box einen schweißnassen Braunen, ein Pferd, das nicht nach Middleham gehörte. Ein Pferd, das so erschöpft war, daß es seine Krippe nicht leergefressen hatte und den Kopf herabhängen ließ.

Richard rieb sein Pferd ab, brachte ihm Heu und frisches Wasser und ging. Er grübelte über das erschöpfte Pferd und die unheimliche Stille nach. Als er in der Eingangstür stehen blieb, hörte er Stimmen in der Großen Halle. Er überlegte, ob er, ehe er sich in seine eigenen Zimmer hinauf begab, hineingehen und nachsehen sollte, was los war. Während er noch zögerte, hörte er vom Treppenabsatz ein lautes ›Psst!‹

Er blickte nach oben und sah seine Kusine Anne über das Treppengeländer herunterspähen. Die langen blonden Zöpfe baumelten wie Glockenseile.

›Richard!‹ rief sie mit unterdrückter Stimme. ›Weißt du schon?‹

›Ist was passiert?‹ fragte er. ›Was ist los?‹

Er ging die Treppe hinauf, und sie packte ihn an der Hand und zog ihn bis in das Schulzimmer im Dachgeschoß mit sich.

›Aber was ist denn bloß?‹ fragte er und machte sich von dem Kind los. ›Was ist denn geschehen? Ist es denn so schrecklich, daß du es mir nicht sagen kannst?‹

Sie zerrte ihn in das Schulzimmer und schloß die Tür.

›Es geht um Eduard!‹

›Eduard? Ist er krank?‹

›Nein! Ein Skandal!‹

›Ach so‹, sagte Richard erleichtert. Wo Eduard war, gab es immer Skandal. ›Was ist es denn? Hat er eine neue Geliebte?‹

›Viel schlimmer! Ach, viel, viel schlimmer. Er ist verheiratet.‹

›Verheiratet?‹ fragte Richard so ungläubig, daß seine Stimme fast tonlos klang. ›Das ist unmöglich.‹

›Doch, er ist es. Vor einer Stunde traf die Nachricht aus London ein.‹

›Er kann nicht verheiratet sein‹, beharrte Richard. ›Für einen König ist Heiraten eine umständliche Angelegenheit. Sie besteht aus Kontrakten und Vereinbarungen. Ja, ich glaube, sogar das Parlament mischt sich ein. Weshalb vermutest du denn, daß er geheiratet hat?‹

›Das ist keine Vermutung!‹ sagte Anne, der nun die Geduld riß, weil ihre Sensationsnachricht so skeptisch aufgenommen wurde. ›Die ganze Familie tobt und diskutiert in der Großen Halle diesen Skandal.‹

›Anne! Hast du an der Tür gehorcht?‹

›Ach, sei doch nicht so tugendhaft. Ich brauchte gar nicht erst zu horchen. Das Geschrei war bis zum anderen Flußufer zu hören. Er hat Lady Grey geheiratet.‹

›Wer ist Lady Grey? Lady Grey of Groby?‹

›Ja.‹

›Aber das ist doch ausgeschlossen. Sie hat zwei Kinder und ist schon ziemlich alt.‹

›Sie ist fünf Jahre älter als Eduard und märchenhaft schön – so habe ich es jedenfalls gehört.‹

›Wann ist denn das passiert?‹

›Sie sind seit fünf Monaten verheiratet. Sie haben sich heimlich in Northamptonshire trauen lassen.‹

›Aber ich dachte, er würde die Schwester des Königs von Frankreich heiraten.‹

›Das hat mein Vater auch gedacht‹, sagte Anne in bedeutungsvollem Ton.

›Ja, ja, der ist jetzt in einer sehr peinlichen Lage. Nach all den Verhandlungen.‹

›Der Bote aus London sagt, er hat Zustände bekommen. Er steht nicht nur als der Blamierte da, sondern Lady Grey hat auch noch eine Unmenge von Verwandten, und Papa haßt jeden einzelnen von ihnen.‹

›Eduard muß von Sinnen sein.‹

In Richards Augen hatte der glühend verehrte Eduard bisher immer das Richtige getan. Diese Torheit, diese unleugbare, unentschuldbare Torheit konnte nur ein Zeichen von Umnachtung sein.

›Das wird das Herz meiner Mutter brechen‹, sagte er. Er dachte, wie tapfer seine Mutter gewesen war, als man seinen Vater und Edmund getötet hatte und das Lancaster-Heer kurz vor den Toren Londons stand. Sie hatte nicht geweint und sich nicht hinter den schützenden Schleiern der Selbstbemitleidung versteckt. Sie hatte dafür gesorgt, daß er und George nach Utrecht kamen. Sie hatte sie beide fortgeschickt, als handle es sich darum, eine neue Schule zu besuchen. Sie wußte nicht, ob sie ihre Kinder jemals wiedersehen würde, aber sie hatte sich mit Umsicht und tränenloser Ruhe um warme Kleidung für die winterliche Reise über den Kanal gekümmert.

Wie würde sie diesen Schlag ertragen, diesen neuen Schlag? Diese vernichtende Wahnsinnstat. Diese unbegreifliche Torheit.

›Ja‹, sagte Anne, milder gestimmt. ›Arme Tante Cicely. Es ist unglaublich von Eduard, seiner Familie so etwas anzutun. Unglaublich!‹

Aber Eduard war immer noch der unfehlbare große Bruder. Wenn Eduard Unrecht tat, dann nur, weil er krank oder besessen oder verhext sein mußte. Noch immer gehörte ihm Richards unwandelbare Treue, seine anbetende, aus tiefstem Herzen kommende Verbundenheit.

Auch in späteren Jahren kam diese Verbundenheit — die Verbundenheit eines Erwachsenen, der erkennt und hinnimmt — stets aus tiefstem Herzen.«

Und dann wandte die Erzählerin sich wieder den Prüfungen Cicely Nevills zu, ihren Bemühungen, zwischen ihrem teils glücklichen, teils beschämten Sohn Eduard und ihrem wutschnaubenden Neffen Warwick zu vermitteln. Es gab auch eine genaue Beschreibung jener durch und durch tugendhaften Schönheit mit dem berühmten Goldhaar, die obsiegt hatte, wo entgegenkommendere Schönheiten gescheitert waren, sowie eine Schilderung ihrer Inthronisation in der Abtei Reading, wo ein wortlos protestierender Warwick sie zum Thron führte und nicht umhin konnte, das gewaltige Aufgebot der Woodvilles zu bemerken, die gekommen waren, um ihre Schwester Elisabeth als Königin von England anerkannt zu sehen.

Als Richard das nächstemal in dieser Erzählung auftauchte, stach er, ohne einen Pfennig in der Tasche, Hals über Kopf von Lynn aus auf einem holländischen Schiff in See. Mit ihm waren sein Bruder Eduard, Eduards Freund, Lord Hastings, und einige wenige Anhänger. Sie alle hatten nicht mehr als das, was sie auf dem Leib trugen, und nach einigem Hin und Her erklärte der Kapitän sich einverstanden, Eduards pelzgefütterten Umhang in Zahlung zu nehmen.

Warwick hatte schließlich eingesehen, daß die Woodville-Sippe ein unverdaulicher Brocken war. Er hatte die Hand dazu gereicht, als sein Vetter Eduard auf den englischen Thron gehoben wurde, von dem er ihn aber ohne Schwierigkeiten wieder herunterholen konnte. Dafür stand ihm die Hilfe der gesamten Nevill-Brut zur Verfügung und unbegreiflicherweise auch die aktive Unterstützung des unmöglichen George. Der war zu der Überzeugung gelangt, es sei vorteilhafter, durch die Heirat mit Warwicks anderer Tochter Isabel die Hälfte aller Besitztümer der Montagues, Nevills und Beauchamps zu erben, als seinem Bruder Eduard die Treue zu halten. Im Verlauf von elf Tagen war Warwick Herr eines überraschten England, und Eduard und Richard stapften zwischen Alkmaar und den Haag durch die Oktoberpfützen.

Von nun an hielt Richard sich im Hintergrund der Erzählung. Den ganzen trostlosen Winter in Brügge über. Während der Zeit, die er bei Margaret in Burgund verbrachte; denn die gutmütige, tränenfeuchte Margaret, die mit ihm und George auf den Treppenstufen von Baynard's Castle den Vater hatte fortreiten sehen, war jetzt die frischgebackene Herzogin von Burgund. Margaret, die gute Margaret, war traurig und niedergeschlagen – wie so viele Menschen künftig traurig und niedergeschlagen sein sollten –, weil George sich so unerklärlich verhielt, und machte sich daran, für ihre zwei löblicheren Brüder Geldmittel zusammenzukratzen.

Trotz ihrer großen Begeisterung für den prächtigen Eduard mußte Miss Payne-Ellis durchblicken lassen, daß Richard es war, der die Schiffe ausrüstete, die mit Margarets Geld geheuert worden waren. Ein noch nicht achtzehnjähriger Richard. Und als Eduard mit einem lächerlich kleinen Häuflein Anhänger wieder auf einer englischen Wiese kampierte, um George und dessen Heer gegenüberzutreten, da war es Richard, der in Georges Lager ging und den von Margaret schon weichgemachten George wieder auf Eduards Seite brachte und somit beiden den Weg nach London frei machte.

Grant dachte nicht daran, diese letzte Tat für eine große Leistung zu halten. Nein, George ließ sich so offensichtlich zu allem überreden. Er war das gefundene Fressen für Missionare.

VI

Er hatte die »Rose von Raby« und die verbotenen Freuden pseudohistorischen Klatsches noch längst nicht zu Ende gekostet, als am nächsten Morgen gegen elf Uhr ein Paket von Marta eintraf, das jene ehrbare Form geschichtlicher Unterhaltung enthielt, die der unter die Heiligen erhobene Sir Thomas zu bieten hatte.

Dem Buch waren einige Zeilen in Martas großen Buchstaben auf Martas dickem teurem Briefpapier beigefügt:

»Muß Dir das Buch schicken, statt es selbst vorbeizubringen. Schrecklich beschäftigt. Glaube, daß ich M. M. jetzt auf Blessington festgenagelt habe. Fand keinen T. More in den Buchhandlungen, mußte also in die Stadtbibliothek. Weiß nicht, warum man nie an diese Bibliotheken denkt. Wahrscheinlich, weil man sich dort nur verstaubte Lektüre erwartet. Finde, dieses Buch sieht ziemlich sauber und nicht verstaubt aus. Du hast vierzehn Tage Zeit. Hoffe, Dein Interesse am Buckelmann vertreibt den Dornenschmerz der Langeweile. Auf bald. Marta.«

Das Buch sah wirklich sauber und vertrauenerweckend, wenn auch ein wenig veraltet aus. Aber nach der leichten Lektüre der »Rose« wirkte der Druck langweilig und die strenge Einteilung abschreckend. Dennoch machte Grant sich mit Interesse an die Lektüre. Schließlich war dieses Buch, was Richard III. anbetraf, die einzige seriöse Quelle.

Eine Stunde später blickte Grant verwirrt und mit einem unbehaglichen Gefühl von seiner Lektüre auf. Nicht daß der Inhalt ihn überrascht hätte: Die Tatsachen entsprachen eigentlich genau seiner Erwartung. Aber die Art und Weise, wie Sir Thomas schrieb, überraschte ihn.

»Er fand des Nachts keine Ruhe, lag lange wach und grübelte vor sich hin. Von Sorge und Angst geplagt, schlummerte er mehr, als daß er schlief. Auch ward sein ruheloses Herz ewig hin und her gerissen von den schrecklichen Eindrücken und einander jagenden Erinnerungen seiner abscheulichen Taten.«

Das ging soweit in Ordnung. Fügte er aber hinzu, er habe dies alles »von jenen, die mit seinen Kämmerern vertraut waren«, dann fühlte man sich plötzlich abgestoßen. Es schmeckte nach Hintertreppenklatsch und Dienstbotengeschnüffel. Und die Sympathie des Lesers wandte sich, ehe er es sich versah, von dem selbstgefälligen Kommentar der gequälten Kreatur zu, die sich da schlaflos auf ihrem Bett wälzte. Der Mörder schien von bedeutenderem Format als der Mann, der über ihn schrieb.

Was natürlich grundfalsch war.

Grant merkte auch, daß ihn das gleiche Unbehagen beschlichen hatte, das er einem Zeugen im Gerichtssaal gegenüber verspürte, der eine perfekte Geschichte herunterschnurrte, die irgendwo einen Haken haben mußte.

Und das war in der Tat sehr verwirrend. Was konnte wohl falsch sein an dem persönlichen Bericht eines Mannes wie Thomas More, den man vier Jahrhunderte lang ob seiner Integrität verehrte?

Der Richard, den man aus Mores Bericht gewann, war, so dachte Grant, ein Mann, den die Oberin durchschaut hätte. Ein hochsensibler Mann, der sowohl großer Missetaten wie großen Leidens fähig war. »Sein Geist war stets ruhelos, nie fühlte er sich sicher. Seine Augen schweiften unstet umher, sein Körper war insgeheim gepanzert, seine Hand stets am Dolch, seine Züge und sein Wesen die eines Menschen, der jederzeit eines Angriffs gewärtig ist.«

Und natürlich fehlte auch die dramatische, um nicht zu sagen hysterische Szene nicht, deren Grant sich aus seiner

Schulzeit entsann und an die sich wahrscheinlich jeder Schuljunge erinnerte. Die Ratssitzung im Tower, ehe Richard die Krone für sich beanspruchte. Richards plötzliche Frage an Hastings nach der gerechten Strafe für einen Mann, der den Tod des Protektors des Königreichs plane. Die wahnwitzige Behauptung, Eduards Gemahlin und Eduards Mätresse (Jane Shore) trügen durch ihre Hexerei Schuld an Richards verkümmertem Arm. Der Wutanfall und der Schlag auf den Tisch, der das Signal für seine bewaffneten Anhänger war, hereinzustürmen und Lord Hastings, Lord Stanley und John Morton, den Bischof von Ely, zu verhaften. Der eilige Abtransport von Hastings in den Hof, der handliche Holzblock, auf dem man ihn köpfte, nachdem man ihm kaum Zeit gelassen hatte, dem erstbesten Priester, den man auftreiben konnte, die Beichte abzulegen.

Auf jeden Fall war dies das Bild eines Mannes, der erst handelte – in der Wut, aus Angst, aus Rache – und dann bereute.

Doch er schien auch ausgeklügelterer Schandtaten fähig zu sein. Er ließ einen gewissen Doktor Shaw, einen Bruder des Lord Mayor, am 22. Juni in Paul's Cross eine Predigt über die Bibelstelle halten: »Die Sprößlinge eines Bastards werden nicht Wurzel schlagen.« Doktor Shaw behauptete in dieser Predigt, daß sowohl Eduard wie George die Früchte einer unerlaubten Beziehung wären, und Richard wäre der einzige legitime Sohn des Herzogs und der Herzogin von York.

Dies klang so unwahrscheinlich, so durch und durch absurd, daß Grant den Absatz noch einmal las. Aber da stand klipp und klar geschrieben, daß Richard in aller Öffentlichkeit und für seinen persönlichen Vorteil seine Mutter einer unglaublichen Infamie bezichtigt hatte.

Nun, Sir Thomas More sagte es. Wenn es überhaupt jemand wissen konnte, dann Thomas More. Und wenn irgend jemand die Glaubwürdigkeit oder Unglaubwürdigkeit der Unterlagen eines Geschichtsbuches beurteilen konnte, dann Thomas More, Lordkanzler von England.

Richards Mutter, so sagte Sir Thomas, führte bitterlich Klage darüber, daß ihr Sohn sie mit Schmutz beworfen hatte. Grant fand das nur allzu begreiflich.

Was Dr. Shaw anbetraf, so überwältigte ihn die Reue. Und zwar in solchem Ausmaß, daß er »innerhalb weniger Tage dahinsiechte und den Tod fand«.

Wahrscheinlich erlitt er einen Schlaganfall, dachte Grant. Kein Wunder. Es gehörten schon gute Nerven dazu, vor das Londoner Volk hinzutreten und eine solche Geschichte zum besten zu geben.

Der Bericht, den Sir Thomas von den Prinzen im Tower gab, stimmte mit dem der Amazone überein, nur daß Sir Thomas' Version mehr in Einzelheiten ging. Richard hatte es gegenüber dem Kommandanten des Tower, Robert Brackenbury, als wünschenswert durchblicken lassen, daß die Prinzen verschwänden. Aber Brackenbury wollte mit solcherlei Dingen nichts zu tun haben, und Richard mußte warten. Als er auf seiner Staatsreise durch England, die er nach seiner Krönung unternahm, in Warwick angekommen war, schickte er von dort Tyrrel nach London. Brackenbury mußte ihm auf Befehl Richards für eine Nacht die Schlüssel zum Tower aushändigen. In jener Nacht erstickten die beiden Schurken, Dighton und Forrest, ein Stallbursche und ein Gefängniswärter, die beiden Knaben.

An dieser Stelle erschien die Zwergin mit Grants Mittagessen und entriß ihm das Buch. Und während Grant seinen Schinkenauflauf vom Teller in den Mund beförderte, sah er wieder das Gesicht des Mannes auf der Anklagebank vor sich. Das Gesicht des treuen und geduldigen kleinen Bruders, der sich zu einem Monstrum ausgewachsen hatte.

Als die Zwergin wiederkam, um das Tablett zu holen, sagte Grant: »Wußten Sie, daß Richard III. zu seiner Zeit sehr populär war? Ich meine, ehe er den Thron bestieg.«

Die Zwergin warf einen bösen Blick auf das Bild.

»Wenn Sie mich fragen, dann kann ich nur sagen, der lauerte wie eine Schlange im Gras. Glatt war er, aalglatt. Auf den richtigen Augenblick hat er gelauert!«

Auf welchen Augenblick? überlegte Grant, als sie sich auf klappernden Absätzen entfernte. Richard konnte unmöglich gewußt haben, daß sein Bruder Eduard unerwartet im besten Mannesalter von vierzig Jahren sterben würde. Er konnte selbst nach einer noch so unzertrennlichen gemeinsamen Kindheit nicht vorausgesehen haben, daß Georges Treiben schließlich in der Ächtung und der Ausschließung seiner Kinder von der Thronfolge enden würde. Es war eigentlich nicht zu begreifen, worauf jemand »lauern« sollte, wenn es gar nichts zu erlauern gab. Und die durch und durch tugendhafte Schönheit mit dem Goldhaar hatte sich, bis auf ihren unheilbaren Nepotismus, als eine hervorragende Königin erwiesen und Eduard eine Schar gesunder Kinder geschenkt, zu der auch zwei Knaben zählten. Diese ganze Schar stand, zusammen mit George, dessen Sohn und dessen Tochter, zwischen Richard und dem Thron. Es war doch recht unwahrscheinlich, daß ein Mann, der mit der Verwaltung Nordenglands oder mit ungemein erfolgreichen Feldzügen gegen die Schotten vollauf beschäftigt war, noch Zeit oder Lust für Intrigen gehabt hatte.

Was also hatte ihn dann in so kurzer Zeit so völlig verändert?

Grant griff wieder zu der »Rose von Raby«, um nachzusehen, was Miss Payne-Ellis über die unselige Verwandlung von Cicely Nevills jüngstem Sohn zu sagen hatte. Aber die schlaue Autorin hatte sich um diesen Punkt gedrückt. Sie wollte ein fröhliches Buch schreiben, und wenn sie es bis zu seinem logischen Abschluß geführt hätte, wäre es ja eine ungesühnte Tragödie geworden. Sie brachte es daher mit einem schönen klangvollen Schlußakkord zu Ende, indem sie das letzte Kapitel der Feier widmete, mit der die Volljährigkeit der jungen Elisabeth, Eduards ältestem Kind, begangen wurde, und drückte sich somit um die Tragödie der kleinen Brüder Elisabeths wie um die Niederlage und den Tod Richards auf dem Schlachtfeld.

Das Buch schloß also mit einer Festlichkeit im Palast, mit einer rosig überhauchten glücklichen jungen Elisabeth im Glanz eines neuen weißen Kleides und der ersten Perlen, einer Elisabeth, die wie die Prinzessin im Märchen die Sohlen durchtanzte. Richard und Anne und beider zarter kleiner Sohn waren zu diesem Anlaß aus Middleham hereingekommen. Aber weder George noch Isabel waren anwesend. Isabel war vor Jahren im Kindbett gestorben, kaum beachtet, und, was George anbetraf, auch nicht betrauert. Auch George war unter undurchsichtigen Umständen gestorben, hatte aber dank der für ihn so charakteristischen Perversität gerade ob dieser Ungewißheit unvergänglichen Ruhm gewonnen.

Georges Leben war eine einzige Folge aufsehenerregender Extravaganzen gewesen. Jedesmal mußte seine Familie gesagt haben: »Schlimmer kann es nun nicht mehr kommen. Selbst George kann sich nichts Phantastischeres mehr ausdenken.« Und jedesmal hatte George ihnen eine neue Überraschung bereitet. Georges Kapriolen schien keine Grenze gesetzt zu sein.

Die Saat zu alldem war vielleicht gesät worden, als Warwick ihn zu Heinrichs VI. Erben machte, des armen irren Marionettenkönigs, den Warwick seinem Vetter Eduard zum Trotz wieder auf den Thron gesetzt hatte. Damals hatte George zum erstenmal die Maßstäbe verloren. Warwicks Hoffnungen, seine Tochter als Königin zu sehen, und Georges Thronansprüche waren in jener Nacht zunichte geworden, in der Richard in das Lager der Lancaster gegangen war und mit George gesprochen hatte. Aber der prahlerische Schwächling George hatte nun einmal Blut geleckt, und das war vermutlich zuviel für ihn gewesen. In den folgenden Jahren war die Familie vollauf damit beschäftigt, George von Entgleisungen abzuhalten oder ihn aus seiner jüngsten Patsche zu helfen.

Als Isabel starb, war er überzeugt gewesen, daß eine ihrer Kammerfrauen sie vergiftet hatte und daß auch sein kleiner Sohn von einer anderen Hofdame vergiftet worden war. Eduard, der die Angelegenheit für wichtig genug hielt, um sie vor ein Londoner Gericht zu bringen, schickte einen königlichen Vorführungsbefehl. Es stellte sich jedoch heraus, daß George bereits beide Frauen von seinem eigenen Magistratsbeamten während einer kümmerlichen Sitzung hatte aburteilen und unverzüglich hängen lassen. Der erzürnte Eduard, der seinem Bruder einen Denkzettel erteilen wollte, ließ zwei Mitglieder von Georges Hofstaat wegen Hochverrats verurteilen. Aber statt sich diese Lehre zu Herzen zu nehmen, erklärte George dies für einen glatten Justizmord und verbreitete diese seine Meinung überall mit lauter Stimme und im empörten Ton der beleidigten Majestät.

Dann beschloß er, die reichste Erbin Europas zu heiraten, Margarets Stieftochter, die junge Maria von Burgund. Die gute Margaret fand es einen reizenden Gedanken, ihren Bruder in Burgund zu haben, aber Eduard unterstützte die Werbung Maximilians von Österreich, und George war ihm ein ständiger Dorn im Auge.

Als die burgundische Intrige wie eine Seifenblase platzte, erhoffte sich die Familie eine Atempause. Immerhin gehörte George die Hälfte der Nevill-Besitzungen, und er brauchte weder des Geldes noch des Nachkommens wegen zu heiraten. George aber faßte nun den Entschluß, die Schwester Jakobs III. von Schottland zu ehelichen.

Schließlich steigerte sich sein Größenwahn von geheimen Verhandlungen, die er auf eigene Faust mit ausländischen Höfen führte, bis zur unverhohlenen Schmähung des vom Parlament verabschiedeten Gesetzes, durch das ihm die Nachfolge Heinrichs VI. auf dem englischen Thron wieder abgesprochen worden war. Dieses Benehmen brachte ihn zwangsläufig vor ein weiteres und diesmal weit weniger zugängliches Parlament.

Die Verhandlung zeichnete sich vor allem durch erbitterten und beredten Wortwechsel zwischen den beiden Brüdern Eduard und George aus. Als aber das zu erwartende Todesurteil ausgesprochen wurde, schien die Sache im Sand zu verlaufen. George seine Rechte abzusprechen, war gut und schön. Es war wünschenswert, ja höchst notwendig. Ihn hinzurichten, war jedoch etwas anderes.

Als die Tage verstrichen, ohne daß das Urteil vollstreckt wurde, monierte das Unterhaus. Und einen Tag später wurde bekanntgegeben, daß George, Herzog von Clarence, im Tower verstorben sei.

»In einem Faß mit Malvasier ersäuft«, sagte London. Und dieser Kommentar des Pöbels zum Tod eines Trunkenbolds ging in die Geschichte ein und brachte George, der es nicht verdiente, Unsterblichkeit.

George war also nicht auf jenem Fest in Westminster, und in Miss Payne-Ellis' Schlußkapitel trat Cicely Nevill nicht als die Mutter ihrer Söhne auf, sondern als die Großmutter einer prächtigen Zucht. Mochte George auch in Acht und Bann auf einem dürren Haufen welker Freundschaften gestorben sein – sein Sohn, der junge Warwick, war ein prächtiger, vielversprechender Junge. Und Klein-Margaret zeigte mit ihren zehn Jahren bereits alle Ansätze zu einer der berühmten Nevill-Schönheiten.

Mochte der mit siebzehn Jahren in der Schlacht gefallene Edmund auch das typische Beispiel dafür sein, wie sinnlos oft junges Leben dahingeopfert wurde, so konnte Cicely sich zum Ausgleich doch ihres zarten Jüngsten erfreuen, von dem sie nie geglaubt hätte, daß sie ihn durchbringen würde. Nun hatte er sogar schon einen Erben. Mit zwanzig Jahren wirkte Richard noch immer sehr zerbrechlich, aber er war zäh wie Leder. Und vielleicht würde sein überaus zart erscheinendes Söhnchen einmal ebenso widerstandsfähig werden. Die Schönheit Eduards, ihres großen blonden Eduard, mußte vielleicht im Alter einer robusten Derbheit weichen und seine Liebenswürdigkeit einer satten Trägheit. Aber seine beiden kleinen Söhne und seine fünf Töchter besaßen den starken Charakter und die schönen Züge ihrer väterlichen und mütterlichen Vorfahren.

Als Großmutter konnte sie diesen Kinderhaufen mit persönlichem Stolz betrachten und als Prinzessin von England mit Zuversicht. Für viele künftige Generationen schien dem Hause York die Krone sicher.

Hätte irgend jemand auf diesem Fest in eine Kristallkugel geblickt und dann Cicely Nevill gesagt, daß in vier Jahren nicht nur die Dynastie York, sondern die ganze Dynastie Plantagenet für immer verschwunden sein werde, dann hätte sie das für Wahnsinn oder für Verrat gehalten.

Miss Payne-Ellis hatte jedoch nicht versäumt, auf das Vorherrschen der Woodville-Sippe in dieser Nevill-Plantagenet-Versammlung hinzuweisen.

»Sie blickte sich im Raum um und wünschte, ihre Schwiegertochter Elisabeth wäre entweder mit einem weniger weiten Herzen oder mit weniger Verwandten gesegnet gewesen. Die Woodville-Heirat war weit glücklicher geworden, als man zu hoffen gewagt hatte. Elisabeth war eine bewundernswürdige Ehefrau. Die Begleiterscheinungen jedoch waren weniger glücklich. Vielleicht ließ es sich nicht umgehen, daß die beiden Knaben von Elisabeths ältestem Bruder erzogen wurden; Rivers hatte zwar gewisse Emporkömmlingsneigungen, was sich insbesondere in seiner Leidenschaft für äußeren Aufwand ausdrückte, und auch einen oft zu unverhohlenen Ehrgeiz, aber er war ein kultivierter Mensch und als Aufsicht für die Knaben während ihrer Schulzeit in Ludlow vorzüglich geeignet. Doch der Rest – vier Brüder, sieben Schwestern und zwei Söhne aus Elisabeths erster Ehe, die da im Kielwasser der Braut auf dem Heiratsmarkt auftauchten – waren denn doch des Guten ein bißchen zuviel.

Cicely blickte, über den tollenden Haufen der spielenden Kinder hinweg, auf die Erwachsenen, die um die Festtafel standen. Anne Woodville, die mit dem Erben des Grafen von Essex verheiratet war. Eleanor Woodville, die Frau des Erben der Grafschaft Kent. Margaret Woodville, verehelicht mit dem Erben des Grafen von Arundel. Catherine Woodville, die Gemahlin des Herzogs von Buckingham. Jacquette Woodville, verheiratet mit Lord Strange. Mary Woodville mit Lord Herberts Erben. Und John Woodville, der sich nicht geschämt hatte, die Herzogin-Witwe von Norfolk, die seine Großmutter hätte sein können, zu ehelichen. Es war gut, daß neues Blut die alten Familien auffrischte – neues Blut war immer eingesickert –, es war aber nicht gut, daß dieses Blut so plötzlich und wie ein Sturzbach aus einer einzigen Quelle kam. Das mußte in der politischen Blutbahn des Landes Fieber erzeugen, das war ein Fremdkörper, der schwer zu assimilieren war. Unklug und bedauerlich.

Immerhin konnte man mit einer langen Zukunft rechnen, in der dieser Zustrom gänzlich assimiliert werden konnte. Dann würde diese neue, plötzliche Macht ihre geballte Stärke verlieren, sich im politischen Körper verteilt haben und nicht länger mehr gefährlich und störend sein. Eduard besaß bei all seiner Liebenswürdigkeit viel versteckte Bauernschläue, er würde das Land auf jenem ruhigen Kurs weiterführen, den er beinahe zwanzig Jahre lang eingehalten hatte. Niemand hatte England jemals mit mehr Despotismus und mit einer leichteren Hand gesteuert als ihr hitziger, fauler, weiberhöriger Eduard.

Es würde schon alles gut werden.

Sie wollte gerade aufstehen und sich in die allgemeine Unterhaltung mischen – sie durfte keinen kritischen und hochmütigen Eindruck erwecken –, da kam ihre Enkelin Elisabeth atemlos und lachend herbeigelaufen und warf sich in den Sessel, der neben dem ihren stand.

›Ich bin zu alt für diese wilden Spiele‹, sagte sie, nach Atem ringend. ›Und außerdem verdirbt es meine Kleider. Gefällt dir mein Kleid, Großmutter? Ich mußte es von Vater geradezu erpressen. Er meinte, mein altes rostrotes Atlaskleid hätte es auch noch getan. Das ich anhatte, als Tante Margaret aus Burgund zu Besuch kam, weißt du noch? Man hat sein Kreuz mit einem Vater, der merkt, was die Frauen anhaben. Er weiß vielzuviel über den Inhalt unserer Kleiderschränke. Hast du schon gehört, daß der Dauphin mich ausgeschlagen hat? Vater tobt, aber ich bin so glücklich. Ich habe der heiligen Katharina zehn Kerzen geweiht. Es hat mich den Rest meines Taschengelds gekostet. Ich will nicht fort von England. Ich will England niemals verlassen. Kannst du mir dabei helfen, Großmutter?‹

Cicely lächelte und sagte, sie wolle es versuchen.

›Die alte Ankaret, die Wahrsagerin, behauptet, ich würde Königin. Aber da es keinen Prinzen gibt, der mich heiraten könnte, glaube ich das doch nicht.‹ Sie schwieg einen Augenblick und fügte dann leiser hinzu: ›Sie sagte, Königin von England. Aber ich glaube, sie war ein wenig angesäuselt. Sie trinkt gar zu gern Punsch‹.«

Es war von Miss Payne-Ellis unfair, um nicht zu sagen unkünstlerisch, auf Elisabeths Zukunft als Gemahlin Heinrichs VII. anzuspielen, wo sie doch in ihrem Buch die Unannehmlichkeiten und unerfreulichen Dinge, die es bis dahin zu überstehen gab, verschweigen wollte. Die stillschweigende Voraussetzung, daß ihre Leser von Elisabeths Heirat mit dem ersten Tudor-König wußten, besagte doch schließlich, daß sie auch von der Ermordung ihrer Brüder wußten. Und damit fiel über das festliche Schauspiel, das sie für das Schlußkapitel ihres Buches gewählt hatte, ein dunkler, ahnungsvoller Schatten.

Aber im großen ganzen fand Grant, war ihr das Buch prächtig gelungen, jedenfalls soweit er es bisher gelesen hatte. Vielleicht würde er es später sogar noch einmal zur Hand nehmen, um die Stellen nachzulesen, die er überschlagen hatte.

VII

Grant hatte an diesem Abend bereits seine Nachttischlampe ausgeknipst und war schon halb eingeschlafen, als eine innere Stimme zu ihm sagte: »Aber Thomas More war Heinrich VIII.«

Dies machte ihn hellwach. Er knipste das Licht wieder an.

Natürlich hatte die Stimme damit nicht sagen wollen, daß Thomas More und Heinrich VIII. ein und dieselbe Person seien, sondern daß Thomas More in die Regierungszeit Heinrichs VIII. gehörte, wenn man die Persönlichkeiten nach Regierungsepochen klassifizierte.

Grant betrachtete den Lichtkreis, den seine Lampe gegen die Decke warf, und überlegte. Wenn Thomas More der Kanzler Heinrichs VIII. war, dann mußte er nicht nur während der ganzen langen Regierungszeit Heinrichs VIII., sondern auch während der Regierung Richards III. gelebt haben. Irgend etwas konnte da nicht stimmen.

Er griff nach Mores »Geschichte Richards III.«

Diese Geschichte hatte einen kurzen Lebensabriß Mores zum Vorwort, und Grant hatte sich bisher nicht die Mühe gemacht, dieses Vorwort zu lesen. Nun aber schlug er es auf, um festzustellen, wie denn More gleichzeitig der Historiker Richards III. und der Kanzler Heinrichs VIII. sein konnte. Wie alt war More, als Richard den Thron bestieg?

Er war fünf Jahre alt.

Als jene dramatische Ratssitzung im Tower stattfand, war Thomas More fünf Jahre alt gewesen. Als Richard bei Bosworth fiel, war er erst acht Jahre alt gewesen.

Also hatte er alles nur aus zweiter Hand.

Und wenn es etwas gab, was ein Polizist verabscheute, dann waren es Geschichten aus zweiter Hand, schon gar, wenn man sie von der Zeugenbank zu hören bekam.

Er war so angewidert, daß er das kostbare Buch auf den Boden schleuderte, im Augenblick völlig vergessend, daß es Eigentum einer öffentlichen Bibliothek und ihm nur liebenswürdigerweise für vierzehn Tage zur Verfügung gestellt war.

More hatte Richard III. überhaupt nie gekannt. Er war unter einer Tudor-Regierung aufgewachsen. Dieses Buch war, soweit es sich um Richard III. handelte, das Evangelium aller historisch interessierten Menschen, die Quelle, aus der Shakespeare geschöpft hatte – und bis auf die Tatsache, daß More für wahr hielt, was er niederschrieb, hatte es keinerlei Wert. Der kritische Verstand und die bewunderungswürdige Integrität Mores machten seinen Bericht noch lange nicht glaubwürdig. Grant hatte sich zu lange mit der menschlichen Intelligenz beschäftigt, um eines Menschen Aussage über eines anderen Menschen Mitteilung darüber, was wieder ein anderer gesehen oder gehört zu haben meinte, für wahr zu halten.

Er war angewidert.

Bei der nächsten Gelegenheit mußte er sich einen authentischen zeitgenössischen Bericht über die Geschehnisse während Richards kurzer Regierungszeit verschaffen. Die Stadtbibliothek konnte Sir Thomas More morgen wieder zurückhaben, ihre vierzehn Tage sollten ihr geschenkt sein. Die Tatsache, daß Sir Thomas ein Märtyrer und ein großer Geist war, stimmte ihn, Alan Grant, nicht milder. Er, Alan Grant, kannte große Geister, die so kritiklos waren, daß sie eine Geschichte, über die jeder Hochstapler vor Scham errötet wäre, ohne weiteres glaubten. Er hatte einen bedeutenden Wissenschaftler gekannt, der felsenfest davon überzeugt war, daß ein Fetzen Gaze seine Großtante Sophia war, nur weil ein analphabetisches Medium aus den Hinterhöfen von Plymouth ihm das eingeredet hatte. Er hatte auch einen Mann gekannt – eine hervorragende Autorität auf dem Gebiet des menschlichen Geistes und seiner Entwicklung –, der von einem unverbesserlichen Ganoven bis aufs Hemd ausgezogen worden war, nur weil er sich »sein eigenes Urteil« bildete und nichts von Polizeiberichten hielt. Wenn man ihn, Alan Grant, fragte, dann gab es nichts Unkritischeres oder Dämlicheres als einen großen Geist. Für ihn, Alan Grant, war Thomas More ein für allemal erledigt, abgeschrieben und ad acta gelegt. Und er, Alan Grant, würde morgen früh wieder ganz von vorn anfangen.

Als er einschlief, schäumte er noch immer vor sinnloser Wut, und wütend erwachte er auch.

»Wußten Sie, daß Ihr Sir Thomas More Richard III. überhaupt nicht gekannt hat?« fragte er vorwurfsvoll die Amazone, kaum daß deren wuchtige Gestalt im Türrahmen erschienen war.

Sie blickte ihn verblüfft an. Aber es war nicht seine Frage, die sie erstaunte, sondern der wilde Ton, in dem er sie gestellt hatte. Sie machte ein Gesicht, als würde sie beim nächsten zornigen Wort in Tränen ausbrechen.

»Aber natürlich kannte er ihn!« protestierte sie. »Er hat doch damals gelebt.«

»Er war acht Jahre alt, als Richard starb«, sagte Grant unerbittlich. »Und alles, was er wußte, hatte er nur gehört. So wie ich. So wie Sie. Sir Thomas Mores Geschichte von Richard III. ist keineswegs sakrosankt. Sie ist nichts anderes als ein verdammtes Nachgeplapper von aufgeschnappten Dingen und ein Schwindel.«

»Fühlen Sie sich heute morgen nicht wohl?« fragte die Amazone besorgt. »Haben Sie vielleicht Fieber?«

»Ob ich Fieber habe, weiß ich nicht. Aber mein Blutdruck ist gestiegen.«

»Ach Gott, ach Gott«, sagte sie und nahm sein Gerede wörtlich. »Und Sie hatten so schöne Fortschritte gemacht. Da wird Schwester Ingham aber traurig sein. Sie hat überall in den höchsten Tönen von Ihrer raschen Genesung erzählt.«

Der Gedanke, daß die Zwergin ihn zum Gegenstand rühmender Erzählungen machte, war Grant ein neuer, wenn auch keineswegs erfreulicher Gedanke. Er beschloß, nun wirklich Fieber zu bekommen, nur um der Zwergin eins auszuwischen.

Aber Martas vormittäglicher Besuch lenkte ihn wieder von seinen Bemühungen ab, den Körper durch den Geist zu beeinflussen.

Es schien, daß Marta sich um seine geistige Gesundung ebenso bemühte wie die Zwergin um seine körperliche Genesung. Sie war entzückt darüber, daß ihr Geschnüffel mit James im Kunstladen solchen Erfolg gehabt hatte.

»Sag mal«, fragte Grant, »weshalb hast du mir eigentlich ein Porträt von Richard III. gebracht? Beidem gibt's doch keine Geheimnisse.«

»Nein. Aber warte mal einen Moment. Jetzt fällt es mir ein. James fischte es heraus und sagte: ›Wenn er auf Gesichter scharf ist, dann ist das etwas für ihn. Das ist der berüchtigste Mörder der Geschichte, und doch hat er meiner Meinung nach das Gesicht eines Heiligen‹.«

»Eines Heiligen?« sagte Grant. Und dann fiel ihm plötzlich etwas ein. »Übergewissenhaft«, sagte er.

»Was?«

»Nichts. Das bringt mich nur plötzlich wieder auf meinen ersten Eindruck. Ist es dir so vorgekommen? Wie das Gesicht eines Heiligen?«

Sie blickte auf das Bild, das an dem Bücherstapel

lehnte. »Gegen das Licht kann ich es überhaupt nicht sehen«, sagte sie und nahm es in die Hand, um es aus der Nähe zu betrachten.

Ihm fiel plötzlich ein, daß für Marta wie für Sergeant Williams Gesichter zum Beruf gehörten. Für Marta wie für Williams verrieten der Schwung einer Augenbraue und der Ausdruck eines Mundes den Charakter. Sie legte sich ja auch Gesichter zu, die den Charakteren entsprachen, die sie auf der Bühne darstellte.

»Schwester Ingham kann nichts mit ihm anfangen. Schwester Darroll ist er ein Greuel. Mein Arzt meint, er sei das Opfer der Kinderlähmung. Sergeant Williams hält ihn für den geborenen Richter. Die Oberin findet, er leide seelische Höllenqualen.«

Marta sagte eine Weile gar nichts. Dann meinte sie: »Weißt du, es ist komisch. Auf den ersten Blick hält man es für ein unbedeutendes mißtrauisches Gesicht, ja, man denkt sogar an Streitsucht. Aber wenn man es länger betrachtet, dann merkt man, daß das nicht stimmt. Es ist ganz ruhig. Eigentlich ein ganz sanftes Gesicht. Vielleicht meinte James das, als er es ein Heiligengesicht nannte.«

»Nein. Nein, das glaube ich nicht. Was er meinte, war die – Unterwerfung unter das Gewissen.«

»Na, was immer es auch ist, jedenfalls ist es ein Gesicht! Nicht bloß eine Ansammlung von Organen zum Sehen, Atmen und Essen. Ein großartiges Gesicht. Mit ganz wenigen Änderungen könnte es auch ein Porträt von Lorenzo il Magnifico sein.«

»Du glaubst aber doch nicht etwa, daß es Lorenzo ist und daß wir die ganze Zeit über den falschen Mann sprechen?«

»Natürlich nicht. Wie kommst du nur darauf?«

»Weil nichts in diesem Gesicht mit den historischen Tatsachen übereinstimmt. Und es wäre ja nicht das erstemal, daß Bilder verwechselt werden.«

»O ja, das ist natürlich schon passiert. Aber das hier ist zweifellos Richard. Das Original – oder was als das Original gilt – befindet sich in Schloß Windsor. Das hat James mir gesagt. Es ist im Katalog der Sammlung Heinrichs VIII. aufgeführt, ist also seit etwa vierhundert Jahren dort. Und in Hatfield und Albury hängen Kopien.«

»Es ist Richard«, sagte Grant resigniert. »Ich verstehe eben leider nichts von Gesichtern. Kennst du irgend jemanden im B. M.?«

»Im Britischen Museum?« fragte Marta, deren Aufmerksamkeit noch immer auf das Porträt gerichtet war. »Nein, ich glaube nicht. Jedenfalls fällt mir im Augenblick niemand ein. Ich war einmal dort, um mir ägyptischen Schmuck anzusehen, als ich mit Geoffrey die Cleopatra spielte. Hast du Geoffrey jemals als Antonius gesehen? Er war unglaublich zahm. Aber dieses Museum jagt mir eher Angst ein. Eine solche Aufspeicherung von Zeitaltern. Ich habe mich dort so gefühlt wie du angesichts der Sterne: klein und häßlich. Was möchtest du denn vom B. M.?«

»Ich möchte Auskunft über geschichtliche Werke aus der Zeit Richards III. Zeitgenössische Berichte.«

»Ja, taugt denn der geheiligte Sir Thomas nichts?«

»Der geheiligte Sir Thomas ist nichts anderes als ein altes Klatschweib«, sagte Grant giftig. Er hatte eine heftige Abneigung gegen den vielbewunderten More gefaßt.

»Du meine Güte! Und der nette Mann in der Bibliothek schien ihn so zu verehren. Das Evangelium Richards III. nach St. Thomas More und so.«

»Nix Evangelium«, erwiderte Grant grob. »Er hat im Tudor-England niedergeschrieben, was man ihm vom Plantagenet-England, bei dessen Ende er fünf Jahre alt war, erzählt hat.«

»Fünf Jahre alt?«

»Ja.«

»Du meine Güte. Da ist er aber nicht gerade ein Kronzeuge!«

»Seine Informationen stammen wahrscheinlich nicht einmal aus verläßlicher Quelle. Als Tudor-Beamter war er im Hinblick auf Richard natürlich parteiisch.«

»Das glaube ich auch. Aber was willst du denn eigentlich über Richard wissen, wenn es da gar kein Geheimnis zu erforschen gibt?«

»Ich möchte wissen, welcher Teufel ihn geritten hat. Es ist das vertrackteste Geheimnis, das mir seit langem untergekommen ist. Was hat ihn nur plötzlich über Nacht so verändert? Bis zum Tod seines Bruders scheint er absolut vorbildlich gewesen zu sein. Und seinem Bruder treu ergeben.«

»Ich glaube, die höchste Macht ist immer eine große Versuchung.«

»Er war Regent, bis sein Neffe volljährig geworden wäre. Protektor von England. Man sollte annehmen, das hätte ihm genügt. Ja, man sollte denken, gerade das hätte ihm besonders gelegen – Vormund des Königreichs und Vormund von Eduards Sohn.«

»Vielleicht war der Balg unerträglich, und Richard wollte ihn Mores lehren. Es ist komisch, daß wir uns die Opfer immer als Unschuldslämmer vorstellen. Wie Josef in der Bibel. Ich bin überzeugt, daß er ein unausstehlicher junger Mann war und daß es im Grunde an der Zeit war, ihn in den Brunnen zu werfen. Vielleicht hat Jung-Eduard es auch herausgefordert.«

»Es waren aber zwei«, erinnerte Grant sie.

»Ach ja, richtig. Dafür gibt es natürlich keine Erklärung. Das war der Gipfel der Barbarei. Die armen kleinen lockigen Lämmer! O!«

»Weshalb das O?«

»Mir fiel nur gerade etwas ein. Bei lockigen Lämmern mußte ich dran denken.«

»Und?«

»Nein, ich erzähle es dir nicht, denn vielleicht wird nichts draus. Ich muß sausen.«

»Hast du Madeleine March herumgekriegt, das Stück zu schreiben?«

»Einen Kontrakt hat sie noch nicht unterzeichnet, aber ich glaube, sie hat Feuer gefangen. *Au revoir*, mein Lieber. Ich schau' bald wieder vorbei.«

Sie ging, von einer errötenden Amazone verabschiedet, und Grant dachte nicht mehr an lockige Lämmer, bis das lockige Lamm am nächsten Abend in voller Größe vor ihm stand. Das lockige Lamm trug eine riesige Hornbrille, die seltsamerweise die Ähnlichkeit noch unterstrich. Grant hatte gedöst, er war mit der Welt zufrieden wie schon lange nicht mehr. Wie die Oberin gesagt hatte, half die Beschäftigung mit der Geschichte wirklich, die Dinge wieder im richtigen Licht zu sehen. Das Klopfen an seiner Tür war so leise gewesen, daß er sich verhört zu haben glaubte. Im allgemeinen wird an Krankenzimmertüren niemals leise angeklopft. Trotzdem rief er: »Herein!« Und im Türrahmen stand etwas, das so unverkennbar Martas lockiges Lamm war, daß Grant laut auflachte.

Der junge Mann sah verwirrt aus, lächelte nervös, rückte seine Brille mit seinem langen dünnen Zeigefinger auf der Nase zurecht, räusperte sich und sagte:

»Mr. Grant? Mein Name ist Carradine. Brent Carradine. Ich hoffe, ich habe Sie nicht im Schlaf gestört.«

»Nein, nein. Kommen Sie herein, Mr. Carradine. Es freut mich, Sie kennenzulernen.«

»Marta – Miss Hallard wollte ich sagen – schickt mich zu Ihnen. Sie meinte, ich könnte Ihnen behilflich sein.«

»Sagte sie Ihnen auch, auf welche Weise? Bitte, nehmen

Sie doch Platz. Hinter der Tür steht ein Stuhl. Holen Sie ihn her.«

Er war ein hochgewachsener, barhäuptiger Bursche, dessen weiches, helles Haar sich über einer hohen Stirn lockte. Sein viel zu großer Tweedmantel hing, auf amerikanische Manier, in lässigen Falten um ihn herum. Es war überhaupt auf den ersten Blick zu sehen, daß er ein Amerikaner war. Er brachte den Stuhl herbei, setzte sich steif darauf, und der Mantel wallte wie eine Königsrobe bis zum Boden hinab. Seine freundlichen braunen Augen, deren leuchtenden Charme nicht einmal die horngefaßten Brillengläser dämpften, blickten Grant aufmerksam an.

»Marta – Miss Hallard wollte ich sagen – meinte, Sie hätten gern etwas nachgesehen.«

»Und Sie sind ein Nachseher?«

»Ja, ich mache hier in London Untersuchungen. Historische, muß ich hinzufügen. Sie sagte, daß Sie etwas auf diesem Gebiet suchten. Sie weiß, daß ich fast jeden Morgen im B. M. arbeite. Es wäre mir eine große Freude, Mr. Grant, wenn ich Ihnen in irgendeiner Weise behilflich sein könnte.«

»Das ist sehr freundlich von Ihnen. Außerordentlich freundlich. Womit beschäftigen Sie sich denn gerade?«

»Mit dem Bauernaufstand.«

»Oh. Richard II.«

»Ja.«

»Interessieren Sie sich für soziale Verhältnisse?«

Der junge Mann grinste plötzlich auf sehr knabenhafte Weise und sagte: »Nein, ich bin ausschließlich daran interessiert, in England zu bleiben.«

»Und ohne diese Studien können Sie nicht in England bleiben?«

»Nicht ohne weiteres. Ich brauche ein Alibi. Mein Papa findet, ich solle das Geschäft übernehmen. Wir handeln mit Möbeln. Großhandel. Versandhaus. Bestellung nach Katalog. Bitte, verstehen Sie mich nicht falsch, Mr. Grant. Es sind prima Möbel. Halten ewig. Ich kann mich nur einfach nicht für Serienmöbel begeistern.«

»Und abgesehen von einer Polarexpedition erschien Ihnen das Britische Museum die einzig geeignete Zuflucht?«

»Na, dort ist wenigstens geheizt. Und ich interessiere mich wirklich für Geschichte. Es war mein Hauptfach in der Schule. Und wenn Sie es genau wissen wollen, Mr. Grant – ich mußte Atlanta Shergold nach England nachreisen. Das ist die doofe Blonde in Martas, wollte sagen in Miss Hallards Stück. Ich meine, sie spielt die doofe Blonde. In Wirklichkeit ist Atlanta alles andere als doof.«

»Das stimmt. Eine sehr begabte junge Person.«

»Sie haben Sie gesehen?«

»Ich glaube nicht, daß irgend jemand in London sie nicht gesehen hat.«

»Nein, wahrscheinlich nicht. Das Stück läuft ja ewig. Wir – Atlanta und ich – glaubten nicht, daß es länger als ein paar Wochen auf dem Spielplan bliebe. Und so verabschiedeten wir uns und sagten: ›Auf Wiedersehen Anfang des nächsten Monats!‹ Aber als sich dann herausstellte, daß es ewig weitergespielt würde, da mußte ich eben eine Ausrede erfinden, um nach England zu fahren.«

»Genügte denn Atlanta nicht als Ausrede?«

»Meinem Papa nicht! Die Familie hat keine sehr hohe Meinung von Atlanta, und Papa ist der schlimmste von allen. Wenn er es überhaupt über sich bringt, sie zu erwähnen, dann nennt er sie nur ›diese junge Schauspielerin, die du da aufgegabelt hast!‹ Wissen Sie, Papa ist Carradine III., und Atlantas Vater ist leider nur Shergold I. Kleine Kolonialwarenhandlung an der Hauptstraße, um es genau zu sagen. Und überdies hat Atlanta daheim in den Staaten nicht gerade viel geleistet. Ich meine auf der Bühne. Dies hier ist ihr erster großer Erfolg. Deshalb will sie auch nicht kontraktbrüchig werden und nach Hause fahren. Im Gegenteil, es wird noch einen ziemlichen Kampf kosten, bis ich sie überhaupt wieder zurückbringe. Sie meint, unsere Familie würde sie nie anerkennen.«

»Und da haben Sie sich also dem Geschichtsstudium zugewandt?«

»Ich mußte mir etwas ausdenken, was ich nur in London tun kann. Und historische Studien hatte ich schon im College betrieben. Daher kam mir das B. M. gerade gelegen. Ich konnte hier mein Leben genießen und gleichzeitig meinem Vater beweisen, daß ich wirklich arbeite.«

»Ja. Das ist eins der nettesten Alibi, die mir je begegnet sind. Und darf ich fragen, warum es gerade der Bauernaufstand sein muß?«

»Das ist doch eine interessante Epoche. Und ich dachte, das würde Papa gefallen.«

»Ach, er interessiert sich für Sozialreformen?«

»Nein, aber er haßt Könige.«

»Carradine III.

»Ja, zum Totlachen, was? Ich würde mich nicht wundern, wenn er in einem seiner Tresore eine Krone versteckt hätte. Ich wette, daß er sie hin und wieder herausholt und sich damit auf den Grand-Central-Bahnhof schleicht, um sie in der Herrentoilette aufzuprobieren. Aber ich fürchte, ich langweile Sie, Mr. Grant. Meine Privatangelegenheiten können Sie wohl kaum interessieren. Deswegen bin ich auch nicht gekommen. Ich kam, um –«

»Weswegen auch immer Sie gekommen sind, der Himmel selbst hat Sie geschickt. Also machen Sie es sich bequem, wenn Sie 's nicht eilig haben.«

»Ich habe es nie eilig«, sagte der junge Mann und

streckte seine Beine weit von sich. Dabei berührten seine Füße den Nachttisch, und das Porträt Richards III. flatterte von seinem wackeligen Podest auf den Fußboden.

»Oh, entschuldigen Sie! Das war aber sehr unachtsam. Ich hab' mich noch immer nicht an die Länge meiner Beine gewöhnt. Man sollte meinen, mit Zweiundzwanzig wäre man endlich mit seinen Dimensionen vertraut.« Er hob die Fotografie auf, staubte sie sorgfältig am Ärmel seines Mantels ab und betrachtete sie mit Interesse. »*Richardus III. Ang. Rex*«, las er laut.

»Sie sind der erste Mensch, der die Inschrift auf dem Hintergrund bemerkt hat«, sagte Grant.

»Ich glaube, man kann sie auch nicht sehen, wenn man nicht sehr genau hinsieht. Sie sind der erste Mensch, der mir begegnet, der einen König als Pin-up neben seinem Bett stehen hat.«

»Eine Schönheit ist er ja nicht.«

»Ich weiß nicht«, sagte der Junge langsam. »Es ist kein übles Gesicht. Ich hatte im College einen Pauker, der ihm ziemlich ähnlich sah. Er lebte von Wismuth und Milch und betrachtete daher das Leben durch eine etwas gelb gefärbte Brille. Aber er war der gütigste Mensch, den man sich vorstellen kann. Wollen Sie eine Information über Richard?«

»Ja. Nichts besonders Ausgefallenes oder Schwieriges. Ich möchte nur wissen, wer die zeitgenössische Autorität ist.«

»Na, das dürfte nicht schwer festzustellen sein. Für mich kein abgelegenes Gebiet. Ich meine, was die Epoche anbetrifft, mit der ich mich gerade beschäftige. Die heutige Autorität für Richard II. – Sir Cuthbert Oliphant – beschäftigt sich nämlich mit beiden. Haben Sie Oliphant gelesen?«

Grant antwortete, er habe nichts außer Schulbüchern und Sir Thomas More gelesen.

»More? Der Kanzler Heinrichs VIII.?«

»Ja.«

»Ich schätze, der schreibt ein wenig in eigener Sache!«

»Auf mich wirkt es eher wie Parteipropaganda«, sagte Grant und wurde sich zum erstenmal darüber klar, daß die Lektüre diesen Nachgeschmack bei ihm hinterlassen hatte. Es las sich nicht wie der Bericht eines Staatsmannes. Es hatte sich wie Parteigeschwätz gelesen.

Nein, wie das Gewäsch eines Kolumnisten. Eines Kolumnisten mit Hintertreppeninformationen.

»Wissen Sie etwas von Richard III.?«

»Nur, daß er seine Neffen kaltgemacht hat und sein Königreich für ein Pferd feilbot. Und daß er zwei Prügelknaben hatte, die die Katze und die Ratte hießen.«

»Wie war das?«

»Sie wissen doch: ›Die Katze, die Ratte und Lovel, der Köter, regierten ganz England unter einem Eber‹.«

»Ach natürlich. Das hatte ich völlig vergessen. Wissen Sie eigentlich, was das bedeutet?«

»Keine Ahnung. Ich kenne mich in dieser Epoche nicht sehr gut aus. Weshalb interessieren Sie sich für Richard III.?«

»Marta machte mir den Vorschlag, theoretische Untersuchungen anzustellen, da ich ja in der nächsten Zeit nicht dazu kommen werde, praktische Untersuchungen zu machen. Und da mich Gesichter interessieren, brachte sie mir Porträts aller Hauptfiguren. Ich meine, der Hauptfiguren in verschiedenen mysteriösen Fällen, die ich untersuchen könnte. Richard hat mehr oder weniger zufällig das Rennen gewonnen, und es stellte sich heraus, daß er das größte Geheimnis von allen ist.«

»Ist er das? In welcher Weise?«

»Er ist der Urheber des abstoßendsten Verbrechens, das die Geschichte kennt, und er hat das Gesicht eines großen Richters oder eines bedeutenden Verwaltungsmannes. Überdies war er nach allen Berichten ein ungewöhnlich zivilisierter und kultivierter Mensch. Er war übrigens tatsächlich ein hervorragender Verwalter. Er verwaltete den Norden Englands und machte seine Sache glänzend. Er war ein guter Stabsoffizier und ein guter Soldat. Und über sein Privatleben ist nichts Abträgliches bekannt. Sein Bruder war, wie Sie vielleicht wissen, mit Ausnahme von Karl II. der größte Weiberknecht, der je Englands Thron zierte.«

»Eduard IV. Ja, das weiß ich. Ein überlebensgroßes Stück männlicher Schönheit. Vielleicht hat Richard unter Ressentiments gelitten, die durch diesen Kontrast ausgelöst wurden. Das wäre auch eine Erklärung für seine Bereitwilligkeit, des Bruders Nachkommenschaft zu vernichten.«

Daran hatte Grant noch gar nicht gedacht.

»Sie meinen also, Richard hatte einen unterdrückten Haß gegen seinen Bruder?«

»Weshalb unterdrückt?«

»Weil sogar seine ärgsten Feinde zugeben, daß er Eduard ergeben war. Von Richards zwölftem oder dreizehntem Lebensjahr an waren die beiden unzertrennlich. Der andere Bruder taugte überhaupt nichts. Ich meine George.«

»Wer war George?«

»Der Herzog von Clarence.«

»Ach der! Der Clarence im Malvasierfaß.«

»Ja, der. Also blieben nur die beiden übrig. Eduard und Richard. Und sie waren im Alter zehn Jahre auseinander. Das ist genau der richtige Abstand, um den großen Bruder anzuhimmeln.«

»Wenn ich einen Buckel hätte«, sagte der junge Carradine nachdenklich, »dann würde ich einen Bruder, der mir den Ruhm, die Frauen und den Platz an der Sonne raubt, bestimmt hassen.«

»Das ist durchaus denkbar«, sagte Grant nach einer langen Pause. »Das ist die beste Erklärung, die ich bis jetzt gehört habe.«

»Wissen Sie, das braucht gar nicht offenkundig gewesen zu sein. Ja, nicht einmal bewußt. Es ist durchaus möglich, daß ihm das alles erst hochgekommen ist, als er die Chance sah, eine Krone zu erringen. Da hat er sich vielleicht gesagt – ich meine, sein Unterbewußtsein hat ihm zugeflüstert: ›Das ist meine Chance! All die Jahre des Dienens und Buckelns und immer Einen-Schritt-Zurückstehens und nie einen Dank! Jetzt werde ich mir meinen Lohn holen. Jetzt werde ich die Rechnung begleichen‹.«

Grant bemerkte, daß Carradine durch reinen Zufall Richard genauso beschrieben hatte wie Miss Payne-Ellis. Einen Schritt zurückstehend, so hatte ihn die Autorin neben der blonden, stämmigen Margret und dem blonden stämmigen George auf den Stufen von Baynard's Castle stehen und dem Vater zum Abschied winken lassen. Einen Schritt hinter den anderen. Wie üblich.

»Aber es ist sehr interessant, was Sie da erzählen, daß Richard bis zum Augenblick des Verbrechens ein guter Kerl gewesen sein soll«, fuhr Carradine fort und schob seinen langen Zeigefinger nachdenklich unter den einen Bügel seiner Hornbrille, eine für ihn charakteristische Geste. »Das läßt ihn menschlicher erscheinen. Wissen Sie, für mein Gefühl hat Shakespeare eine Karikatur aus ihm gemacht. Bei Shakespeare ist er überhaupt kein Mensch mehr. Ich werde mit dem größten Vergnügen jede gewünschte Nachforschung für Sie anstellen, Mr. Grant. Das ist mal eine nette Abwechslung in meinem Bauern-Einerlei!«

»Das ist sehr reizend von Ihnen. Ich bin über alles, was Sie ausgraben, glücklich. Aber im Augenblick interessiere ich mich am brennendsten für einen zeitgenössischen Bericht. Die damaligen Geschehnisse müssen doch das ganze Land erschüttert haben. Und ich will über diese Geschehnisse von einem Zeitgenossen unterrichtet werden. Nicht von einem Mann, der sie nur vom Hörensagen kennt, fünf Jahre alt war, als sie sich abspielten, und überhaupt unter einem ganz anderen Regime lebte.«

»Ich werde feststellen, wer der zeitgenössische Historiker ist. Vielleicht Fabyan. Oder ist er der Historiker Heinrichs VIII.? Na, wir werden sehen. Und vielleicht möchten Sie inzwischen einen Blick in den Oliphant werfen. Soviel ich weiß, gilt er heute als *die* Autorität.«

Grant sagte, er wolle sich Sir Cuthbert mit Vergnügen ansehen.

»Ich gebe ihn ab, wenn ich morgen hier vorbeikomme. Ich kann ihn doch sicher an der Pforte für Sie abgeben? Und sobald ich etwas über die zeitgenössischen Schriftsteller herausbekommen habe, komme ich selbst. Paßt Ihnen das?«

Grant sagte, es passe ihm vorzüglich.

Plötzlich wurde der junge Carradine scheu und erinnerte Grant wieder an das lockige Lämmchen, das er vor Aufregung über dieses ganz neue Richard-Bild völlig vergessen hatte. Carradine verabschiedete sich hastig und verlegen und entschwand mit wallenden Mantelschößen.

Grant dachte, daß Atlanta Shergold eine gute Wahl getroffen hatte, auch wenn man von dem Carradine-Vermögen absah.

VIII

Nun«, fragte Marta bei ihrem nächsten Besuch, »wie gefällt dir mein lockiges Lämmchen?«

»Es war ausgesprochen reizend von dir, ihn mir zu schicken.«

»Ich mußte ihn nicht lange suchen. Er läuft mir auf Schritt und Tritt über den Weg. Er lebt praktisch im Theater. Ich glaube, er hat unser Stück fünfhundertmal gesehen. Entweder ist er in Atlantas Garderobe oder er sitzt in der ersten Reihe. Wenn sie nur endlich heiraten würden! Dann brauchte man ihn nicht unentwegt zu sehen. Denk nur, sie leben nicht mal zusammen. Es ist das reine Idyll.« Für einen Augenblick ließ sie ihre Bühnenstimme beiseite und sagte ganz normal: »Sie sind eigentlich sehr süß, die beiden. Fast mehr wie Zwillinge als ein Liebespaar. Sie vertrauen einander rückhaltlos. Einer ist so sehr auf den anderen angewiesen, daß sie zusammen wirklich ein Ganzes sind. Und nie streiten sie. Sie zanken nicht einmal, soweit ich das feststellen kann. Wie gesagt, eine Idylle. Hat Brent dir das gebracht?«

Mit dem Zeigefinger tippte sie fragend auf den soliden, dicken Oliphant.

»Ja. Er hat es an der Pforte abgegeben.«

»Das sieht aber recht unverdaulich aus.«

»Wir wollen mal sagen, nicht sehr appetitanregend. Verdauen läßt es sich ganz leicht, wenn man es erst mal hinuntergeschluckt hat. Geschichte für den Studenten. Detailliert dargeboten.«

»Puh!«

»Na, wenigstens habe ich herausgebracht, woher der

verehrte geheiligte Sir Thomas More sein Wissen über Richard bezog.«

»Ja? Woher denn?«

»Von einem gewissen John Morton.«

»Nie gehört.«

»Ich auch nicht. Aber das spricht nur für unsre Unbildung.«

»Wer war denn das?«

»Heinrichs VII. Erzbischof von Canterbury und Richards erbitterter Feind.«

Hätte Marta pfeifen können, dann hätte sie jetzt vielsagend gepfiffen.

»Das war also die ›zuverlässige‹ Quelle«, sagte sie.

»Das war sie. Und auf diesem Bericht über Richard sind alle späteren Berichte aufgebaut. Nach dieser Erzählung hat Shakespeare seine Figur angelegt.«

»Es ist also die Version eines Menschen, der Richard haßte. Das habe ich nicht gewußt. Und weshalb hat der geheiligte Sir Thomas More diesen Morton zitiert und nicht irgendeinen anderen?«

»Ganz gleich, wen er zitiert hätte, eine Tudor-Version wäre immer dabei herausgekommen. Es scheint aber, daß er Morton zitiert, weil er als Knabe zu Mortons Haushalt gehört hat. Und weil Morton auch mit ›dabei‹ gewesen ist, war es nur natürlich, sich an die Version eines Augenzeugen zu halten, dessen Bericht More aus erster Hand bekommen konnte.«

Marta befingerte wieder den Oliphant. »Gibt dein langweiliger fetter Historiker zu, daß es sich um eine gefärbte Version handelt?«

»Oliphant? Nur zwischen den Zeilen. Um ehrlich zu sein, er kann sich leider von Richard gar kein rechtes Bild machen. Auf ein und derselben Seite behauptet er, er sei ein vorzüglicher Verwalter und sehr angesehener General, gesetzt und mit tadellosem Lebenswandel, im

Gegensatz zu den Woodville-Emporkömmlingen, den Verwandten der Königin, außerordentlich populär, und dann wieder nennt er ihn völlig skrupellos und bereit, durch jede Menge von Blut zu waten, um die Krone, die in seiner Reichweite lag, an sich zu reißen. An der einen Stelle meint Oliphant: ›Wir haben Grund zu der Annahme, es fehle ihm jedes Gewissen‹, und auf der nächsten Seite gibt er Mores Bild eines Mannes wieder, dem seine eigenen Taten den Schlaf rauben. Und so geht es stundenlang weiter.«

»Dein langweiliger fetter Oliphant bevorzugt also rote Rosen?«

»O nein, das glaube ich nicht. Ich glaube nicht, daß er mit den Lancasters sympathisiert. Aber wenn ich es mir jetzt genau überlege, dann muß ich schon sagen, daß er der Usurpation Heinrichs VII. außerordentlich tolerant gegenübersteht. Er spricht meiner Erinnerung nach nirgendwo deutlich aus, daß Heinrich nicht den leisesten Anspruch auf den Thron hatte.«

»Wer hat ihn denn draufgesetzt? Ich meine, den Heinrich?«

»Die Überreste der Lancaster-Partei und die Woodville-Emporkömmlinge. Wahrscheinlich mit der Unterstützung eines Landes, das über den Mord an den Knaben empört war. Gewiß hätte jeder, der auch nur einen Tropfen Lancaster-Blut in den Adern hatte, genauso gehandelt wie er. Heinrich war allerdings schlau genug, bei seinem Thronanspruch die ›Eroberung‹ vor sein Lancaster-Blut zu stellen. ›De jure belli et de jure Lancastriae.‹ Seine Mutter war die Erbin eines illegitimen Sprößlings des dritten Sohnes von Eduard III.«

»Ich weiß von Heinrich VII. nur, daß er phantastisch reich und phantastisch geizig war. Kennst du die himmlische Kipling-Geschichte, wie er den Handwerker zum Ritter schlug, nicht weil er eine fabelhafte Arbeit geleistet hatte, sondern weil er ihm die Kosten irgendeiner Schnitzerei erspart hatte?«

»Mit einem rostigen Schwert, das er hinter dem Wandbehang hervorzog. Du bist offenbar eine der wenigen Frauen, die ihren Kipling wirklich gelesen haben.«

»Oh, ich bin in vieler Hinsicht eine höchst bemerkenswerte Frau. Und du hast also bei der Erforschung von Richards Persönlichkeit noch keine Fortschritte gemacht?«

»Nein. Ich bin mir ebenso unklar wie der gute Sir Cuthbert Oliphant. Der einzige Unterschied zwischen uns ist der, daß ich es weiß und er es nicht zu wissen scheint.«

»Hast du mein lockiges Lämmchen öfter gesehen?«

»Nicht mehr seit seinem ersten Besuch, und der liegt drei Tage zurück. Ich frage mich schon, ob ihn sein Versprechen vielleicht reut.«

»Bestimmt nicht. Treue ist seine Devise und sein Glaubensbekenntnis.«

»Dann ist er ja wie Richard«.

»Richard?«

»Sein Wahlspruch lautete: ›Loyaulté me lie‹. Treue bindet mich.«

Es klopfte leise an der Tür, und auf Grants »Herein« erschien Brent Carradine, wie üblich in seinen wallenden Mantel gehüllt.

»Oh, ich sehe, ich störe. Ich wußte nicht, daß Sie hier sind, Miss Hallard. Ich begegnete der Freiheitsstatue auf dem Gang, und sie war der Meinung, Sie seien allein, Mr. Grant.«

Es fiel Grant nicht schwer, die Freiheitsstatue zu identifizieren. Marta sagte, sie wolle ohnehin gerade gehen, und Brent sei ja zur Zeit doch der willkommenere Besuch. Sie wolle ihre beiden Freunde nun in Ruhe der Beschäftigung mit der Seele eines Mörders überlassen.

Nachdem Brent Marta höflich hinauskomplimentiert

hatte, kam er wieder und setzte sich mit genau der gleichen Miene auf den Besucherstuhl, mit der sich ein Engländer zu seinem Glas Portwein niederläßt, nachdem die Frauen das Eßzimmer geräumt haben. Grant überlegte, ob nicht der von Frauen versklavte Amerikaner eine gewisse Erleichterung verspüre, wenn er mit anderen Männern allein gelassen wird.

Auf Brents Frage, wie er mit Oliphant weiterkomme, antwortete er, Sir Cuthbert scheine ihm von bewundernswürdiger Klarheit zu sein. »Ich habe übrigens zufällig herausbekommen, wer die Katze und die Ratte waren. Es waren zwei durch und durch achtbare Ritter des Reichs, William Catesby und Richard Ratcliffe. Catesby war der Speaker des Unterhauses und Ratcliffe einer der Friedensvermittler mit Schottland. Es ist doch merkwürdig, welch nachhaltige Folgen ein einziger abschätziger Knüttelvers haben kann. Mit dem Eber spielte man natürlich auf Richards Wappentier an. Der weiße Eber. Besuchen Sie manchmal unsere englischen Wirtshäuser?«

»Klar. Die gehören nämlich zu den Dingen, die bei euch besser sind als bei uns.«

»Sie vergeben uns also unsere mangelhafte Installation um unseres Bieres willen.«

»Ich würde nicht so weit gehen, zu behaupten, daß ich sie Ihnen vergebe. Wir wollen mal sagen, ich nehme sie dafür mit in Kauf.«

»Sehr großzügig von Ihnen. Übrigens muß ich Ihnen eine Enttäuschung bereiten. Ihre Theorie, Richard hätte seinen Bruder gehaßt, weil dessen Schönheit seine eigene bucklige Mißgestalt noch deutlicher zur Geltung brachte, stimmt nicht. Sir Cuthbert behauptet, der Buckel sei eine Legende, wie auch der verkümmerte Arm. Es scheint, daß Richard keine sichtbare Mißbildung aufwies. Zumindest keine wesentliche. Seine linke Schulter hing ein wenig nach unten, das ist alles. Haben Sie festgestellt, wie der zeitgenössische Historiker heißt?«

»Es gibt keinen.«

»Überhaupt keinen?«

»Nicht in dem Sinne, wie Sie es meinen. Es gab Schriftsteller, die Zeitgenossen Richards waren, aber sie schrieben nach seinem Tod und für die Tudors. Damit scheiden sie für Ihre Zwecke aus. Es gibt irgendwo eine zeitgenössische Mönchs-Chronik in lateinischer Sprache, aber ich konnte ihrer bis jetzt noch nicht habhaft werden. Etwas habe ich jedoch entdeckt: Dieser Bericht über Richard III. gilt nur deshalb als der Bericht von Sir Thomas More, weil man das Manuskript unter seinen Schriften gefunden hat, und nicht, weil er ihn verfaßt hat. Es war die unfertige Abschrift eines Berichts, der an anderer Stelle in abgeschlossener Form auftaucht.«

»Na, so was!« Grant dachte interessiert über diese Eröffnung nach. »Wollen Sie damit sagen, daß es Mores persönliche Abschrift war?«

»Ja. In seiner eigenen Handschrift. Er verfertigte sie im Alter von etwa fünfunddreißig Jahren. Damals, als das Drucken noch nicht so üblich war, fertigte man laufend handschriftliche Kopien von Büchern an.«

»Ja! Da also die Information von John Morton stammte, ist es ebensogut möglich, daß Morton das alles geschrieben hat.«

»Ja.«

»Das würde jedenfalls den Mangel an Takt erklären. Einen Parvenü wie Morton würde Hintertreppenklatsch nicht abstoßen. Wissen Sie, wer Morton war?«

»Nein.«

»Er war ein Jurist, der Geistlicher wurde und es zum größten Pfründeninhaber seiner Zeit brachte. Er entschied sich für die Lancaster-Partei und hielt so lange zu ihr, bis Eduard IV. eindeutig das Heft in der Hand hatte.

Dann machte er seinen Frieden mit der York-Partei und ließ sich von Eduard zum Bischof von Ely ernennen. Und zum Vikar von Gott weiß wie vielen anderen Sprengeln. Nach Richards Thronbesteigung hielt er jedoch zunächst zu den Woodvilles und dann zu Henry Tudor. Und schließlich erhielt er den Kardinalshut als Heinrichs VII. Erzbischof von –«

»Moment mal!« sagte Brent belustigt. »Natürlich kenne ich Morton. Das ist ja der Morton, der für seinen König den Leuten das Geld aus der Tasche zog.«

»Ja, genau der. Heinrichs beste Daumenschraube. Und jetzt fällt mir auch ein, weshalb er einen persönlichen Groll gegen Richard hätte hegen können, lange ehe die beiden Prinzen ermordet wurden.«

»Ja?«

»Eduard schloß mit Ludwig XI. gegen eine hohe Geldsumme einen schmachvollen Frieden in Frankreich. Darüber war Richard sehr erbost – es war auch eine schändliche Geschichte –, und er wollte mit der ganzen Sache nichts zu tun haben. Er weigerte sich auch, einen großen Geldbetrag anzunehmen. Aber Morton war nicht nur für den Friedensvertrag, sondern auch für das Geld. Ja, er erhielt sogar eine Pension von Ludwig. Ein recht nettes Sümmchen. Zweitausend Kronen jährlich. Ich glaube, Richards offenherzige Äußerungen müssen ihm die Freude an dem Schandgeld tüchtig vergällt haben.«

»Ja, da haben Sie wahrscheinlich recht.«

»Und natürlich konnte Morton sich ausrechnen, daß er bei dem gestrengen Richard nicht so Liebkind sein würde wie bei dem leichtsinnigen Eduard. Er hätte also auch ohne den Prinzenmord sich auf die Seite der Woodvilles geschlagen.«

»Dieser Mord –«, sagte der junge Amerikaner und schwieg dann.

»Ja?«

»Dieser Mord – dieser Mord an den beiden Knaben –, ist das nicht komisch, daß darüber niemand spricht?«

»Wie meinen Sie das: daß niemand darüber spricht?«

»In den letzten drei Tagen bin ich unzählige zeitgenössische Schriften und Briefe durchgegangen, und nicht eines dieser Schriftstücke erwähnt die Prinzen.«

»Vielleicht hatte man Angst davor. In der damaligen Zeit machte es sich bezahlt, den Mund zu halten!«

»Zugegeben, aber ich will Ihnen etwas noch Merkwürdigeres erzählen. Wie Sie wissen, hat Heinrich nach Bosworth gegen Richard Anklage erhoben. Ich meine, vor dem Parlament. Einziehung seiner Besitzungen, nachträgliche Ächtung. Er beschuldigt Richard der Grausamkeit und der Tyrannei. Aber den Mord erwähnt er nicht einmal.«

»Nein!« rief Grant verblüfft.

»Ja! Da staunen Sie, was?«

»Sind Sie ganz sicher?«

»Ganz sicher.«

»Aber Heinrich hat doch sofort, als er von Bosworth nach London kam, vom Tower Besitz genommen. Wenn die Knaben nicht mehr da waren, dann ist es kaum zu glauben, daß er diese Tatsache nicht unverzüglich bekanntgab. Das wäre doch der größte Trumpf gewesen, den er in der Hand hatte.« Grant dachte eine Weile lang schweigend nach. Auf dem Fensterbrett schilpten die Spatzen. »Jetzt begreife ich gar nichts mehr«, sagte er. »Welche Erklärung könnte es dafür geben, daß Heinrich kein Kapital aus der Tatsache schlug, daß die Knaben verschwunden waren?«

Brent brachte seine langen Beine in eine bequemere Stellung. »Dafür gibt es nur eine Erklärung«, sagte er. »Und das ist die, daß die Knaben gar nicht verschwunden waren.«

Diesmal dauerte das Schweigen noch länger. Die beiden Männer starrten einander an.

»Aber nein, das ist doch Unsinn!« sagte Grant. »Es muß noch irgendeine ganz einfache Erklärung geben, auf die wir nicht kommen.«

»Und das wäre zum Beispiel?«

»Ich weiß es nicht. Ich hatte noch keine Zeit, darüber nachzudenken.«

»Aber ich hatte beinahe drei Tage Zeit, darüber nachzudenken, und habe immer noch keine passende Antwort gefunden. Die einzig passende Erklärung ist nämlich die, daß die Knaben lebten, als Heinrich den Tower übernahm. Die nachträgliche Staatsanklage war ein reiner Willkürakt. Richards Anhänger – die getreuen Anhänger eines gesalbten Königs, der gegen einen Eindringling kämpft – wurden damit des Hochverrats bezichtigt. Heinrich bediente sich jeder Anschuldigung, die auch nur den Schatten der Glaubwürdigkeit hatte. Und das Äußerste, was er Richard vorwerfen konnte, war Grausamkeit und Tyrannei. Die Prinzen werden nicht einmal erwähnt.«

»Das ist phantastisch.«

»Das ist völlig unverständlich. Aber es ist Tatsache.«

»Das heißt also, daß es überhaupt keine entsprechende zeitgenössische Anklage gibt?«

»Ja, so ist es.«

»Aber – warten Sie mal. Tyrrel wurde doch für diesen Mord gehängt. Er gestand ihn sogar ein, ehe er starb. Einen Augenblick . . .« Er griff nach Oliphant und suchte fieberhaft nach der Stelle. »Hier steht irgendwo ein ganz ausführlicher Bericht. Hier gibt es gar keine Unklarheiten. Sogar die Freiheitsstatue wußte darüber Bescheid.«

»Wer?«

»Die Schwester, der Sie im Gang begegnet sind. Tyrrel

hat den Mord begangen, er wurde für schuldig befunden und gestand vor seinem Tod.«

»War das zu dem Zeitpunkt, als Heinrich in London die Regierung übernahm?«

»Augenblick mal. Da steht es.« Grant überflog den Absatz. »Nein, das war im Jahr 1502.« Schlagartig war er sich über die Bedeutung des eben Gesagten im klaren. Er wiederholte noch einmal langsam und verwirrt: »Im Jahr – 1502.«

»Aber – aber – aber das war –«

»Ja. Beinahe zwanzig Jahre später.«

Brent suchte nach seinem Zigarettenetui, kramte es aus der Tasche und steckte es dann hastig wieder ein.

»Bitte, rauchen Sie ruhig«, sagte Grant. »Was ich brauche, ist ein doppelter Kognak. Ich glaube, daß mein Gehirn nicht mehr ganz richtig funktioniert. Im Augenblick komme ich mir vor wie als Kind, wenn man mir beim Blindekuhspiel die Augen verband und mich im Kreis drehte.«

»Ja«, sagte Carradine. Er nahm eine Zigarette und zündete sie an. »Völlig im Dunkeln und hochgradig schwindlig.«

Er starrte auf die Spatzen vor dem Fenster.

»Es können doch nicht alle Schulbücher der Welt falsch sein«, sagte Grant nach einer Pause.

»Und warum nicht?«

»Ja, können sie?«

»Früher hätte ich das für unmöglich gehalten. Aber heute bin ich mir nicht mehr so sicher.«

»Kommt Ihre Skepsis nicht etwas plötzlich?«

»Nein. Sie kam mir schon viel früher.«

»Und darf man fragen, wann?«

»Im Zusammenhang mit einer kleinen Rauferei, die man das Massaker von Boston nennt. Jemals davon gehört?«

»Aber natürlich.«

»Nun, als ich einmal im College etwas nachschlagen wollte, kam ich ganz zufällig darauf, daß das Massaker von Boston nichts weiter war, als daß eine Rotte von Radaubrüdern einen Wachtposten mit Steinen bewarf. Die Gesamtverluste beliefen sich dabei auf vier Mann. Mr. Grant, ich bin im Glauben an das Massaker von Boston groß geworden. Meine Hühnerbrust weitete sich vor Stolz, wenn ich nur daran dachte. Der Gedanke an die hilflosen Zivilisten, die von den Gewehrsalven britischer Truppen niedergemäht wurden, versetzte mein Blut in Wallung. Sie können sich nicht vorstellen, welch ein Schock es für mich war, als ich herausbekam, daß die ganze Geschichte in Wirklichkeit nichts anderes war als eine ganz gewöhnliche Rauferei, die normalerweise in den Spalten der Lokalpresse nicht mehr Platz einnehmen würde als ein Zusammenstoß zwischen Polizei und streikenden Arbeitern.«

Grant gab keine Antwort, sondern starrte angestrengt auf die Zimmerdecke, als könnte er dort eine Lösung finden.

»Das ist vielleicht einer der tieferen Gründe, weshalb mich Geschichtsforschung so interessiert«, sagte Carradine. Und dann lehnte er sich in seinem Stuhl zurück und starrte wieder auf die Spatzen.

Schließlich streckte Grant wortlos die Hand aus. Carradine gab ihm eine Zigarette und Feuer.

Sie rauchten schweigend.

Es war Grant, der schließlich das Spatzenkonzert unterbrach.

»Das ist wirklich sehr interessant. Sehr. So wird die Geschichte gemacht. Jeder Einzelne, der dabei war, wußte, daß das Massaker von Boston purer Unsinn war. Und dennoch wurde dem niemals widersprochen. Heute ist diese durch und durch verlogene Geschichte zur

Legende geworden. Die Menschen, die noch wußten, wie die Tatsachen verfälscht wurden, sahen zu, wie der Mythos entstand, und schwiegen.«

»Ja. Das nennt sich Geschichte.«

»Da lobe ich mir die exakte Forschung. Schließlich ist die Wahrheit niemals im Bericht irgendeines Menschen zu finden. Man muß sie in all den vielen kleinen tatsächlichen Geschehnissen der Zeit aufspüren. Eine Zeitungsannonce, ein Hausverkauf, der Preis eines Ringes – das sind die Dinge, die uns Aufschluß geben können.«

Grant ließ sich wieder in die Kissen fallen und starrte zur Decke empor. Das Spatzenkonzert erfüllte wiederum das Zimmer.

»Was amüsiert Sie denn so?« fragte Grant, der seinem Besucher endlich wieder den Kopf zugewandt hatte und dessen eigenartigen Gesichtsausdruck bemerkte.

»Jetzt haben Sie zum erstenmal wie ein Polizist ausgesehen.«

»Ich fühle auch wie ein Polizist. Ich denke wie ein Polizist. Ich stelle mir die Frage, die sich jeder Polizist bei jedem Mordfall stellt: ›Wer hat den Nutzen davon?‹ Und zum erstenmal kommt mir der Gedanke, daß die so schön ins Konzept passende Theorie, Richard hätte die Knaben beiseite geschafft, um sich auf dem Thron sicherer zu fühlen, ein Riesenblödsinn ist. Nehmen wir mal an, er hat die Knaben wirklich beiseite geschafft. Dann standen zwischen ihm und dem Thron immer noch die fünf Schwestern dieser Knaben. Und außerdem Georges Kinder, ein Knabe und ein Mädchen. Georges Sohn und seine Tochter waren zwar durch die Ächtung ihres Vaters von der Thronfolge ausgeschlossen. Aber ich nehme doch an, daß eine solche Ächtung widerrufen oder annulliert oder sonstwie aufgehoben werden kann. Wenn Richards Thronanspruch wacklig war, dann mußte er all diese Personen fürchten.«

»Und haben sie ihn alle überlebt?«

»Das weiß ich nicht. Ich werde mir aber alle Mühe geben, es herauszufinden. Auf jeden Fall überlebte ihn die älteste Schwester der Knaben, denn sie wurde als Heinrichs Gemahlin Königin von England.«

»Mr. Grant, lassen Sie uns jetzt einmal ganz von vorn anfangen. Ohne Geschichtsbücher, moderne Versionen oder irgendwelche Meinungen und Ansichten anderer Menschen. Die Wahrheit findet man nicht in irgendwelchen Berichten, sondern in den Rechnungsbüchern.«

»Eine hübsche Formulierung«, sagte Grant beifällig. »Und was besagt sie?«

»Sie besagt alles. Die wahre Geschichte findet ihren Niederschlag in Aufzeichnungen, die keine geschichtlichen Aufzeichnungen sein sollen. In persönlichen Briefen, in Grundbüchern, in den Abrechnungen der Geheimschatulle, in den Aufzeichnungen des Hofkämmerers. Wenn zum Beispiel jemand behauptet, Lady Sowieso hätte nie ein Kind gehabt, und man findet dann in den Rechnungsbüchern eine Eintragung: ›Für den Sohn, den Mylady am Abend des Michaelitags geboren hat: Fünf Ellen blaues Band, vier und einen halben Penny!‹ dann kann man mit einiger Berechtigung annehmen, daß Mylady am Abend des Michaelitages einen Sohn geboren hat.«

»Ja, ich verstehe, was Sie meinen. Schön. Und wo wollen wir nun anfangen?«

»Sie leiten die Untersuchungen. Ich bin nur der Nachseher.«

»Der wissenschaftliche Arbeiter.«

»Besten Dank. Was wünschen Sie zu erfahren?«

»Nun, da wäre es zunächst vielleicht nützlich, um nicht zu sagen aufschlußreich, zu wissen, wie die Hauptfiguren auf Eduards Tod reagiert haben. Ich meine, auf den Tod Eduards IV. Eduard starb unerwartet, sein Tod muß jedermann überrascht haben. Ich würde gern wissen, wie die Beteiligten nun reagierten.«

»Das ist eine klare und einfache Frage. Ich nehme an, Sie meinen, wie sie sich verhielten, nicht, was sie dachten?«

»Ja, natürlich.«

»Nur die Geschichtenschreiber erzählen uns, was die Leute dachten. Wissenschaftliche Forscher halten sich streng an das, was sie taten.«

»Ich will auch gar nichts anderes wissen. Ich habe mich immer an das alte Sprichwort gehalten, das da behauptet, Taten redeten eine deutlichere Sprache als Worte.«

»Dabei fällt mir ein: Was erzählt uns der geheiligte Sir Thomas über Richards Verhalten, als er vom Tod seines Bruders erfuhr?« wollte Brent wissen.

»Der geheiligte Sir Thomas, alias John Morton, sagt, Richard habe sich sofort daran gemacht, die Königin zu becircen und sie zu überreden, den jungen Prinzen nur mit einer kleinen Leibwache von Ludlow nach London zu schicken. Und er habe ein Komplott geschmiedet, den Knaben unterwegs zu entführen.«

»Wenn man also dem geheiligten More glauben darf, dann hat Richard von Anfang an versucht, die Stellung des Knaben einzunehmen?«

»Jawohl.«

»Nun, wir werden zumindest herausbekommen müssen, wer wo war und was tat. Ganz gleich, ob wir daraus auf gewisse Absichten schließen können oder nicht.«

»Ja, genau das will ich. Genau das.«

»Polizist!« neckte Carradine. »Wo waren Sie um fünf Uhr nachmittags am fünfzehnten dieses Monats, und so weiter.«

»Das hat noch immer seinen Zweck erfüllt«, versicherte ihm Grant.

»Na schön. Ich werde jetzt gehen und ebenfalls meinen Zweck erfüllen. Sobald ich die gewünschten Informationen habe, melde ich mich wieder. Ich bin Ihnen sehr dankbar, Mr. Grant. Das macht wirklich viel mehr Spaß als die Bauern.«

Er verschwand in der Dämmerung des Winternachmittags. Sein pompös wallender Mantel verlieh dem mageren jungen Körper eine geradezu akademische Würde.

Grant knipste seine Nachttischlampe an und vertiefte sich in das Muster, das sie an die Decke warf, als hätte er es noch nie zuvor gesehen.

Das Problem, das der junge Amerikaner da so zufällig aufgespürt hatte, war einzigartig und faszinierend. Es war ebenso unerwartet wie verblüffend.

Was für eine Erklärung, was für einen Grund konnte es wohl für das Fehlen einer zeitgenössischen Anschuldigung geben?

Heinrich hätte nicht einmal einen Beweis für Richards persönliche Schuld gebraucht. Die Knaben hatten sich in Richards Obhut befunden. Wenn sie nicht im Tower zu finden waren, als er ihn übernahm, dann wäre das die schlagendste und unwiderlegbare Anschuldigung gegen den toten Rivalen gewesen, die er sich nur wünschen konnte. Den mehr oder weniger nichtssagenden Vorwurf der Grausamkeit und Tyrannei hätte er sich dann sparen können.

Grant löffelte sein Abendessen gedankenverloren vom Teller. Erst als die Amazone sein Tablett holte und freundlich meinte, es sei doch ein gutes Zeichen, daß er beide Frikadellen aufgegessen habe, wurde er sich bewußt, daß er eine Mahlzeit eingenommen hatte.

Eine weitere Stunde lang hielt er den Blick auf das Lichtmuster an der Zimmerdecke gerichtet und ging das ganze Problem noch einmal gründlich durch.

Er untersuchte es von allen Seiten nach irgendeinem winzigen Anhaltspunkt, der ihn vielleicht der Sache auf den Grund kommen ließ.

Schließlich konzentrierte er sich jedoch auf völlig andere Dinge. Das tat er immer, sobald ein Problem nicht auf Anhieb zu lösen war. Er würde die ganze Angelegenheit noch einmal überschlafen, vielleicht fände er morgen einen Aspekt, der ihm heute entgangen war.

Er suchte nach etwas, was ihn ablenken könnte. Dabei fiel sein Blick auf den Stoß unbeantworteter Briefe. Freundliche Genesungswünsche von allen möglichen Leuten, inklusive einiger alter Ganoven. Die wirklich liebenswerten alten Ganoven waren am Aussterben. Von Tag zu Tag wurden sie weniger. An ihre Stelle traten kesse junge Rabauken, in deren egozentrischen Seelen nicht ein Funke Menschlichkeit glühte, analphabetisch wie junge Hunde und gefühllos wie Kreissägen. Die Berufseinbrecher vom alten Schlag waren individuelle Persönlichkeiten wie alle anderen Handwerker. Und ebenso gutartig. Stille, häusliche kleine Männer, die die Feste im Kreis der Familie streng einhielten und sich um die Mandelentzündungen ihrer Kinder kümmerten. Oder schrullige Junggesellen, deren Liebe Kanarienvögel, Buchantiquariate oder komplizierte und unfehlbare Wettsysteme waren. Altmodische Menschen.

Keiner dieser heutigen Rabauken würde einen Brief schreiben, in dem er sein Bedauern über die Unpäßlichkeit eines »Bullen« zum Ausdruck brächte. Es würde ihm nicht einmal im Traum einfallen.

Muß man tagaus, tagein auf dem Rücken liegen, dann ist das Briefschreiben ein mühsames Geschäft. Grant hätte seine Post am liebsten ignoriert. Aber der Briefumschlag, der zuoberst lag, zeigte die Schriftzüge seiner Kusine Laura, und wenn Laura keine Antwort von ihm bekäme, würde sie sich Sorgen machen. Laura und er hatten als Kinder die Sommerferien gemeinsam verbracht, und während eines Sommers in Schottland waren sie ein ganz klein bißchen ineinander verliebt gewesen.

Das Band, das damals geknüpft wurde, war bis heute nicht ganz abgerissen. Er mußte Laura ein paar Zeilen schreiben, um ihr zu sagen, daß er noch am Leben war.

Er las ihren Brief noch einmal durch und lächelte. Er sah wieder die sonnenflirrenden Bäche vor sich, er hörte wieder ihr Rauschen und roch wieder den süßen, kühlen Duft der Heide. Und er vergaß für einen Augenblick, daß er ein Krankenhauspatient und daß das Leben anstrengend, langweilig und bedrückend war.

»Pat sendet Dir die guten Wünsche in einer Form, die seinen neun Jahren angemessen ist. Er läßt Dir sagen, daß er immer nach Dir fragt und daß er eine neue Fliege erfunden hat, die er Dir schenken wird, wenn Du in Deinem Krankenurlaub zu uns zum Angeln kommst. Mit der Schule liegt er im Augenblick in heftiger Fehde, denn er hat zum erstenmal erfahren, daß die Schotten Karl I. an die Engländer verkauft haben, und findet nun, daß man einer solchen Nation eigentlich nicht angehören kann. Daher führt er, soweit ich es verstanden habe, einen Einmann-Proteststreik gegen alles Schottische durch. Er weigert sich, Geschichte zu lernen, zu singen oder sich auf eine Geographiestunde vorzubereiten, die einem so unmöglichen Land gewidmet ist. Dies teilte er mir gestern abend beim Zubettgehen mit, und er ließ mich auch wissen, daß er sich entschlossen habe, um die norwegische Staatsangehörigkeit nachzusuchen.«

Grant nahm seinen Schreibblock vom Nachttisch und schrieb mit Bleistift:

»Liebste Laura,

wäre es Dir eine schmerzliche Überraschung, zu erfahren, daß die Prinzen im Tower Richard III. überlebt haben?

Immer Dein Alan.

P.S. Ich bin beinahe wieder gesund.«

IX

Wussten Sie, dass in der Anklageschrift, mit der das Parlament Richard III. ächtete, der Mord an den Prinzen im Tower gar nicht erwähnt wird?« fragte Grant am nächsten Morgen den Chirurgen.

»Wirklich?« sagte der Chirurg. »Das ist aber doch sehr merkwürdig, was?«

»Außerordentlich merkwürdig. Können Sie sich das erklären?«

»Vermutlich wollte man den Skandal unterdrücken. Der Familie zuliebe.«

»Aber es kam ja niemand von seiner Familie auf den Thron. Er war der Letzte seines Stammes. Sein Nachfolger war der erste Tudor. Heinrich VII.«

»Ach, natürlich. Das hatte ich vergessen. Geschichte war nie meine Stärke. In der Geschichtsstunde habe ich immer meine Algebra-Hausaufgaben gemacht. Ich finde, in der Schule wird einem die Geschichte nie so recht schmackhaft gemacht. Vielleicht sollte man den Schülern mehr Porträts zeigen.« Er warf einen Blick auf Richard III. und wandte sich dann wieder seinen ärztlichen Pflichten zu. »Das macht aber einen sehr gesunden und erfreulichen Eindruck. Keine stärkeren Schmerzen mehr?«

Und er ging wieder, freundlich und zerstreut. Er interessierte sich für Gesichter, weil sie mehr oder weniger zu seinem Beruf gehörten, aber Geschichte war etwas, was er zu anderen Zwecken verwandt hatte. Etwas, das zugunsten der Algebra-Aufgaben unter dem Pult hatte zurückstehen müssen. Ihm oblag die Sorge um menschliche Körper und um das Wohlbefinden seiner Patienten. Für abstrakte Probleme hatte er keine Zeit.

Auch die Oberin hatte dringendere Sorgen. Sie hörte höflich zu, als Grant ihr seine Schwierigkeiten erläuterte, aber er hatte den Eindruck, daß sie ihn mit seinen Problemen lieber an die Fürsorgerin verwiesen hätte, die sich regelmäßig um die Patienten zu kümmern hatte. Diese Dinge waren nicht ihre Aufgabe. Sie blickte von erhabener Höhe auf den großen Bienenkorb herab, der unter ihr von Geschäftigkeit wimmelte und in dem jedes Geschäft dringend und wichtig war. Man durfte nicht erwarten, daß sie sich mit etwas befaßte, was mehr als vierhundert Jahre zurücklag.

Grant war versucht zu sagen: Aber gerade Sie sollten sich dafür interessieren, was königlichen Personen zustoßen kann. Auch Ihr Ruf ist verletzlich. Schon morgen kann ein Gerücht Sie Ihre Stellung kosten. Aber sein besseres Ich sagte ihm, daß er mit seinen ausgefallenen Problemen den ohnehin schon bis zum Rand gefüllten Vormittag einer Oberin ohne ersichtlichen Grund nur noch mehr belasten würde.

Die Zwergin wußte nicht, was eine Ächtung durch Parlamentsbeschluß war, und ließ auch keinen Zweifel darüber, daß sie gar nichts darüber wissen wollte.

»Das Ding da wird bei Ihnen allmählich zum Komplex«, sagte sie und zeigte auf das Porträt. »Das ist ja ungesund. Warum lesen Sie nicht eines Ihrer hübschen Bücher?«

Sogar Marta, auf deren Besuch er sehr gespannt war, weil er ihre Reaktion auf diesen seltsamen, ganz neuen Aspekt kennenlernen wollte, sogar Marta schenkte ihm keinerlei Aufmerksamkeit, war sie doch ganz von ihrem Zorn auf Madeleine March erfüllt:

»Nachdem sie mir quasi versprochen hatte, daß sie es schreibt! Nach all unseren Besprechungen! Ich hatte schon fest damit gerechnet für die Zeit, wenn das langweilige Stück, in dem ich jetzt spiele, endlich abgesetzt sein wird. Ich hatte sogar schon mit Jack über die Kostüme gesprochen! Und jetzt will sie plötzlich einen ihrer gräßlichen kleinen Krimis schreiben. Sie behauptet, sie müsse ihn schreiben, solange er noch frisch ist. Dämliche Redensart!«

Er lauschte Martas Wehklagen mit großem Mitgefühl. Gute Theaterstücke waren Mangelware, und gute Dramatiker konnte man mit Platin aufwiegen. Aber ihm war, als ob er ihren Kummer hinter einer Glasscheibe miterlebte. An diesem Morgen war ihm das 15. Jahrhundert viel näher und wirklicher als alle Theaterintrigen.

»Ich glaube nicht, daß sie zu ihrem Krimi sehr lange braucht«, meinte er tröstend.

»Das nicht, den schreibt sie in sechs Wochen. Aber wer weiß, wann ich sie mir wieder vorknöpfen kann, wenn sie jetzt hinter ihrem Schreibtisch verschwindet. Tony Savilla möchte, daß sie ihm ein Marlborough-Stück schreibt. Und du kennst ihn ja, wenn er sich einmal etwas in den Kopf gesetzt hat. Dann verkauft er Eisschränke an Eskimos.«

Ehe sie sich verabschiedete, kam sie noch einmal kurz auf das Problem der Ächtung zu sprechen.

»Es gibt ganz bestimmt irgendeine Erklärung dafür, mein Lieber«, sagte sie im Türrahmen.

Natürlich gibt es eine Erklärung, hätte er ihr am liebsten nachgerufen. Aber was für eine? Die ganze Sache ist ebenso unwahrscheinlich wie unverständlich. Die Historiker behaupten, dieser Mord habe großen Abscheu gegen Richard ausgelöst, das ganze englische Volk habe ihn wegen dieses Verbrechens gehaßt, und deshalb habe es auch an seiner Stelle einen Fremden willkommen geheißen. Doch als man die Liste seiner Untaten dem Parlament unterbreitet, wird ausgerechnet dieses Verbrechen mit keinem Wort erwähnt. Richard war tot, und seine Anhänger waren flüchtig oder in der Verbannung, als die

Anklage vorgebracht wurde. Seine Feinde konnten gegen ihn vorbringen, was sie nur wollten. Und an diesen aufsehenerregenden Mord sollten sie nicht gedacht haben?

Weshalb?

Angeblich war das ganze Land wegen des Verschwindens der beiden Prinzen aus dem Häuschen. Es war der größte Skandal der letzten Jahre. Und als Richards Feinde seine angeblichen Verbrechen gegen die Moral und gegen den Staat zusammentrugen, fehlte die aufsehenerregendste Schandtat.

Weshalb?

Heinrich hatte in der gefährlichen Situation der ersten Regierungszeit auch den kleinsten Triumph bitter nötig. Er war weitgehend unbekannt und besaß keinerlei erbliche Rechte auf den Thron. Und doch hatte er den überwältigenden Vorteil, den ihm die Bekanntmachung von Richards Verbrechen gebracht hätte, nicht genutzt.

Weshalb?

Er trat die Nachfolge eines Mannes von hervorragendem Ruf an, der den Menschen von den Marschen in Wales bis zur schottischen Grenze persönlich bekannt und bis zum Verschwinden seiner Neffen überall beliebt und bewundert war. Und dennoch hatte Heinrich es unterlassen, diesen einzigen wirklich großen Trumpf, den er gegen Richard hatte, dieses unverzeihliche, abstoßende Verbrechen, auszuspielen.

Weshalb?

Nur die Amazone schien sich noch den Kopf zu zerbrechen. Und dies nicht aus Mitgefühl für Richard, sondern weil es ihr Gewissen bedrückte, man könne ihm vielleicht unrecht getan haben. Die Amazone war der Typ, der sich die Beine ablief, um ein vergessenes Kalenderblatt abzureißen, damit das Datum stimmte. Aber letztlich wollte sie doch lieber trösten, als sich den Kopf zerbrechen.

»Quälen Sie sich doch nicht damit«, sagte sie beruhigend. »Sicher gibt es irgendeine ganz harmlose Erklärung, auf die Sie noch nicht gekommen sind. Sie werden schon noch draufkommen, wenn Sie mal an etwas ganz anderes denken. Auf diese Weise fällt mir auch meist ein, wohin ich etwas verlegt habe. Wenn ich gerade den Wasserkessel aufstelle oder die sterile Gaze zähle, dann weiß ich auf einmal: Ach, ich hab' es ja in meiner Regenmanteltasche gelassen. Ich meine, das Ding, das ich gesucht habe. Also machen Sie sich keine Sorgen.«

Sergeant Williams befand sich gerade im tiefsten Essex, um dem Ortspolizisten feststellen zu helfen, wer der alten Ladenbesitzerin mit einem Messinggewicht den Schädel eingeschlagen und sie zwischen Schnürsenkeln und Bärendreck tot liegengelassen hatte. Vom Yard war also auch keine Hilfe zu erwarten.

Niemand half ihm, bis der junge Carradine drei Tage später wieder erschien. Grant fand, daß er diesmal noch unbekümmerter wirkte als sonst. Ja, er machte beinah einen selbstzufriedenen Eindruck. Da er ein wohlerzogener junger Mann war, erkundigte er sich zunächst höflich nach Grants Befinden. Und nachdem er sich von der fortschreitenden Genesung überzeugt hatte, zog er aus seiner geräumigen Manteltasche ein Bündel Aufzeichnungen und strahlte seinen Kollegen durch die Hornbrille an.

»Der geheiligte More kann mir gestohlen bleiben«, bemerkte er freundlich.

»Wird Ihnen auch nicht mehr angeboten.«

»Der scheidet also aus. Erledigt.«

»Das hab' ich mir schon gedacht. Schießen Sie los. Können Sie mit dem Tag beginnen, an dem Eduard starb?«

»Klar. Eduard starb am 9. April 1483. In London. Das heißt, in Westminster, was damals nicht das gleiche war.

Die Königin und die Töchter lebten dort, und ich glaube, auch der jüngste Sohn. Der Thronfolger ging in Schloß Ludlow unter Aufsicht von Lord Rivers, dem Bruder der Königin, seinen Studien nach. Die Verwandten der Königin spielen eine große Rolle. Wußten Sie das? Es wimmelt geradezu von Woodvilles.«

»Ja, das weiß ich. Erzählen Sie weiter. Wo war Richard?«

»An der schottischen Grenze.«

»Was?«

»Ja, Sie haben richtig gehört. An der schottischen Grenze. Den traf die Nachricht völlig unerwartet. Aber glauben Sie nur nicht, er hätte nach einem Pferd geschrien und wäre nach London galoppiert. O nein.«

»Was tat er denn?«

»Er befahl, ein Requiem in York abzuhalten, an dem der gesamte Adel des Nordens teilzunehmen hatte. Und vor dieser Versammlung leistete er dem Thronfolger den Treueid.«

»Interessant«, sagte Grant trocken. »Was tat Rivers, der Bruder der Königin?«

»Am 24. April machte er sich mit dem Thronfolger auf den Weg nach London. Mit zweitausend Mann und einer großen Menge Waffen.«

»Wozu brauchte er Waffen?«

»Mich dürfen Sie da nicht fragen. Ich bin nur ein wissenschaftlicher Arbeiter. Dorset, der älteste Sohn der Königin aus erster Ehe, übernahm den Befehl über das Arsenal wie über die Schatzkammer im Tower und begann, Schiffe auszurüsten, die die Herrschaft über den Kanal sichern sollten. Außerdem wurden *im Namen von Rivers und Dorset – avunculus Regis und frater Regis uterinus* – Ratsbeschlüsse erlassen. Von Richard war dabei nirgendwo die Rede. Was höchst unkorrekt war, wenn man bedenkt – ich weiß nicht, ob Ihnen das bekannt ist? –, daß Eduard Richard in seinem Testament zum Vormund des Thronfolgers und für den Fall, daß dieser als Minderjähriger sterben sollte, zum Protektor des Königreichs bestimmt hatte. Und zwar Richard allein, ohne Partner.«

»Ja, das paßt zumindest ins Bild. Eduard mußte stets absolutes Vertrauen zu Richard gehabt haben. Sowohl was den Menschen wie den Verwaltungsmann anbetrifft. Begab auch Richard sich mit einem kleinen Heer nach Süden?«

»Nein. Er kam mit sechshundert Edelleuten, die alle in tiefer Trauer waren, aus dem Norden. Am 29. April traf er in Northampton ein. Er hatte offenkundig erwartet, dort mit den Leuten aus Ludlow zusammenzutreffen. Doch das ist nicht belegt, und wir können uns da nur auf einen Historienschreiber verlassen. Die Gesellschaft aus Ludlow – Rivers und der Thronfolger – hatte sich, ohne auf Richard zu warten, nach Stony Stratford begeben. In Northampton erwartete ihn jedoch der Herzog von Buckingham mit dreihundert Mann. Kennen Sie Buckingham?«

»Flüchtig. Er war ein Freund Eduards.«

»Ja. Er war mit fliegenden Rockschößen aus London herbeigeeilt.«

»Mit der Kunde von den dortigen Ereignissen?«

»Das dürfen wir wohl annehmen. Nur um sein Beileid zu bekunden, hätte er wohl kaum dreihundert Mann mitgebracht. Auf jeden Fall wurde an Ort und Stelle eine Ratssitzung abgehalten – alle notwendigen Unterlagen dazu waren zur Hand. Und Rivers und seine drei Helfer wurden unter Arrest gestellt und nach dem Norden geschickt, während Richard mit dem Thronfolger nach London weiterreiste. Am 4. Mai trafen sie dort ein.«

»Nun, das ist alles sehr hübsch und klar. Und ganz sonnenklar ist mir, daß der Bericht des geheiligten More über Richards zärtliche Briefe an die Königin, in denen er diese zu überreden versuchte, nur eine kleine Eskorte für den Knaben zu schicken, angesichts der Zeit und der Entfernungen schierer Unsinn ist.«

»Kompletter Blödsinn.«

»Richard hat in der Tat genau das getan, was man von ihm erwarten würde. Natürlich muß er Eduards testamentarische Bestimmungen gekannt haben. Er handelte so, wie man es normalerweise vermuten würde. Da ist der persönliche Kummer, und da ist seine Sorge um den Knaben. Ein Requiem und ein Treuegelöbnis.«

»Ja.«

»Und wo beginnen die Unklarheiten? Ich meine, in Richards Verhalten?«

»O, noch lange nicht. Als er in London ankam, stellte er fest, daß die Königin, ihr jüngerer Sohn, ihre Töchter und Dorset, ihr Sohn aus erster Ehe, sich alle in die Freistatt von Westminster begeben hatten. Aber abgesehen davon, scheint die Situation durchaus normal gewesen zu sein.«

»Hat er den Knaben in den Tower gebracht?«

Carradine überflog seine Aufzeichnungen. »Ich kann mich nicht entsinnen. Vielleicht habe ich das nicht feststellen können. O doch, hier steht es. Nein, er brachte den Knaben in den bischöflichen Palast, und er selbst quartierte sich in Baynard's Castle bei seiner Mutter ein. Wissen Sie, wo das ist? Ich nicht.«

»Doch. Das war die Stadtwohnung der Yorks. Das Schloß stand etwas westlich von St. Paul's am Flußufer.«

»Ah. Nun gut, dort blieb Richard bis zum 5. Juni, dem Tag, an dem seine Gemahlin aus dem Norden eintraf. Von da ab wohnte er mit ihr in einem Haus, das Crosby Place hieß.«

»Es heißt auch heute noch so. Jetzt gehört es zu Chelsea. Das Fenster, das Richard hatte einsetzen lassen, ist vielleicht nicht mehr vorhanden – ich habe es jedenfalls in letzter Zeit nicht gesehen. Aber das Gebäude existiert noch.«

»Was Sie nicht sagen!« rief Carradine begeistert. »Das werde ich mir aber sofort ansehen. Wenn man es sich überlegt, dann spricht das alles doch für ein sehr ausgeprägtes Familienleben. Bis seine Frau in die Stadt kommt, wohnt er bei seiner Mutter, und dann zieht er mit seiner Frau zusammen. Gehörte Crosby Place ihnen denn?«

»Ich glaube, Richard hatte es gemietet. Es gehörte einem der Stadträte von London. Als er in London eintraf, deutete doch nichts darauf hin, daß man Einwände gegen seine Regentschaft erheben würde oder daß Veränderungen geplant waren?«

»Keineswegs. Er wurde als Protektor bestätigt, noch ehe er überhaupt in London eintraf.«

»Woher wissen Sie das?«

»Im Patentregister wird er zweimal als Protektor aufgeführt. Lassen Sie mich nachsehen! Am 21. April, kaum zwei Wochen nach Eduards Tod, und am 2. Mai, zwei Tage vor seiner Ankunft in London.«

»Nun gut, ich gebe mich geschlagen. Und keinerlei Schwierigkeiten? Nicht die Spur von Unruhen?«

»Ich konnte nichts feststellen. Am 5. Juni gab er detaillierte Anweisungen für die Krönung des Thronfolgers am 22. Er ließ sogar an die vierzig Leute, die zu Rittern des Bath-Ordens geschlagen werden sollten, Einladungen versenden. Es war offenbar üblich, daß der König bei seiner Thronbesteigung eine Anzahl Leute in den Ritterstand erhob.«

»Am fünften«, sagte Grant nachdenklich. »Und die Krönung hatte er auf den 22. festgesetzt. Er ließ sich also wenig Spielraum, um alles wieder umzustoßen.«

»Nein. Es existiert sogar die Bestellung für die Krönungsroben des Prinzen.«

»Und was dann?«

»Weiter bin ich noch nicht gekommen«, sagte Carradine entschuldigend. »Irgend etwas muß bei einer Ratssitzung passiert sein – ich glaube, am 8. Juni. Der zeitgenössische Bericht darüber ist in den Memoiren des Philippe de Commines zu finden, und von denen habe ich bis jetzt noch kein Exemplar ergattern können. Aber man hat mir versprochen, daß ich morgen Einsicht in die Ausgabe von 1901 nehmen darf. Es scheint, daß der Bischof von Bath der Ratsversammlung am 8. Juni eine Mitteilung zu machen hatte. Kennen Sie den Bischof von Bath? Er hieß Stillington.«

»Nie gehört.«

»Er war Mitglied des All-Souls-College von Oxford und Domherr von York.«

»Das läßt vermuten, daß er ein sehr gelehrter und sehr angesehener Mann war. Haben Sie außer Commines noch andere zeitgenössische Historiker aufgetrieben?«

»Nein, bis jetzt noch keinen, der vor Richards Tod schrieb. Commines ist zwar französisch angehaucht, hat aber keine Tudor-Vorurteile. Das läßt ihn glaubwürdiger erscheinen als einen Engländer, der unter den Tudors über Richard schreibt. Übrigens, ich kann Ihnen da ein herrliches Beispiel demonstrieren für die Art und Weise, in der Geschichte gemacht wird. Ich fand es, als ich mich über die zeitgenössischen Schriftsteller informierte. Sie wissen doch, daß man Richard III. unter anderem vorwirft, er hätte den einzigen Sohn Heinrichs VI. nach der Schlacht von Tawkesbury kaltblütig getötet? Also, ob Sie es glauben oder nicht, diese Behauptung ist erstunken und erlogen. Man kann sogar feststellen, wann sie aufkam.«

»Aber Richard war doch noch ein Knabe, als man in Tawkesbury kämpfte.«

»Ich glaube, er war achtzehn. Und allen zeitgenössischen Berichten zufolge ein wackerer Kämpe. Heinrichs

Sohn und Richard waren gleichaltrig. Alle zeitgenössischen Berichte, ganz gleich welcher Färbung, stimmen darin überein, daß er in der Schlacht getötet wurde. Und jetzt fängt die Sache an, spaßig zu werden.«

Carradine wühlte ungeduldig in den Aufzeichnungen.

»Teufel, wo hab' ich es nur hingesteckt? Ah, hat ihn schon. Also Fabyan, der für Heinrich VII. schreibt, behauptet einfach, der Junge sei gefangengenommen und Eduard IV. vorgeführt worden. Eduard habe ihn mit dem Handschuh ins Gesicht geschlagen, und des Königs Diener hätten ihn daraufhin sofort getötet. Hübsch, nicht? Aber Polydore Virgil geht noch weiter. Er behauptet, George, Richard und Lord Hastings hätten den Mord eigenhändig begangen. Hall führt noch Dorset als vierten Mörder auf. Und Holinshed gab sich selbst damit nicht zufrieden. Er berichtet, daß Richard den ersten Hieb geführt habe. Wie gefällt Ihnen das?«

»Bodenlose Gemeinheit. Eine dramatische Geschichte, an der kein wahres Wort ist. Wenn es nicht über Ihre Kräfte geht, werde ich Ihnen einige Sätze aus dem geheiligten More vorlesen, um Ihnen ein weiteres Beispiel dafür zu geben, wie man Geschichte macht.«

»Der geheiligte More ist zum Kotzen, aber ich bin ganz Ohr.«

Grant suchte die Stelle und las:

»Einige weise Männer sind auch der Meinung, daß auf Richards Betreiben, das er streng verborgen hielt, sein Bruder Clarence sterben mußte, wiewohl er offen dagegen protestierte, wenn auch nicht so heftig, wie er es hätte tun müssen. Die so denken, sind auch der Meinung, daß er schon lange vor König Eduards Tod daran dachte, König zu werden, wenn der König, dessen Leben er durch ein Bestärken in seinen Ausschweifungen zu verkürzen trachtete, verscheiden sollte, solange seine Kinder noch zu jung waren — was er denn auch tat. Und jene meinen auch, daß er aus diesem Grunde über seines Bruders Clarence Tod froh war, denn dieser hätte ihm im Wege gestanden, ob nun jener Clarence seinem

Neffen, dem jungen König, die Treue gehalten oder selbst den Thron angestrebt hätte. Aber all dies ist ungewiß, und wer sich auf Mutmaßungen einläßt, kann ebensogut über das Ziel hinaus- wie auch zu kurz schießen.«

»Dieser schäbige, schwatzhafte, verleumderische alte Kerl«, sagte Carradine.

»Haben Sie die einzig positive Behauptung in diesem ganzen Geschwätz heraushören können?«

»Sofort.«

»Sie haben es gemerkt? Kluger Junge. Ich habe lange gebraucht, bis ich die einzige handgreifliche Tatsache herausgefunden hatte.«

»Daß Richard offen dagegen protestierte, daß man seinen Bruder George ins Jenseits befördert hatte?«

»Ja.«

»Vor lauter Sich-Berufen auf ungenannte Personen könnte man natürlich den Eindruck bekommen, daß er genau das Gegenteil getan hat«, bemerkte Carradine. »Ich habe Ihnen ja gesagt, daß mir der geheiligte More gestohlen bleiben kann.«

»Ich glaube, wir dürfen nicht vergessen, daß es sich hier um John Mortons Bericht und nicht um den des geheiligten More handelt.«

»Na, jedenfalls hat More das Zeug des Abschreibens für wert befunden.«

Grant, der ehemalige Soldat, ging noch einmal auf das geschickte Vorgehen in jener äußerst kitzligen Lage in Northampton ein.

»Saubere Arbeit, das; Rivers' zweitausend Mann stillschweigend einzukassieren.«

»Ich nehme an, daß den Soldaten, wenn sie vor die Wahl gestellt wurden, der Bruder des Königs lieber war als der Bruder der Königin.«

»Sicherlich. Und ein Kriegsmann hat natürlich bei Soldaten mehr Chancen als ein Schriftsteller.«

»Hat Rivers denn Bücher geschrieben?«

»Er schrieb das erste Buch, das in England gedruckt wurde. Er war sehr kultiviert.«

»Aber trotzdem scheint er nicht gelernt zu haben, daß man sich nicht mit einem Mann einlassen soll, der mit achtzehn Jahren Brigadier und mit fünfundzwanzig General war. Wissen Sie, das hat mich doch überrascht.«

»Richards soldatische Fähigkeiten?«

»Nein, seine Jugend. Ich hatte ihn mir immer als ältlichen Griesgram vorgestellt. Als er in Bosworth fiel, war er erst zweiunddreißig Jahre alt.«

»Sagen Sie mir noch eins! Als Richard in Stony Stratford die Vormundschaft über den Thronfolger annahm, hat er da die Ludlow-Gesellschaft allesamt nach Hause geschickt? Ich meine, wurde der Knabe von allen Menschen, mit denen er aufgewachsen war, getrennt?«

»Nein. Sein Erzieher zum Beispiel, Dr. Alcock, ging mit ihm nach London.«

»Es wurden also nicht panikartig alle Menschen, die vielleicht auf seiten der Woodvilles hätten stehen können, ausgeschaltet? Alle, die den Knaben gegen Richard hätten beeinflussen können?«

»Anscheinend nicht. Es wurden lediglich die vier Verhaftungen vorgenommen.«

»Eine saubere Arbeit. Ich beglückwünsche Richard Plantagenet.«

»Ich fange an, den Burschen richtig gern zu haben. So, und nun will ich gehen und mir Crosby Place ansehen. Ich finde es toll aufregend, mit eigenen Augen ein Haus zu betrachten, in dem er wirklich gelebt hat. Und morgen muß ich Auszüge aus dem Commines machen und Ihnen mitteilen, was der über die Geschehnisse des Jahres 1483 in England zu melden weiß. Und was Robert Stillington, der Bischof von Bath, dem Rat im Juni dieses Jahres erzählt hat.«

X

GRANT ERFUHR, DASS STILLINGTON DEM RAT AN JENEM Sommertag des Jahres 1483 erzählt hatte, er habe Eduard IV. mit Lady Eleanor Butler, einer Tochter des ersten Grafen von Shrewsbury, getraut, ehe Eduard Elizabeth Woodville ehelichte.

»Weshalb hat er das wohl so lange für sich behalten?« fragte Grant seinen »wissenschaftlichen Mitarbeiter«, nachdem er diese Nachricht verdaut hatte.

»Eduard hatte ihn zu vollkommenem Stillschweigen verpflichtet. Das ist doch klar.«

»Heimlich zu heiraten, scheint eine Angewohnheit Eduards gewesen zu sein«, sagte Grant trocken.

»Nun ja, wissen Sie, es wird ihm zu schaffen gemacht haben, wenn er auf spröde Tugend stieß. Da gab es dann eben nichts als Heirat. Und er war es so gewöhnt, bei Frauen seinen Kopf durchzusetzen – kein Wunder bei dem Aussehen und seiner Krone –, daß er keinen Korb ertragen konnte.«

»Richtig! Das trifft im Fall der Woodville-Heirat genau zu. Die tugendhafte Schöne mit dem Goldhaar und die heimliche Heirat. Eduard hat sich also, wenn Stillington die Wahrheit sagt, schon einmal dieses Auswegs bedient. Aber sagte er denn die Wahrheit?«

»Es scheint, daß Stillington zur Zeit Eduards Geheimer Siegelbewahrer und Lordkanzler und auch Gesandter in der Bretagne gewesen ist. Also war Eduard ihm entweder zu Dank verpflichtet, oder er hatte eine besondere Zuneigung zu ihm gefaßt. Und Stillington selbst hatte keine Veranlassung, Eduard am Zeug zu flicken. Wenn er überhaupt ein hinterhältiger Patron gewesen ist ...«

»Was ich nicht annehme.«

»Nun, wie dem auch sei, die Sache kam vor das Parlament. Wir brauchen uns also nicht auf Stillington allein zu verlassen.«

»Vor das Parlament?«

»Gewiß. Sie wurde offen und freimütig diskutiert. Am 9. fand eine sehr ausgedehnte Sitzung der Lords in Westminster statt. Stillington machte seine Aussage und brachte seine Zeugen mit. Und man arbeitete einen Bericht aus, den man dem Parlament vorlegen wollte, wenn es am 25. zusammenträte. Am 10. schickte Richard der Stadt York einen Brief und erbat darin Truppen für seinen Schutz und zur Unterstützung.«

»Ha! Endlich passiert was.«

»Ja. Am 11. schickte er einen ähnlichen Brief an seinen Vetter, Lord Nevill. Es bestand also wirkliche Gefahr.«

»Sieht mir ganz so aus. Ein Mann, der mit der überraschenden und sehr heiklen Situation in Northampton so geschickt fertig wurde, verliert nicht so rasch den Kopf.«

»Am 20. begab er sich mit einem kleinen Gefolge in den Tower. Wußten Sie, daß der Tower die königliche Residenz in London und kein Gefängnis war?«

»Ja, das wußte ich. Den Gefängnis-Beigeschmack bekam er erst, als man den Begriff des In-den-Tower-Schickens nur noch mit der Vorstellung von schwedischen Gardinen verband. Und natürlich hat man in der Zeit, ehe es die sogenannten Gefängnisse Seiner Majestät gab, Missetäter dorthin gebracht, weil er das königliche Schloß und die einzige starke Festung in London war. Weshalb begab Richard sich in den Tower?«

»Er wollte eine Sitzung der Verschwörer sprengen und Lord Hastings, Lord Stanley und einen gewissen John Morton, den Bischof von Ely, verhaften.«

»Hab' ich mir doch gedacht, daß wir über kurz oder lang auf John Morton stoßen würden.«

»Man erließ eine Proklamation, die Einzelheiten des Mordkomplotts gegen Richard enthüllte. Aber augenscheinlich gibt es davon keine Abschrift. Nur einer der Verschwörer wurde geköpft, und seltsamerweise scheint dieser eine ein alter Freund Eduards wie Richards gewesen zu sein: Lord Hastings.«

»Ja, dem geheiligten More zufolge wurde er in den Hof gezerrt und auf dem nächstbesten Holzblock um einen Kopf kürzer gemacht.«

»Nix gezerrt«, sagte Carradine angewidert. »Er wurde eine Woche später enthauptet. Es existiert ein zeitgenössischer Brief, der das genaue Datum nennt. Überdies kann Richard das nicht aus reiner Rachsucht gemacht haben, denn er sprach der Witwe von Hastings die eingezogenen Besitzungen wieder zu und sicherte den Kindern das Erbrecht, das sie automatisch verloren hatten.«

»Nein, der Tod von Hastings muß unvermeidlich gewesen sein«, sagte Grant, schon wieder einmal in Mores »Richard III.« blätternd. »Sogar der geheiligte More schreibt: ›Der Protektor liebte ihn zweifellos und bedauerte, ihn verloren zu haben.‹ Was geschah mit Stanley und John Morton?«

»Stanley wurde begnadigt. Weshalb stöhnen Sie so?«

»Armer Richard. Das war sein Todesurteil.«

»Todesurteil? Wie konnte die Begnadigung Stanleys sein Todesurteil sein?«

»Weil Stanleys plötzlicher Entschluß, zur andern Seite überzugehen, Richard die Schlacht von Bosworth verlieren ließ.«

»Was Sie nicht sagen!«

»Es ist ein komischer Gedanke, daß Richard, hätte er Stanley wie seinen vielgeliebten Hastings zum Richtblock gehen lassen, die Schlacht von Bosworth gewonnen hätte. Daß es dann niemals eine Tudor-Dynastie gegeben hätte und daß das bucklige Monstrum der Tudor-Geschichten nie erfunden worden wäre. Wahrscheinlich wäre, wenn man aus Richards bisherigem Verhalten Rückschlüsse ziehen darf, seine Regierung die beste und aufgeklärteste der Geschichte gewesen. Was geschah mit Morton?«

»Nichts.«

»Auch das war ein Fehler.«

»Zumindest geschah nichts Aufregendes. Er kam unter der Obhut Buckinghams in Ehrenhaft. Die Leute, die aufs Schafott geschickt wurden, waren die Rädelsführer der Verschwörung, die Richard in Northampton verhaftet hatte: Rivers & Co. Und Jane Shore wurde zu Buße verurteilt.«

»Jane Shore? Was zum Kuckuck hat die mit der Sache zu tun? Ich dachte, sie sei Eduards Mätresse gewesen?«

»Das war sie auch. Aber Hastings hatte sie anscheinend von Eduard geerbt. Oder vielmehr – lassen Sie mich nachdenken –, Dorset hat sie übernommen. Und sie war der Zwischenträger zwischen dem Hastings-Klüngel der Verschwörung und dem Woodville-Klüngel. Es gibt heute noch einen Brief Richards über sie. Über Jane Shore.«

»Was steht denn über sie drin?«

»Sein Kronanwalt wollte sie heiraten, als Richard König war.«

»Und Richard erklärte sich einverstanden?«

»Ja. Es ist ein prächtiger Brief. Eigentlich eher traurig als zornig. Und ein ganz klein wenig schalkhaft.«

»›Herr, welche Narren diese Sterblichen doch sind!‹«

»Genau das.«

»Auch hier läßt sich also keinerlei Rachsucht entdecken.«

»Nein, ganz im Gegenteil. Ich bin mir zwar durchaus

bewußt, daß es nicht meine Sache ist, Schlüsse zu ziehen – ich bin ja nur der wissenschaftliche Arbeiter –, aber ich glaube, es war Richards Ehrgeiz, dem Kampf zwischen York und Lancaster ein für allemal ein Ende zu setzen.«

»Wie kommen Sie auf diesen Gedanken?«

»Nun, ich habe mir die Anwesenheitsliste seiner Krönung angesehen. Der Überlieferung zufolge war es übrigens die Krönung, der die meisten Menschen beiwohnten. Es ist wirklich auffallend, daß eigentlich niemand fehlte. Ob Lancaster oder York.«

»Ich nehme an, auch der Wetterhahn Stanley nicht.«

»Wahrscheinlich nicht. Ich kenne die Burschen nicht gut genug, um mich noch an jeden einzelnen Namen zu erinnern.«

»Vielleicht haben Sie recht mit Ihrer Annahme, daß er der York-Lancaster-Fehde ein Ende setzen wollte. Vielleicht ist seine Großmut Stanley gegenüber darauf zurückzuführen.«

»Stanley war also ein Lancaster-Anhänger?«

»Nein. Aber er war mit einer ungewöhnlich rabiaten Lancaster-Anhängerin verheiratet. Seine Gemahlin war Margaret Beaufort, und die Beauforts waren sozusagen die andere Hälfte – der illegitime Zweig – der Familie Lancaster. Nicht, daß sie sich etwa dieser Abstammung geschämt hätte. Ihren Sohn genierte sie übrigens ebensowenig.«

»Wer war dieser Sohn?«

»Heinrich VII.«

Carradine stieß einen langgezogenen leisen Pfiff aus.

»Soll Lady Stanley wirklich Heinrichs Mutter gewesen sein?«

»Sie war es. Er war der Sohn aus erster Ehe mit Edmund Tudor.«

»Aber – aber Lady Stanley hatte bei Richards Krönung eine Ehrenstellung. Sie war Schleppenträgerin der

Königin. Das habe ich mir gemerkt, weil ich es so drollig fand. Ich meine, das Schleppentragen. Bei uns zu Hause trägt man keine Schleppen. Ich nehme an, das ist eine Ehre.«

»Und was für eine Ehre! Armer Richard. Armer Richard. Es hat sich nicht bezahlt gemacht.«

»Was hat sich nicht bezahlt gemacht?«

»Seine Großmut.« Grant dachte darüber nach, während Carradine wieder in seinen Notizen blätterte. »Das Parlament hat also Stillingtons Aussage zur Kenntnis genommen?«

»Mehr als das. Das Parlament nahm diese Aussage in ein Gesetz auf, das Richard den Thronanspruch zubilligte. Man nannte dieses Gesetz Titulus Regius.«

»Für einen Diener Gottes hat Stillington aber keine sehr glanzvolle Figur gemacht. Ich kann nur annehmen, er hätte sich sein eigenes Grab geschaufelt, wenn er früher den Mund aufgetan hätte.«

»Gehen Sie nicht ein bißchen zu streng mit ihm um? Es war ja gar nicht notwendig, früher zu sprechen. Es erwuchs ja niemandem ein Nachteil.«

»Und Lady Eleanor Butler?«

»Die war in einem Kloster gestorben. Sie ist in der Kirche der Weißen Karmeliterinnen in Norwich begraben, falls es Sie interessiert. Solange Eduard lebte, konnte niemandem Unrecht geschehen. Aber als es um die Thronfolge ging, da mußte Stillington den Mund aufmachen, ganz gleich, in welches Licht er sich dabei setzte.«

»Ja, Sie haben natürlich recht. Die Kinder wurden also vor dem Parlament für illegitim erklärt. Und Richard wurde gekrönt. Vor dem versammelten Adel Englands. Hielt die Königin sich noch immer in der Freistatt auf?«

»Ja. Aber sie hatte den jüngeren Knaben zu seinem Bruder geschickt.«

»Wann war das?«

Carradine suchte in seinen Aufzeichnungen. »Am 16. Juni. Ich habe es hier aufgeschrieben: ›Auf Wunsch des Erzbischofs von Canterbury. Beide Knaben wohnen im Tower.‹«

»Das geschah also, nachdem die Bombe geplatzt war. Nachdem sie für illegitim erklärt worden waren.«

»Ja.« Er legte seine Aufzeichnungen zu einem säuberlichen Haufen zusammen und steckte sie in seine riesige Manteltasche. »Das scheint bisher alles zu sein. Aber das Beste kommt noch.« Carradine raffte seinen Mantel und schlug ihn mit einer Geste über den Knien zusammen, um die Marta wie König Richard ihn beneidet hätten. »Ich meine, dieses Gesetz, dieser Titulus Regius.«

»Was ist damit?«

»Nun, als Heinrich VII. den Thron bestieg, befahl er, daß dieses Gesetz ungelesen widerrufen werden sollte. Die Urkunde sollte vernichtet werden, und auch jede vorhandene Abschrift. Wer eine Abschrift einbehielt, dem drohten Gefängnis und eine Geldbuße.«

Grant starrte ihn entgeistert an.

»Heinrich VII.!« sagte er. »Ja, weshalb denn? Was konnte ihm dieses Gesetz denn anhaben?«

»Ich habe nicht die leiseste Ahnung. Aber ich werde es bald herausfinden. Inzwischen amüsieren Sie sich bitte hiermit, bis die Freiheitsstatue Ihren britischen Tee bringt.«

Er reichte Grant ein Blatt Papier.

»Was ist das?« sagte Grant und betrachtete die herausgerissene Seite eines Notizbuches.

»Es ist jener Brief Richards über Jane Shore. Auf später.«

Als Grant allein war, nahm er das Blatt wieder in die Hand und begann zu lesen.

Der Kontrast zwischen den ungelenken, kindlichen Schriftzügen und den geschliffenen Sätzen Richards war ungemein pikant. Doch weder das unordentliche Gekritzel noch die würdigen Phrasen konnten das Fluidum des Briefes zerstören. Aus diesem Brief stieg ein Hauch von Humor auf, der an das Bouquette eines blumigen Weines erinnerte. In die heutige Sprache übertragen stand da etwa:

»Zu meinem großen Erstaunen erfahre ich, daß Tom Lynom die Frau von Will Shore zu ehelichen wünscht. Er ist anscheinend von ihren Reizen betört und fest zu dieser Heirat entschlossen. Mein lieber Bischof, lassen Sie ihn, bitte, kommen und versuchen Sie, dem törichten Burschen ein wenig Vernunft einzutrichtern. Wenn Ihnen das nicht gelingt und wenn von seiten der Kirche keine Einwendungen gegen diese Heirat bestehen, so will ich mich einverstanden erklären. Aber sagen Sie ihm, er möge die Heirat bis zu meiner Rückkehr nach London verschieben. Inzwischen wird dies genügen, die Freilassung besagter Dame zu erwirken, vorausgesetzt, daß sie verspricht, sich gut zu führen. Und ich schlage Ihnen vor, sie einstweilen der Obhut ihres Vaters oder einer anderen Ihnen geeignet erscheinenden Person zu übergeben.«

Dieser Brief klang jedenfalls, wie der kleine Carradine schon gesagt hatte, »eher traurig als zornig«.

Wenn man bedachte, daß der Brief von einer Frau handelte, die Richard furchtbares Unrecht angetan hatte, dann war er wirklich von bemerkenswerter Güte und Gutmütigkeit. Und in diesem Fall konnte Richard keinerlei persönlicher Vorteil aus seiner Großmut erwachsen. Seine Toleranz, die einen Frieden zwischen York und Lancaster anstrebte, war vielleicht nicht ganz ohne Hintergedanken. Es wäre für Richard ein ungeheurer Vorteil gewesen, wenn er ein geeintes Land hätte regieren können. Aber dieser Brief an den Bischof von Lincoln war eine unwesentliche Privatangelegenheit, und die Freilassung der Jane Shore war für niemanden außer für den verliebten Tom Lynom von Bedeutung. Richards Großzügigkeit brachte ihm nichts ein. Augenscheinlich war sein Wunsch, einen Freund glücklich zu machen, größer als seine Rachsucht.

Ja, in der Tat schien er der Rachsucht in einem Ausmaß zu ermangeln, das bei jedem richtigen Mannsbild erstaunlich gewesen wäre. Und im Falle jenes berüchtigten Monstrums Richard III. war es ganz besonders erstaunlich.

XI

DIESER BRIEF BESCHÄFTIGTE GRANT AUFS ANGENEHMste, bis die Amazone mit dem Tee kam. Er lauschte dem Konzert, das die Spatzen des 20. Jahrhunderts auf seinem Fensterbrett veranstalteten, und fand es bemerkenswert, daß er im Augenblick Sätze las, die ein Mann vor vierhundert Jahren diktiert hatte. Es wäre Richard wohl phantastisch erschienen, hätte er geahnt, daß jemand diesen kurzen, intimen Brief über Shores Weib nach vierhundert Jahren lesen und sich den Kopf darüber zerbrechen sollte.

»So, und da haben wir auch einen Brief bekommen. Ist das nicht schön?« sagte die Amazone, die mit zwei Butterbroten und einem Teekuchen hereinkam.

Grant wandte seinen Blick von dem wenig verlockenden, aber nahrhaften Imbiß ab und sah, daß der Brief von Laura war.

Er öffnete ihn freudig.

»Lieber Alan«, schrieb Laura, »nichts – ich wiederhole: nichts! – kann mich, was Geschichte anbelangt, überraschen. Schottland hat zwei Märtyrerinnen gewaltige Denkmäler errichtet, weil sie um ihres Glaubens willen ersäuft wurden, und das ungeachtet der Tatsache, daß die beiden weder ersäuft wurden noch Märtyrerinnen waren. Sie wurden wegen Hochverrats verurteilt – ich glaube, daß sie Untergrundarbeit für eine geplante Invasion aus Holland leisteten. Auf jeden Fall höchst weltliche Vergehen. Sie wurden auf eigene Bitten hin vom Geheimen Rat begnadigt, und die Begnadigung ist bis zum heutigen Tag in den Protokollen des Geheimen Rats nachzulesen.

Das hat natürlich die schottischen Märtyrersammler in keiner Weise abgeschreckt, und die Geschichte vom traurigen Ende der beiden Damen ist samt herzzerreißendem Dialog in jedem schottischen Bücherschrank zu finden. Natürlich ist der Dialog in jeder Ausgabe völlig anders.

Die beiden dienen sogar presbyterianischen Predigern für ihre Predigten. Jedenfalls hat man mir das erzählt, denn hier kann ich nur vom Hörensagen berichten. Und die Touristen kommen und schütteln die Köpfe angesichts der bewegenden Inschriften auf den Denkmälern, und so machen alle ihren Schnitt bei dieser Sache.

Dies alles trotz der Tatsache, daß der Mann, der ursprünglich das Material sammelte – kaum vierzig Jahre nach dem angeblichen Märtyrertod und zu einer Zeit, da die presbyterianische Kirche ihre größten Triumphe feierte –, es beklagt, daß ›viele leugnen, daß dies geschehen sei‹, und nicht einen einzigen Augenzeugen auftreiben konnte.

Mit Freude habe ich vernommen, daß Deine Genesung Fortschritte macht. Wir sind alle sehr erleichtert. Wenn Du so weitermachst, dann fällt Dein Krankenurlaub in den Frühling. Im Augenblick ist der Wasserstand sehr niedrig, aber bis Du wieder gesund bist, wird er sicherlich hoch genug sein, um sowohl Dich wie die Fische zu erfreuen.

Herzliche Grüße von uns allen. Laura.

P.S. Findest Du es auch so komisch, daß die Leute immer böse werden, wenn man ihnen die wahren Tatsachen einer Legende mitteilt? Sie wollen ihre Vorstellungen gar nicht über den Haufen geworfen haben. Das macht sie, glaube ich, irgendwie unsicher und darüber ärgern sie sich. Drum wollen sie gar nicht aufgeklärt werden und weigern sich auch, über die Legenden nachzudenken. Wäre es ihnen einfach gleichgültig, dann wäre das natürlich und verständlich. Aber es sitzt viel zu tief, und darum ärgern sie sich. Komisch, was?«

Noch eine Lügengeschichte mehr, dachte Grant. Aus wie vielen solcher Lügengeschichten wohl die britische Geschichte, wie er sie aus den Schulbüchern kannte, sich zusammensetzen mochte?

Nun, da ihm einige Tatsachen bekannt waren, wandte er sich wieder dem geheiligten More zu. Er wollte feststellen, wie die diesbezüglichen Stellen jetzt klangen.

Waren sie ihm schon im Licht des eigenen kritischen Verstandes seltsam schwatzhaft und manchmal absurd erschienen, so waren sie nun schlichtweg ungeheuerlich. Er war empört, aber auch erstaunt.

Das war Mortons Bericht. Morton, der Augenzeuge,

der Akteur. Morton mußte aufs genaueste gewußt haben, was sich zwischen Anfang und Ende Juni jenes Jahres abgespielt hatte. Und dennoch wurde hier weder eine Lady Eleanor Butler noch ein Titulus Regius erwähnt. Morton zufolge sollte Eduard früher mit seiner Geliebten Elizabeth Lucy verheiratet gewesen sein. Aber Elizabeth Lucy hätte, so behauptet Morton, geleugnet, daß sie jemals mit dem König verheiratet war.

Weshalb winkte Morton mit einem Trumpf, den er dann nicht ausspielte?

Weshalb war die Rede von Elizabeth Lucy und nicht von Eleanor Butler?

Weil er wahrheitsgemäß abstreiten konnte, daß Lucy jemals mit dem König verheiratet gewesen war, aber dies im Fall der Eleanor Butler nicht tun konnte?

Daraus durfte man doch gewiß schließen, daß es für irgend jemanden äußerst wichtig war, daß Richards Behauptung, die Kinder seien illegitim, als unhaltbar widerlegt wurde.

Und da Morton – in der Handschrift des geheiligten More – für Heinrich VII. schrieb, war dieser Jemand vermutlich Heinrich VII. Jener Heinrich VII., der den Titulus Regius vernichtet und verboten hatte, daß irgend jemand eine Abschrift davon aufbewahrte.

Da fiel Grant etwas ein, was Carradine gesagt hatte.

Heinrich hatte die Annullierung des Gesetzes *ohne vorherige Lesung* verlangt.

Es war Heinrich so wichtig, daß der Inhalt des Gesetzes niemandem mehr ins Gedächtnis zurückgerufen werden sollte, daß er die stillschweigende Vernichtung verlangte.

Weshalb erschien dies Heinrich VII. von solcher Wichtigkeit?

Was gingen Richards Rechte Heinrich an? Die Dinge lagen nicht so, daß er hätte sagen können: Richards Anspruch entbehrte jeder Grundlage, daher ist der meine berechtigt. Wie erbärmlich gering der Anspruch Heinrich Tudors auch gewesen sein mochte, es war ein Lancaster-Anspruch. Und die Erben Yorks hatten damit nichts zu tun.

Weshalb aber war es dann für Heinrich von so überragender Bedeutung, daß der Inhalt des Titulus Regius in Vergessenheit geraten sollte?

Weshalb versteckte man Eleanor Butler und wartete statt ihrer mit einer Mätresse auf, von der niemand behauptet hatte, sie sei mit dem König verheiratet gewesen?

Dieses Problem beschäftigte Grant bis kurz vor dem Abendessen, als der Krankenhausdiener erschien.

»Das hat Ihr junger amerikanischer Freund an der Pforte für Sie abgegeben«, sagte der Mann und überreichte ihm ein zusammengefaltetes Blatt Papier.

»Vielen Dank«, sagte Grant. »Was wissen Sie über Richard III.?«

»Gibt's was zu gewinnen?«

»Wobei?«

»Na, in dem Quiz.«

»Nein, Sie sollen nur meine intellektuelle Neugier befriedigen. Was wissen Sie über Richard III.?«

»Er war der erste Massenmörder.«

»Massenmörder? Ich dachte, es seien nur zwei Neffen gewesen?«

»Nee, nee. In Geschichte ist's nicht weit her bei mir, aber das weiß ich genau. Erst hat er seinen Bruder, dann seinen Vetter, dann den armen alten König und schließlich noch die kleinen Neffen umgelegt. Gründliche Arbeit.«

Grant dachte über diese neue Version nach.

»Wenn ich Ihnen nun sagen würde, daß er überhaupt niemanden ermordet hat?«

»Na, da würde ich Ihnen antworten, daß jeder das Recht hat, zu glauben, was er will. Manche Menschen glauben, die Erde sei flach, andere glauben, die Welt würde im Jahr 2000 untergehen, andere sind der Meinung, sie sei erst vor fünftausend Jahren entstanden. Wenn Sie sich am Sonntag in den Hyde-Park stellen, dann können Sie noch viel ulkigere Sachen hören.«

»Sie finden also diesen Gedanken nicht weiter erwägenswert?«

»Ach, ich finde das durchaus erwägenswert, wenn es der Unterhaltung dienen soll. Es klingt nur nicht gerade sehr plausibel. Aber, bitte, lassen Sie sich nicht durch mich davon abhalten. Probieren Sie es ruhig an einem geeigneteren Objekt. Gehen Sie mal sonntags damit in den Hyde-Park! Wette, daß Sie eine Menge Anhänger finden werden. Vielleicht wird sogar eine Bewegung daraus.«

Er salutierte fröhlich und ging, vor sich hinsummend, davon. Unerschütterlich und unbelehrbar.

Gott steh mir bei, dachte Grant, mit mir ist es weit gekommen. Wenn ich mich mit dieser Geschichte noch länger befasse, dann werde ich wirklich noch auf einer Seifenkiste im Hyde-Park enden.

Er entfaltete Carradines Botschaft und las: »Sie wollten wissen, ob die anderen Thronerben Richard überlebten. Ich meine, außer den beiden Prinzen. Ich vergaß, Sie um eine Liste zu bitten, damit ich nachsehen kann. Ich glaube, das könnte wichtig für uns sein.«

Nun, wenn auch die Welt im allgemeinen ihm gleichgültig summend den Rücken kehrte, Jung-Amerika zumindest war auf seiner Seite.

Er legte den geheiligten More mit seinen Familienblatt-Reportagen über hysterische Auftritte und unkontrollierbare Anschuldigungen beiseite und angelte sich das nüchterne Geschichtsbuch, um darin nach den möglichen

Rivalen Richards III. in der englischen Thronfolge zu suchen.

Als er More-Morton auf den Nachttisch legte, fiel ihm etwas ein. Jener hysterische Auftritt während der Ratssitzung im Tower, von dem More berichtet, jener Ausbruch Richards über die Hexerei, die seinen Arm hatte verkümmern lassen, war gegen Jane Shore gerichtet gewesen.

Der Kontrast zwischen diesem Bericht, der selbst einem oberflächlichen Leser sinnlos und abstoßend erscheinen mußte, und dem gütigen, toleranten, ja beinah gleichgültigen Ton des Briefes, den Richard tatsächlich über Jane Shore geschrieben hatte, war verblüffend.

So wahr mir Gott helfe, dachte Grant wieder, wenn ich zwischen dem Mann, der diesen Bericht, und dem Mann, der diesen Brief geschrieben hat, wählen müßte, dann würde ich mich für den Briefschreiber entscheiden, ganz gleich, was die beiden sonst noch getan haben mochten.

Der Gedanke an Morton ließ ihn die Nachforschungen nach den York-Erben verschieben, bis er herausgefunden hatte, was eigentlich aus John Morton geworden war. Nun, da stand zu lesen, daß er, nachdem er seine Mußestunden als Gast Buckinghams dazu benutzt hatte, um eine gemeinsame Unternehmung der Woodvilles und der Lancasters zu organisieren (bei der Heinrich Tudor Schiffe und Truppen aus Frankreich heranschaffen und sich mit Dorset und dem Rest der Woodville-Sippe und allen unzufriedenen Engländern, die sie auftreiben konnten, vereinigen sollte), in seine alten Jagdgründe im Bezirk Ely und von dort auf den Kontinent geflohen war. Und er kam erst wieder im Kielwasser eines Heinrich, der sowohl Bosworth wie eine Krone gewonnen hatte, nach England zurück. Und da befand er sich auf dem Weg nach Canterbury und auf dem Weg zum Kardinalshut und zur Unsterblichkeit.

Den Rest des Abends vergnügte Grant sich damit, in den Geschichtsbüchern nach Erben zu suchen.

Es herrschte kein Mangel an Erben. Eduards fünfe, Georges Sohn und Tochter. Und wenn man diese alle nicht gelten ließ, weil die einen illegitim und die beiden anderen die Kinder eines Geächteten waren, gab es noch eine weitere Möglichkeit: den Knaben von Richards ältester Schwester Elisabeth. Elisabeth war Herzogin von Suffolk, und ihr Sohn war John de la Pole, Graf von Lincoln.

Außerdem gab es in der Familie noch einen Knaben, von dessen Existenz Grant nichts geahnt hatte. Offenkundig war das kränkliche Kind in Middleham nicht der einzige Sohn Richards. Er hatte noch ein Kind der Liebe, einen Knaben namens John. John of Gloucester. Ein Knabe, der keinerlei besonderen Rang bekleidete, aber von Richard anerkannt war und zu seiner Hofhaltung gehörte. Zur damaligen Zeit wurde ein Bastardbalken im Wappen schmerzlos hingenommen, Wilhelm der Eroberer hatte ihn salonfähig gemacht.

Grant machte sich eine kleine Gedächtnishilfe:

EDUARD	ELISABETH	GEORGE	RICHARD
Eduard, Prinz v. Wales	John de la Pole, Graf v. Lincoln	Eduard, Graf v. Warwick	John of Gloucester
Richard, Herzog v. York		Margaret, Gräfin v. Salisbury	
Elisabeth			
Cicely			
Anne			
Catherine			
Bridget			

Diese Liste schrieb er noch einmal für den jungen Carradine ab und überlegte sich dabei, wie wohl jemals ein Mensch auf den Gedanken hatte kommen können, daß die Beseitigung von Eduards beiden Söhnen Richard vor einem Aufstand bewahren würde. Da wimmelte es ja geradezu von Thronerben.

Zum erstenmal wurde ihm klar, daß der Mord an den beiden Prinzen nicht nur völlig sinnlos, sondern geradezu töricht gewesen wäre.

Und wenn Richard von Gloucester etwas ganz bestimmt nicht gewesen war, dann töricht.

Er sah bei Oliphant nach, was der zu diesem offenkundigen Lapsus in der Geschichte zu vermelden hatte.

»Es ist seltsam«, sagte Oliphant, »daß Richard offenbar keinerlei Mitteilung über den Tod der Prinzen herausgegeben hat.«

Es war mehr als seltsam – es war unverständlich.

Hätte Richard die Söhne seines Bruders ermorden wollen, dann hätte er das ganz gewiß sehr viel schlauer angestellt. Dann wären sie angeblich an einer tückischen Krankheit verschieden, und ihre Leichen hätte man öffentlich zur Schau gestellt, wie man es üblicherweise mit königlichen Leichen tut, damit auch alle Menschen sehen konnten, daß sie wirklich aus diesem Leben gegangen waren.

Von keinem Menschen kann man behaupten, er sei unfähig, einen Mord zu begehen. Das wußte Grant nach all den Jahren, die er in Scotland Yard gearbeitet hatte, nur allzu gut. Aber man kann mit ziemlicher Sicherheit sagen, ob ein Mensch einer Dummheit fähig ist oder nicht.

Dennoch hegte Oliphant hinsichtlich des Mordes keinerlei Zweifel. In Oliphants Augen war Richard ein Monstrum. Vielleicht hatte ein Historiker, der ein so weites Feld wie Mittelalter plus Renaissance beackerte, keine Zeit, sich mit Details zu beschäftigen. Oliphant verließ sich auf den geheiligten More, wenngleich er gelegentlich einen Augenblick zögerte, um sich da und dort über eine seltsame Unstimmigkeit zu wundern. Aber er übersah, daß diese seltsamen Unstimmigkeiten die Fundamente seiner Theorie erschütterten.

Da Grant Oliphant nun einmal in der Hand hielt, las er darin weiter. Er las über die triumphale Staatsreise durch England nach der Krönung. Oxford, Gloucester, Worcester, Warwick. Auf dieser ganzen Tour wurde keine unzufriedene Stimme laut. Ein einziger Chor der Danksagung und der Segnung. Ein ungeteilter Jubel darüber, daß jetzt für eine lange Lebensspanne eine gute Herrschaft anbrach. Daß Eduards plötzlicher Tod dem Land nun doch nicht eine jahrelange Fehde und einen neuen Bürgerkrieg wegen der Thronfolge gebracht hatte.

Und dennoch sollte (laut Oliphant, der den geheiligten More nachbetete) Richard auf diesem Triumphzug, während dieser einstimmigen Akklamation, diesem uneingeschränkten Hosianna, Tyrrel nach London geschickt haben, um die Knaben, die im Tower ihre Schularbeiten machten, aus der Welt zu schaffen. Zwischen dem 7. und dem 15. Juli. In Warwick. Im Augenblick, da er sich höchster Sicherheit erfreuen durfte, im Herzen der Grafschaft York, an der Grenze von Wales, plante er die Beseitigung von zwei für illegitim erklärten Kindern.

Das war eine höchst unglaubhafte Geschichte. Grant überlegte, ob die Historiker vielleicht ebensosehr unter Mangel an gesundem Menschenverstand litten wie jene leichtgläubigen großen Geister, denen er begegnet war.

Er mußte unverzüglich herausfinden, weshalb dieses grausame Verbrechen, wenn Tyrrel es wirklich im Juni 1483 verübt hatte, erst zwanzig Jahre später gesühnt wurde. Wo war Tyrrel inzwischen geblieben?

Aber Richards »glorreicher Sommer«, wie Shakespeare ihn nannte, war trügerisch. Ein Versprechen, das sich nicht erfüllte. Im Herbst blühte ihm jene Woodville-

Lancaster-Invasion, die Morton angezettelt hatte, ehe er selbst das Land verließ. Der Lancaster-Beitrag zu dieser Angelegenheit machte Morton alle Ehre. Die Lancasters kamen mit einer Flotte französischer Schiffe und mit einer französischen Armee. Der Beitrag der Woodvilles jedoch bestand lediglich aus sporadischen kleinen Ansammlungen in weit verteilten Gebieten: Guildford, Salisbury, Maidstone, Newbury, Exeter und Brecon. Die Engländer wollten Henry Tudor nicht, weil sie ihn nicht kannten, und sie wollten keinen Woodville, weil sie diese nur allzu gut kannten. Sogar das englische Wetter war den Woodvilles feindlich, und Dorsets Hoffnung, seine Halbschwester als Heinrich Tudors Gemahlin auf dem englischen Thron zu sehen, ging im Hochwasser des Severn unter. Heinrich versuchte, im Westen zu landen, mußte aber feststellen, daß Devon und Cornwall empört zu den Waffen griffen. Er segelte also wieder nach Frankreich zurück, um einen besseren Zeitpunkt abzuwarten. Und Dorset gesellte sich zu der wachsenden Zahl von Woodville-Emigranten, die am französischen Hof herumlungerten.

Mortons Plan war fürs erste von den Herbstregen und der englischen Gleichgültigkeit hinweggespült worden, und Richard konnte sich einer kurzen Zeit des Friedens erfreuen. Aber der Frühling brachte ihm einen Kummer, der durch nichts hinweggespült werden konnte: den Tod seines Sohnes.

»Der König soll Anzeichen verzweifelten Kummers gezeigt haben. Er war kein so widernatürliches Monstrum, als daß er väterlicher Gefühle ermangelt hätte«, schrieb der Historiker.

Er hatte anscheinend auch nicht der Gattenliebe ermangelt. Kaum ein Jahr später, als Anne starb, berichtete man von einer ähnlichen Verzweiflung.

Und dann blieb ihm nichts anderes mehr übrig, als auf

den nächsten Invasionsversuch zu warten, England im Verteidigungszustand zu halten, und dazu die Sorge, die eine solche Belastung dem Schatzamt brachte.

Richard hatte getan, was er konnte. Sein Name war für alle Zeiten mit einem vorbildlichen Parlament verknüpft. Er hatte endlich Frieden mit Schottland geschlossen und eine Ehe zwischen seiner Nichte und dem Sohn Jakobs III. herbeigeführt. Er hatte verzweifelt versucht, Frieden mit Frankreich zu machen, doch der Erfolg war ihm versagt geblieben. Am französischen Hof weilte Heinrich Tudor, und Heinrich Tudor war Frankreichs Hätschelkind. Es war nur noch eine Frage der Zeit, bis Heinrich in England landete. Und diesmal mit kräftigerer Unterstützung.

Plötzlich mußte Grant an Lady Stanley denken, an Heinrichs tatkräftige Lancaster-Mutter. Welche Rolle hatte Lady Stanley bei jener Herbst-Invasion gespielt, die Richards glorreichen Sommer beendete?

Grant arbeitete sich durch den dicken Wälzer, bis er die Stelle fand.

Lady Stanley war der hochverräterischen Korrespondenz mit ihrem Sohn für schuldig befunden worden.

Aber Richard schien wieder einmal zu seinem eigenen Schaden großmütig gewesen zu sein. Ihre Besitzungen wurden eingezogen, aber auf ihren Gemahl überschrieben. Und das gleiche geschah mit Lady Stanley. Man unterstellte sie ihrem Gatten. Die bittere Ironie dabei war, daß Stanley ganz gewiß von der Invasion und von den Machenschaften seiner Frau gewußt hatte.

Wahrlich, das Monstrum verhielt sich nicht, wie man es von einem Monstrum erwartete.

Als Grant einschlief, sagte eine Stimme in seinem Innern: »Wenn die Prinzen im Juli ermordet wurden und die Woodville-Lancaster-Invasion im Oktober stattfand, weshalb bediente man sich dann nicht des Kindermordes als Kriegsgeschrei?«

Natürlich war die Invasion geplant worden, noch ehe man überhaupt von Mord sprechen konnte. Diese Invasion war eine bis ins letzte ausgearbeitete Angelegenheit von fünfzehn Schiffen und fünftausend Söldnern gewesen und hatte gewiß langer Vorbereitungen bedurft. Aber zum Zeitpunkt des Aufstands mußte das Gerücht von Richards Schandtat im ganzen Land verbreitet gewesen sein, wenn es überhaupt ein Gerücht gegeben hatte. Weshalb hatte man die Nachricht von jenem Verbrechen nicht in ganz England ausgeschrien, damit das Grauen darüber die Menschen zu den Fahnen der Aufrührer eilen ließ?

XII

REG DICH AB, REG DICH AB«, SAGTE ER VOR SICH HIN, als er am nächsten Morgen erwachte. »Du fängst ja an, parteiisch zu werden. So führt man keine Untersuchung durch.«

Er ermahnte sich zur Selbstdisziplin und fuhr in seinen Ermittlungen fort.

Die Butler-Geschichte konnte ein Schwindel sein. Ein Märchen, das mit Stillingtons Hilfe erdacht worden war. Man konnte ja einmal annehmen, das Ober- wie das Unterhaus seien gewillt gewesen, sich einer künftigen gefestigten Regierung zuliebe hinters Licht führen zu lassen.

Aber kam man damit dem Mord an den beiden Knaben näher?

Eigentlich nein.

War die Butler-Geschichte falsch, dann war Stillington der Mensch, den man beiseite schaffen mußte. Lady Eleanor war schon lange in ihrem Kloster verstorben, konnte also den Titulus Regius nicht nach Laune platzen lassen. Aber Stillington konnte es. Und Stillington hatte offenbar unbehelligt weitergelebt. Er hatte den Mann, den er auf den Thron gesetzt hatte, überlebt.

Der plötzliche Mißton in den Trauerwochen, der abrupte Bruch im Verlauf der Krönungsvorbereitungen war entweder glänzend inszeniert oder einfach dadurch zu erklären, daß die Bombe des Stillingtonschen Geständnisses vor ahnungslosen Zuhörern explodierte. Richard war – ja, wie alt gewesen? Elf? Zwölf? – als man den Butler-Kontrakt unterzeichnet und beglaubigt hatte. Es war unwahrscheinlich, daß er jemals davon erfahren hatte.

War die Butler-Geschichte eine Erfindung zugunsten Richards, dann mußte Richard Stillington wohl belohnt haben. Aber nichts deutete darauf hin, daß Stillington mit einem Kardinalshut oder einer Beförderung oder einem Amt belohnt worden war.

Der sicherste Beweis für die Wahrheit der Butler-Geschichte war jedoch Heinrichs VII. dringendes Bedürfnis, sie aus der Welt zu schaffen. Wäre sie falsch gewesen, dann hätte er sie ja nur ans Licht zerren und Stillington einer Lüge überführen müssen, um Richard in Mißkredit zu bringen. Statt dessen ließ er sie totschweigen.

In diesem Augenblick merkte Grant mit Abscheu, daß er schon wieder die Rolle des Verteidigers spielte. Er beschloß, diese Rolle aufzugeben. Er wollte sich nun mit Lavinia Fitch oder Rupert Rouge oder einem anderen der Modeautoren beschäftigen, die so schändlich mißachtet auf seinem Nachttisch lagen, und Richard Plantagenet vergessen und das Verhör erst wieder aufnehmen, wenn der junge Carradine auftauchte.

Er steckte den Stammbaum der Enkel von Cicely Nevill in einen Umschlag, den er an Carradine adressierte und der Zwergin zur Weiterbeförderung mit der Post übergab. Dann drehte er das Porträt, das an den Büchern lehnte, um, damit das Gesicht, das Sergeant Williams ohne Zögern der Richterbank zugeteilt hatte, ihn nicht zu weiterem Nachdenken verführen konnte, und nahm sich Silas Weeklys »Der Schweiß und die Scholle« vor. Von dessen keuchenden Kraftproben ging er zu Lavinias leise klirrenden Teetassen und von diesen zu Ruperts Kulissenintrigen über. Sein Mißbehagen hatte bereits einen beachtlichen Grad erreicht, als Brent Carradine wiederum in sein Leben trat.

Carradine betrachtete ihn besorgt und sagte: »Sie sehen aber gar nicht so vergnügt aus wie das letztemal, Mr. Grant. Geht es Ihnen nicht gut?«

»Nicht, was Richard anbelangt«, sagte Grant.

»Wie steht es denn mit unserm lieben Monstrum?«

»Ich habe immer noch nicht herausbekommen, weshalb Heinrich so sehr darauf bedacht war, den Titulus Regius nicht nur zu widerrufen, sondern sogar totzuschweigen. Die Sache wurde tatsächlich totgeschwiegen und blieb jahrelang vergessen, bis zufällig der Originalentwurf des Gesetzes in den Protokollen des Tower auftauchte. Im Jahr 1611 wurde er gedruckt. Speed bringt den vollen Text in seiner ›Geschichte Großbritanniens‹.«

»Oh! Nun, dann gibt's ja über den Titulus Regius gar keinen Zweifel. Richard trat, wie im Gesetz festgelegt, die Thronfolge an, und der Bericht des geheiligten More ist Unsinn. Eine Elizabeth Lucy hat damit überhaupt nichts zu tun.«

»Lucy? Wer ist Elizabeth Lucy?«

»Ach, ich habe ganz vergessen, daß Sie davon noch nichts wissen. Dem geheiligten More zufolge behauptete Richard, Eduard sei mit einer seiner Mätressen, einer gewissen Elizabeth Lucy, verheiratet gewesen.«

Der angewiderte Ausdruck, den die Erwähnung des geheiligten More jedesmal hervorrief, verzerrte auch diesmal wieder die milden Züge des jungen Carradine.

»Das ist Blödsinn.«

»So meint auch der geheiligte More in seiner selbstgefälligen Art.«

»Und weshalb ließ man Eleanor Butler so sorgfältig aus dem Spiel?« fragte Carradine, der merkte, worauf es ankam.

»Weil sie wirklich mit Eduard verheiratet gewesen war und weil die Kinder wirklich illegitim waren. Für illegitime Kinder aber hätte natürlich niemand einen Thronanspruch verteidigt. Sie wären auch keine Gefahr für Richard gewesen. Ist Ihnen aufgefallen, daß die Woodville-Lancaster-Invasion zugunsten Heinrichs und nicht zugunsten der beiden Knaben inszeniert wurde, obgleich Dorset deren Halbbruder war? Und das, ehe irgendwelche Gerüchte über ihr Verschwinden ihm zu Ohren gekommen sein konnten. Für die Anführer der Dorset-Morton-Rebellion waren diese Knaben vollkommen gleichgültig. Die Rebellion unterstützte Heinrich. Denn dann hätte Dorset einen Schwager auf dem englischen Thron gehabt, weil Heinrich Dorsets Halbschwester heiratete. Eine hübsche Schicksalsfügung für einen bettelarmen Flüchtling.«

»Ja, das ist der springende Punkt. Daß Dorset nicht für einen Thronanspruch seines Halbbruders gekämpft hat. Wenn überhaupt eine Aussicht bestanden hätte, daß England diesen Halbbruder anerkannte, hätte ihn Dorset bestimmt unterstützt. Ich kann Ihnen aber noch etwas Interessantes erzählen. Ich habe festgestellt, daß die Königin und ihre Töchter die Freistatt in Westminster schon ziemlich bald verließen. Als Sie Dorset, den Sohn der Königin aus erster Ehe erwähnten, fiel mir das ein. Nicht nur, daß sie die Freistatt verließ, sie lebte nun, als wäre nichts geschehen. Ihre Töchter nahmen an den Festlichkeiten im königlichen Schloß teil. Und wissen Sie, was das Beste ist?«

»Nein.«

»Daß das alles geschah, nachdem die Prinzen ›ermordet‹ worden waren. Und nun kann ich Ihnen noch etwas erzählen. Obgleich Königin Elisabeths beide Söhne angeblich vom bösen Onkel umgebracht worden waren, schreibt sie an ihren anderen Sohn in Frankreich – an Dorset –, er solle nach Hause kommen und mit Richard, der ihn gnädig empfangen werde, Frieden schließen.«

Es herrschte Schweigen.

Diesmal konzertierten keine Spatzen auf dem Fensterbrett. Nur der Regen klopfte leise an die Scheiben.

»Haben Sie nichts dazu zu bemerken?« sagte Carradine schließlich.

»Wissen Sie«, sagte Grant, »vom polizeilichen Standpunkt aus liegt gegen Richard überhaupt nichts vor. Und das meine ich wörtlich. Nicht etwa, daß man die Anklage gegen ihn wegen Geringfügigkeit fallenlassen müßte. Nein, es liegt wortwörtlich überhaupt nicht das geringste gegen ihn vor.«

»Das meine ich auch! Besonders, wenn ich Ihnen jetzt sage, daß jede einzelne der Personen, deren Namen Sie mir auf Ihre Liste geschrieben haben, frei und im Wohlstand lebte, als Richard auf dem Schlachtfeld von Bosworth fiel. Sie waren nicht nur frei, sie waren auch vorzüglich versorgt. Eduards Kinder tanzten nicht nur im königlichen Schloß, sie hatten sogar Apanagen. Und als sein eigener Sohn starb, hat Richard einen aus der Sippe zu seinem Erben ernannt.«

»Welchen?«

»Georges Sohn.«

»Er wollte also wieder gutmachen, was man den Kindern seines Bruders durch die Ächtung angetan hatte.«

»Ja. Wie Sie sich entsinnen werden, hat er seinerzeit gegen die Verurteilung protestiert.«

»Sogar der geheiligte More berichtet darüber. Also konnten alle englischen Thronerben sich während der Regierungszeit Richards III., des Monstrums, frei und unbelästigt bewegen.«

»Mehr als das. Diese Menschen hatten alle angesehene Stellungen. Ich will damit sagen, daß sie als Mitglieder der königlichen Familie und bei der Abwicklung der Staatsgeschäfte eine Rolle spielten. Ich habe eine Sammlung von York-Protokollen gelesen. Protokolle der Stadt York, nicht der Familie. Sowohl der junge Warwick – Georges Sohn – wie sein Vetter, der junge Lincoln, waren Mitglieder des Rats. Die Stadt richtete ein Schreiben an sie. Das war im Jahr 1485. Mehr noch, Richard schlug den jungen Warwick gleichzeitig mit seinem eigenen

Sohn bei einer prächtigen Feier in York zum Ritter.«

Carradine schwieg lange, dann platzte er plötzlich heraus:

»Mr. Grant, wollen Sie über diese Angelegenheit ein Buch schreiben?«

»Ein Buch?« fragte Grant erstaunt. »Gott schütze mich. Weshalb?«

»Weil ich es gern schreiben würde. Das ist ein viel besserer Vorwurf als der Bauernkrieg.«

»Schreiben Sie nur drauflos!«

»Wissen Sie, ich muß meinem Vater irgend etwas vorweisen. Papa meint, ich sei ein Taugenichts, weil ich mich nicht für Möbel und Handel und Verkaufsstatistiken interessieren kann. Wenn er mit seinen eigenen Händen ein Buch aufschlagen könnte, das ich geschrieben habe, dann würde er vielleicht zu der Erkenntnis kommen, daß ich kein ganz hoffnungsloser Fall bin. Ja, ich würde mich nicht einmal wundern, wenn er dann mal zur Abwechslung auf mich stolz wäre.«

Grant sah ihn wohlwollend an.

»Ich habe ganz vergessen, Sie zu fragen, welchen Eindruck Crosby Place auf Sie gemacht hat«, sagte er.

»Oh, prächtig, prächtig. Wenn Carradine III. es jemals zu sehen bekommt, wird er es sicher mit über den Teich nehmen und irgendwo drüben aufbauen wollen.«

»Wenn Sie das Buch über Richard schreiben, dann will er das ganz bestimmt. Dann wird er sich sozusagen als Mitbesitzer fühlen. Wie werden Sie es denn nennen?«

»Das Buch?«

»Ja.«

»Ich werde mich eines Ausspruchs von Henry Ford bedienen und es ›Geschichte ist Quatsch‹ nennen.«

»Ausgezeichnet.«

»Aber ich werde noch viel mehr lesen und noch viel

mehr forschen müssen, ehe ich mit dem Schreiben beginnen kann.«

»Das allerdings. Sie sind ja immer noch nicht bis zur Kernfrage vorgedrungen.«

»Und die wäre?«

»Wer hat nun die Prinzen ermordet?«

»Ja, natürlich.«

»Wenn die Knaben lebten, als Heinrich den Tower übernahm, was geschah dann mit ihnen?«

»Ich werde schon noch dahinterkommen. Aber erst will ich noch wissen, weshalb es für Heinrich so wichtig war, den Inhalt des Titulus Regius zu verschweigen.«

Er stand auf, um zu gehen. Da bemerkte er, daß das Porträt umgekehrt auf dem Nachttisch lag. Er nahm es auf und lehnte es vorsichtig wieder an den Bücherstapel.

»Du bleibst hier«, sagte er zu dem gemalten Richard. »Ich werde dich wieder dorthin bringen, wo du hingehörst.«

XIII

Carradine war noch keine zwanzig Minuten fort, da erschien Marta, beladen mit Blumen, Büchern, Süßigkeiten und gutem Willen. Sie fand Grant tief im 15. Jahrhundert vergraben, wie es Sir Cuthbert Oliphant darstellt. Er begrüßte sie mit einer Zerstreutheit, die sie nicht gewohnt war.

»Wenn dein Schwager deine beiden Söhne ermordet hätte, würdest du dann von diesem Schwager eine ansehnliche Rente annehmen?«

»Ich vermute, daß deine Frage rein abstrakt ist«, sagte Marta, legte ihr Blumengebinde auf den Tisch und suchte unter den bereits gefüllten Vasen nach der für ihre Blumen geeignetsten.

»Also wirklich und wahrhaftig, die Historiker sind samt und sonders verrückt. Hör dir das an:

Das Verhalten der Königinwitwe ist schwer zu erklären. Es läßt sich nicht feststellen, ob sie nun befürchtete, mit Gewalt aus der Freistatt geholt zu werden oder ob sie einfach ihrer trübseligen Abgeschiedenheit in Westminster überdrüssig war und sich aus reiner Apathie wieder mit dem Mörder ihrer Söhne vertragen wollte‹.«

»Barmherziger Himmel!« sagte Marta und starrte, einen Delfter Krug in der einen und eine Glasvase in der andern Hand, entgeistert auf Grant.

»Glaubst du, daß die Historiker etwas auf ihr eigenes Geschwätz geben?«

»Wer war denn die besagte Königinwitwe?«

»Elisabeth Woodville. Die Frau Eduards IV.«

»Ach ja. Die hab ich mal gespielt. Es war eine Charge. In einem Stück über Warwick, den Königsmacher.«

»Ich bin natürlich nur ein Polizist«, sagte Grant. »Vielleicht hab' ich mich nie in den richtigen Kreisen bewegt. Vielleicht habe ich auch nur nette Menschen kennengelernt. Wo könnte man denn einer Frau begegnen, die sich mit dem Mörder ihrer Söhne an einen Tisch setzt?«

»Ich glaube, in Griechenland«, sagte Marta. »Im antiken Griechenland.«

»Ich kann mich aber nicht einmal dort eines solchen Beispiels entsinnen.«

»Vielleicht auch in einem Irrenhaus. Zeigte Elisabeth Woodville irgendwelche Anzeichen von Idiotie?«

»Nicht daß ich wüßte. Und sie war etwa zwanzig Jahre lang Königin.«

»Also, ich hoffe, du hast jetzt gemerkt, daß diese ganze Sache eine billige Farce ist«, sagte Marta und beschäftigte sich weiter mit ihren Blumen. »Das ist überhaupt keine Tragödie. ›Ja, ja, ich weiß, daß er Klein-Richard und Klein-Eduard umgebracht hat, aber im Grunde ist er doch ein charmanter Mensch. Und es ist so schlecht für meinen Rheumatismus, in Nordzimmern zu wohnen ...‹.«

Grant lachte. Seine Laune hatte sich im Handumdrehen gebessert.

»Du hast ganz recht. Es ist wirklich der Gipfel der Vertracktheit. So was gehört in eine Sammlung von Schauermären, nicht aber in ein nüchternes Geschichtsbuch. Das überrascht mich ja so bei den Historikern. Sie scheinen unfähig zu sein, eine Situation auf ihre Glaubwürdigkeit hin zu untersuchen. Sie sehen in die Geschichte wie in einen Guckkasten, in dem zweidimensionale Figuren vor einem verschwommenen Hintergrund agieren.«

»Vielleicht hat man keine Zeit, Menschen zu studieren, wenn man sich durch verblichene Protokolle arbeiten muß. Damit meine ich nicht die Menschen in diesen Protokollen, sondern Menschen überhaupt. Menschen aus Fleisch und Blut. Und ihre Reaktionen.«

»Wie würdest du sie denn spielen?« fragte Grant, dem

einfiel, daß es ja zu Martas Beruf gehörte, sich in Menschen zu versetzen.

»Wen spielen?«

»Die Frau, die aus der Freistatt kam und sich für siebenhundert Taler jährlich und das Recht, an Gesellschaften im Schloß teilzunehmen, mit dem Mörder ihrer Kinder anfreundete.«

»Das könnte ich nicht. Eine solche Frau gibt es nur in den Stücken des Euripides oder in Strafanstalten. Man könnte sie nur als Schlampe darstellen. Wenn ich es mir recht überlege, dann würde sie wohl eine sehr gute Schwankrolle abgeben. In einer Persiflage des großen Versdramas. In fünffüßigen Jamben. Das muß ich mal probieren. In einer Wohltätigkeitsveranstaltung oder so. Hoffentlich hast du nichts gegen Mimosen? Wenn ich mir überlege, wie lange ich dich schon kenne, dann ist es doch komisch, wie wenig ich von deinen Vorlieben und Abneigungen weiß. Wer hat denn die Frau erfunden, die mit dem Mörder ihrer Söhne Schweine gehütet hat?«

»Niemand hat sie erfunden. Elisabeth Woodville kam aus der Freistatt und nahm eine Apanage von Richard an. Diese Apanage wurde nicht nur gewährt, sie wurde ausbezahlt. Ihre Töchter tanzten im Schloß, und an ihren anderen Sohn, den aus erster Ehe, schrieb sie, er solle von Frankreich zurückkommen und seinen Frieden mit Richard machen. Oliphant erklärt dieses Verhalten damit, daß sie befürchtete, man würde sie mit Gewalt aus der Freistatt holen. Hast du jemals gehört, daß man einen Menschen aus einer Freistatt gezerrt hat? Wer das täte, würde exkommuniziert werden – und Richard war ein gehorsamer Sohn der heiligen Kirche. Als Alternative hat Oliphant nur noch anzubieten, daß Elisabeth das Leben in der Kirche gelangweilt hat.«

»Und womit erklärst du ein so merkwürdiges Verhalten?«

»Die naheliegende Erklärung ist die, daß die Knaben ebten und wohlauf waren. Kein Zeitgenosse hat je etwas anderes angedeutet.«

Marta betrachtete die Mimosenzweige. »Allerdings. Du sagtest ja, daß in der Ächtungserklärung gegen Richard keinerlei diesbezügliche Anschuldigung vorgebracht wurde.« Ihre Augen wanderten von den Mimosen zu dem Porträt auf dem Nachttisch und dann zu Grant. »Du glaubst also, ganz nüchtern und in deiner Eigenschaft als Polizist, daß Richard mit dem Tod der beiden Knaben nichts zu schaffen hatte.«

»Ich bin völlig überzeugt, daß sie am Leben und wohlauf waren, als Heinrich bei seiner Ankunft in London den Tower übernahm. Nichts, aber auch gar nichts könnte erklären, weshalb er einen Skandal unterdrückt hätte, wenn die Knaben wirklich verschwunden waren. Kannst du dir einen anderen Grund denken?«

»Nein. Nein, natürlich nicht. Es ist völlig unerklärlich. Ich war immer der Meinung, die Sache hätte einen furchtbaren Skandal ausgelöst und wäre einer der Hauptanklagepunkte gegen Richard gewesen. Ihr scheint euch ja ganz prachtvoll auf Kosten der Geschichte zu amüsieren, mein lockiges Lämmchen und du. Als ich dir vorschlug, du solltest zum Zeitvertreib ein bißchen den Untersuchungsrichter spielen, hatte ich keine Ahnung, daß ich einen Beitrag zu einem neuen Geschichtsbild leistete. Dabei fällt mir ein, daß Atlanta Shergold dich am liebsten über den Haufen schießen würde.«

»Mich? Ich kenne sie ja überhaupt nicht.«

»Trotzdem ist sie hochgradig auf dich geladen. Sie behauptet, Brent schliche sich ins Britische Museum wie ein Rauschgiftsüchtiger zu seinem Ampullenvorrat. Sie kann ihn gar nicht mehr loseisen. Und wenn sie ihn dann einmal in voller Länge abschleppt, dann wandert sein Geist doch wieder dorthin zurück. Für Brent existiert sie kaum noch. Er sitzt nicht einmal mehr jeden Abend im Theater. Siehst du ihn häufig?«

»Er ging ein paar Minuten, ehe du kamst. Aber ich glaube nicht, daß ich so bald wieder von ihm hören werde.«

Da irrte er sich jedoch.

Kurz vor dem Abendessen wurde ihm ein Telegramm gebracht.

Grant riß den Umschlag auf und zog zwei Telegrammformulare heraus. Der Absender war Brent.

»Verflixt und zugenäht was greuliches ist passiert stop erinnern sie sich an lateinische chronik von der ich sprach stop chronik des mönchs von croyland abbey stop habe sie gerade gesehen und finde darin gerücht die knaben seien tot stop das ding wurde vor richards tod geschrieben und damit haben wir den salat und am meisten ausgeschmiert bin ich und mein schönes buch wird nie geschrieben werden stop darf man in eurem fluss selbstmord verüben oder ist er für briten reserviert stop brent.«

In das Schweigen fiel die Stimme des Krankenhausdieners: »Die Rückantwort ist bezahlt, Sir. Wollen Sie antworten?«

»Was? Oh! Nein. Im Augenblick nicht. Ich werde später eine Antwort zur Pforte geben.«

»Sehr wohl, Sir«, sagte der Diener, mit einem respektvollen Blick auf die beiden Telegrammformulare – in seiner Familie nahm ein Telegramm nie mehr als ein Formular in Anspruch – und ging, diesmal ohne zu summen.

Grant überdachte die Nachricht, die ihm mit solch transatlantischer Extravaganz telegrafisch mitgeteilt worden war. Er las sie noch einmal.

»Croyland«, sagte er nachdenklich. »Weshalb kommt mir der Name bekannt vor? Bis jetzt ist er im Zusammenhang mit dieser Angelegenheit noch nicht gefallen. Carradine hat lediglich von irgendeiner Mönchschronik gesprochen.«

Er war in seinem Berufsleben viel zu oft mit Tatsachen konfrontiert worden, die seine ganze Theorie zunichte zu machen schienen, um jetzt zu verzweifeln. Er reagierte genauso, wie er bei einer beruflichen Untersuchung reagiert hätte. Er nahm sich die beunruhigende kleine Tatsache vor und betrachtete sie von allen Seiten. Ruhig. Leidenschaftslos. Ohne die wilde Verzweiflung des armen Carradine.

»Croyland«, sagte er wieder. Croyland lag irgendwo in Cambridgeshire. Oder war es Norfolk? Irgendwo dort herum, im Flachland.

Die Zwergin kam mit dem Abendessen und stellte ihm die flache Schüssel so hin, daß er einigermaßen bequem essen konnte. Aber er merkte es nicht.

»Können Sie so an Ihren Pudding?« fragte sie. Und da er nicht antwortete: »Mister Grant, können Sie an Ihren Pudding kommen, wenn ich ihn hier an den Rand stelle?«

»Ely!« schrie er sie an.

»Was?«

»Ely«, sagte er leise, den Blick zur Decke gewandt.

»Mr. Grant, ist Ihnen nicht gut?«

Das gut gepuderte und besorgte kleine Gesicht der Zwergin schob sich zwischen ihn und die vertrauten Risse in der Decke.

»Mir geht's vorzüglich. Wirklich vorzüglich. Es ist mir noch nie so gut gegangen. Warten Sie doch einen Augenblick! Seien Sie ein liebes Mädchen und nehmen Sie ein Telegramm mit zur Pforte. Geben Sie mir doch meine Schreibunterlage. Ich kann nicht dran, weil der gräßliche Reispudding davorsteht.«

Sie gab ihm Schreibblock und Bleistift, und er schrieb auf das Rückantwortformular:

»Können Sie ähnliche Gerüchte in Frankreich um die gleiche Zeit feststellen? Grant.«

Dann verzehrte er mit gutem Appetit sein Abendessen und bereitete sich auf einen ausgiebigen Schlaf vor. Er schwebte gerade in jenem köstlichen Zwischenstadium vor dem völligen Vergessen, als er spürte, daß jemand sich über ihn beugte und ihn betrachtete. Er schlug neugierig die Augen auf und blickte geradewegs in ängstlich forschende braune Augen. Sie gehörten der Amazone. Im dämmerigen Schein der Nachttischlampe wirkten sie noch größer und kuhartiger als sonst. Die Amazone hielt einen gelben Umschlag in der Hand.

»Ich wollte Sie nicht stören«, sagte sie. »Ich wußte nicht, was ich machen soll, denn es könnte ja vielleicht wichtig sein. Das Telegramm nämlich. Man weiß ja nie. Und wenn ich es Ihnen heute abend nicht mehr gegeben hätte, dann hätte das eine Verzögerung von zwölf Stunden bedeutet. Schwester Ingham hat Ausgang, und ich konnte niemanden fragen, weil Schwester Briggs ihren Dienst erst um zehn beginnt. Hoffentlich habe ich Sie nicht aufgeweckt. Sie haben doch noch nicht richtig geschlafen?«

Grant versicherte ihr, daß sie sich ganz richtig verhalten habe, und sie gab einen so erleichterten Seufzer von sich, daß sie beinah das Porträt Richards vom Nachttisch geweht hätte. Während er das Telegramm las, stand sie mit dem Ausdruck eines Menschen neben ihm, der bei eventuellen schlimmen Nachrichten sofort Hilfe zu leisten bereit ist. Für die Amazone konnten Telegramme nur Böses bringen.

Das Telegramm war von Carradine.

Es lautete:

»sie wollen also dass es noch eine anschuldigung gibt frage zeichen – brent.«

Grant nahm das vorbezahlte Rückantwortformular und schrieb:

»Ja. Am liebsten in Frankreich.«

Dann sagte er zur Amazone: »Ich glaube, Sie können jetzt das Licht auslöschen. Ich werde bis morgen früh um sieben schlafen.«

Er schlief mit dem Gedanken ein, wann Carradine wohl wiederkäme und wie die Chancen für das von ihm so ersehnte zweite Gerücht stünden.

Carradine erschien sehr bald und sah keineswegs wie ein Selbstmordkandidat aus. Im Gegenteil, er schien auf seltsame Weise gewachsen zu sein. Sein Mantel wirkte nicht mehr wie ein Umhang, sondern beinah wie ein Kleidungsstück. Er strahlte Grant an.

»Mr. Grant, Sie sind einfach toll. Gibt es noch mehr solche Leute bei Scotland Yard? Oder sind Sie eine Ausnahme?«

Grant sah ihn ungläubig an. »Sie wollen mir doch nicht erzählen, daß Sie ein französisches Gerücht ausgegraben haben?«

»Wollten Sie das denn nicht?«

»Doch. Aber ich wagte es kaum zu hoffen. Die Aussichten erschienen mir zu gering. Und welche Form hat das Gerücht in Frankreich angenommen? Die einer Chronik? Eines Briefes?«

»Nein. Etwas viel Überraschenderes. Eigentlich etwas viel Niederschmetternderes. Es scheint, daß der Kanzler von Frankreich auf dieses Gerücht in einer Rede vor den Generalstaaten in Tours angespielt hat. Ja, er kam sogar sehr ausführlich darauf zu sprechen. In gewisser Weise war die Ausführlichkeit, mit der er sich darüber verbreitete, das einzig Erfreuliche in der ganzen Angelegenheit.«

»Weshalb?«

»Nun, es erinnerte mich an unsere Senatoren, die in Harnisch geraten, wenn jemand einen Antrag stellt, der der eigenen Wählerschaft mißfallen könnte. Es roch nach Politik und nicht nach Staatsräson, wenn Sie wissen, was ich damit sagen will.«

»Sie sollten in Scotland Yard arbeiten, Brent. Und was hat der Kanzler gesagt?«

»Tja, das habe ich hier in französischer Sprache, und

mein Französisch ist nicht gerade gut. Vielleicht lesen Sie es lieber selber.«

Er reichte Grant ein Stück Papier, auf dem in seiner kindlichen Handschrift stand:

»Regardez, je vous prie, les événements qui après la mort du roi Edouard sont arrivés dans ce pays. Contemplez ses enfants, déjà grands et braves, massacrés impunément, et la couronne transportée à l'assassin par la faveur des peuples.«

»›Ce pays‹«, sagte Grant. »Da liegt seine ganze Wut gegen England drin. Er deutet sogar an, es sei der Wille des englischen Volks gewesen, daß diese Knaben ›massakriert‹ wurden. Man stellt uns als ein barbarisches Volk hin.«

»Ja, genau das. Das habe ich gemeint. Ein Abgeordneter, der ein Plus für sich buchen möchte. In Wirklichkeit hat der französische Staat noch im gleichen Jahr – etwa sechs Monate später – einen Gesandten zu Richard geschickt. Also war man vermutlich dahintergekommen, daß das Gerücht der Wahrheit entbehrte. Richard unterzeichnete eine Urkunde, die dem Gesandten und seinen Begleitern sicheres Geleit zusagte. Das hätte er gewiß nicht getan, wenn Frankreich ihn noch immer als einen mordenden Unhold geschmäht hätte.«

»Nein. Können Sie mir die Daten der beiden Verleumdungen geben?«

»Gewiß. Ich habe sie hier aufgeschrieben. Der Mönch in Croyland berichtet im Spätsommer des Jahres 1483 von diesen Geschehnissen. Er schreibt, es gehe ein Gerücht um, daß die Knaben umgebracht worden seien, daß aber niemand wisse, auf welche Weise. Im Januar 1484 taucht dann die Verleumdung bei den Generalstaaten auf.«

»Hervorragend«, sagte Grant.

»Weshalb wollten Sie, daß es noch ein zweites Gerücht gebe?«

»Als Gegenprobe. Wissen Sie, wo Croyland liegt?«

»Ja. Im Fen Country.«

»Im Fen Country. Bei Ely. Und genau dort verbarg sich Morton, nachdem er Buckinghams Obhut entflohen war.«

»Morton! Natürlich!«

»Wenn Morton der Urheber des Gerüchts war, dann mußte es auf dem Kontinent ebenfalls zu solchem Gerede kommen, als er sich dorthin begab. Im Herbst 1483 entfloh Morton aus England, und prompt wird das Gerücht im Januar 1484 in Frankreich laut. Croyland ist ein sehr abgelegener Ort. Der ideale Platz für einen flüchtigen Bischof, um sich zu verstecken, bis die Vorbereitungen für seine Reise ins Ausland getroffen sind.«

»Morton!« sagte Carradine noch einmal und kostete den Namen auf der Zunge. »Jedesmal, wenn in dieser Geschichte etwas faul ist, stößt man auf Morton.«

»Das ist Ihnen also auch aufgefallen?«

»Er war die treibende Kraft bei der Verschwörung zur Ermordung Richards vor dessen Krönung. Er stand hinter der Rebellion gegen Richard, als dieser gekrönt war. Und seine Spur, die zum Kontinent führt, ist von – von schmutzigen Machenschaften klebrig wie eine Schneckenspur.«

»Na ja, die Schneckenspur ist pure Vermutung. Vor Gericht läßt sich damit nichts anfangen. Aber über seine Machenschaften jenseits des Kanals bestehen keinerlei Zweifel. Da machte er sich an eine gründliche Wühlarbeit. Er und ein Kumpan namens Christopher Urswick schufteten wie die Maulwürfe im Interesse Heinrichs. Ich habe herausgefunden, daß sie ›geheime Briefe und Geheimkuriere‹ nach England schickten, um dort gegen Richard zu hetzen.«

»Ja? Ich weiß nicht so genau wie Sie, was bei Gericht für stichhaltig gilt und was nicht. Aber mir scheint, daß diese Schneckenspur ein durchaus erlaubtes Bild ist – wenn Sie gestatten. Ich glaube nicht, daß Morton mit seiner Wühlarbeit wartete, bis er jenseits des Kanals war.«

»Nein, natürlich nicht. Für Morton war es lebenswichtig, daß Richard abserviert wurde. Wenn Richard blieb, war es mit Mortons Karriere Essig. Er war erledigt. Nicht nur, daß er mit keinem Weiterkommen mehr zu rechnen hatte. Es war alles aus. Man würde ihn seiner unzähligen Pfründe berauben und ausziehen bis auf das schlichte Priestergewand. Ihn, John Morton. Dem das Erzbistum schon zum Greifen nahe gewesen war. Wenn er aber Heinrich Tudor auf den Thron verhelfen konnte, dann war es möglich, daß er nicht nur Erzbischof von Canterbury, sondern auch noch Kardinal wurde. O ja, für Morton war es von großer, ja von größter Wichtigkeit, daß Richard England nicht regierte.«

»Nun«, sagte Brent, »er war der rechte Mann für ein so hinterhältiges Spiel. Ich glaube nicht, daß er irgendwelche Skrupel kannte. So ein kleines Gerüchtchen wie Kindesmord dürfte für den ja eine Lappalie gewesen sein.«

»Man muß natürlich immer damit rechnen, daß er selbst daran geglaubt hat«, sagte Grant, der so daran gewöhnt war, alle Möglichkeiten gründlich abzuwägen, daß er darüber sogar seine Abneigung gegen Morton vergaß.

»Daß er geglaubt hat, die Knaben seien ermordet worden?«

»Ja. Das kann ebensogut ein anderer erfunden haben. Schließlich hallte das Land von Lancaster-Gerüchten wider, die teils aus purer Bösartigkeit, teils aus Propagandagründen ausgestreut wurden. Es ist möglich, daß Morton nur die neueste Kostprobe davon weitergegeben hat.«

»Pah! Es würde ihm ähnlich sehen, wenn er den Weg zu einer späteren Ermordung geebnet hätte«, sagte Brent giftig.

Grant lachte. »Das will ich auch gar nicht bestreiten«, sagte er. »Was haben Sie denn sonst noch von unserem Mönch aus Croyland erfahren?«

»Es war auch etwas Tröstliches dabei. Nachdem ich Ihnen in meiner Panik telegraphiert hatte, merkte ich, daß man ihm nicht alles glauben durfte. Er zeichnete einfach jedes Geschwätz auf, das aus der Außenwelt zu ihm drang. So schreibt er zum Beispiel, Richard sei in York ein zweites Mal gekrönt worden, und das ist natürlich nicht wahr. Wenn er sich schon bei einer so wichtigen und bekannten Tatsache wie einer Krönung irrt, dann kann man sich auf seine Reportagen nicht verlassen. Von dem Titulus Regius hat er übrigens gewußt. Er hat den ganzen Inhalt, einschließlich Lady Eleanor, niedergeschrieben.«

»Das ist interessant. Sogar ein Mönch in Croyland hatte gehört, mit wem Eduard angeblich verheiratet gewesen war.«

»Ja. Der geheiligte More muß Elisabeth Lucy erst viel später erträumt haben.«

»Ganz zu schweigen von der bodenlosen Geschichte, Richard hätte seinen Anspruch auf Kosten der Tugend seiner Mutter begründet.«

»Was?«

»Er behauptet, auf Richards Veranlassung wäre in einer Predigt verkündet worden, Eduard und George seien außereheliche Söhne seiner Mutter, und er, Richard, sei der einzig legitime Sohn und daher der einzig rechtmäßige Erbe.«

»Der geheiligte More hätte sich auch eine überzeugendere Geschichte ausdenken können«, meinte Jung-Carradine trocken.

»Ja, zumal Richard zum angeblichen Zeitpunkt dieser Verleumdung im Haus seiner Mutter wohnte.«

»Stimmt. Das hatte ich vergessen. Ich hab' eben doch kein richtiges Polizistengehirn. Was Sie da über Morton als Verbreiter des Gerüchts sagen, leuchtet mir sehr ein. Aber angenommen, das Gerücht taucht noch irgendwo auf?«

»Das ist natürlich möglich. Aber ich wette fünfzig zu eins, daß es das nicht tut. Ich glaube einfach nicht daran, daß das Gerücht über das Verschwinden der Knaben allgemein bekannt war.«

»Weshalb nicht?«

»Aus einem unwiderlegbaren Grund. Wenn eine allgemeine Unsicherheit geherrscht hätte, wenn es zu offenkundigen abträglichen Gerüchten oder Handlungen gekommen wäre, dann hätte Richard sofort Schritte unternommen, um sie im Keim zu ersticken. Als später das Gerücht umging, er wolle seine Nichte Elisabeth ehelichen – die älteste Schwester der Knaben –, stieß er wie ein Geier zu. Nicht nur, daß er den einzelnen Städten Briefe schickte, die das Gerücht widerlegten, und zwar in aller Deutlichkeit; er war so wütend und legte offenkundig so großen Wert auf einen makellosen Ruf, daß er die gesamte Prominenz von London in den größten Versammlungssaal, den er finden konnte, befahl und ihnen ins Gesicht sagte, was er von dieser Angelegenheit hielt.«

»Ja. Sie haben natürlich recht. Richard hätte das Gerücht, wenn es weitere Kreise gezogen hätte, öffentlich dementiert. Schließlich war es weit grauenhafter als das Gerücht, er wolle seine Nichte heiraten.«

»Allerdings. Man konnte übrigens damals einen Dispens für die Ehe mit einer Nichte erwirken. Vermutlich kann man es heute noch. Aber das fällt nicht in mein Ressort. Sicher ist jedenfalls, daß Richard mit noch viel größerem Nachdruck einen vorhandenen Mordgerücht entgegengetreten wäre, wenn er schon das Ehegerücht so scharf dementierte. Wir müssen also folgern, daß es hinsichtlich des Verschwindens der kleinen Prinzen oder sonstiger dunkler Machenschaften, die sie zum Gegenstand hatten, keinerlei weitverbreitete Gerüchte gegeben hat.«

»Nur das bißchen, das von den Fens nach Frankreich durchsickern konnte.«

»Nur dieses spärliche Geraune. Nirgends zeigt sich irgendwelche Besorgnis hinsichtlich der Knaben. Ich meine: Bei einer polizeilichen Ermittlung untersucht man, ob die Verdächtigen sich in irgendeiner Weise abnormal verhalten. Weshalb blieb X, der jeden Donnerstag abend ins Kino geht, ausgerechnet an diesem einen Abend zu Hause? Weshalb nahm Y eine Rückfahrkarte, um sie dann nicht zu benutzen? Solche Dinge meine ich. Aber in der kurzen Zeitspanne zwischen Richards Thronbesteigung und seinem Tod benehmen sich alle völlig normal. Die Mutter der Knaben verläßt die Freistatt und macht ihren Frieden mit Richard. Die Mädchen nehmen wieder am Hofleben teil. Die Knaben widmen sich vermutlich wieder den Studien, die durch den Tod ihres Vaters unterbrochen worden waren. Ihre jungen Vettern haben einen Sitz im Rat und erscheinen der Stadt York immerhin gewichtig genug, daß man mit ihnen korrespondiert. Das ergibt ein völlig normales, friedliches Bild, in dem jedermann seiner üblichen Beschäftigung nachgeht. Nichts deutet darauf hin, daß in der Familie gerade ein aufsehenerregender und überflüssiger Mord verübt wurde.«

»Es sieht so aus, als könnte ich mein Buch doch noch schreiben, Mr. Grant.«

»Sie werden es ganz gewiß schreiben. Sie müssen nicht nur Richard rehabilitieren, Sie müssen auch Elizabeth Woodville von der Unterstellung reinwaschen, sie hätte den Mord an ihren Söhnen für siebenhundert Taler im Jahr und etlichen Flitter hingenommen.«

»Ich kann aber doch nicht das Buch schreiben, wenn der Ausgang in der Schwebe bleibt. Ich muß zumindest eine Theorie aufstellen, was mit den Knaben geschehen sein könnte.«

»Das werden Sie auch tun.«

Carradines sanfter Blick wandte sich von den Lämmerwölkchen über der Themse fragend Grant zu.

»Sind Sie so fest davon überzeugt?« fragte er. »Sie haben plötzlich so einen satten und zufriedenen Ausdruck im Gesicht!«

»Nun ja, ich bin in all den öden Tagen des Wartens auf Ihr Wiedererscheinen nach streng polizeilichen Regeln vorgegangen.«

»Polizeilichen Regeln?«

»Ja. ›Wer hat den Nutzen davon?‹ und so weiter, und so weiter. Wir haben entdeckt, daß Richard nicht den geringsten Vorteil gehabt hätte, wenn die Knaben verschwunden wären. Also sehen wir uns um, wer in diesem Fall profitieren konnte. Und hier kommen wir zum Titulus Regius.«

»Was hat der Titulus Regius mit dem Mord zu tun?«

»Heinrich VII. heiratete die älteste Schwester der Knaben, Elisabeth.«

»Ja.«

»Um die Yorkisten mit dem Gedanken seiner Thronbesteigung zu versöhnen.«

»Ja.«

»Durch die Widerrufung des Titulus Regius legitimierte er seine Gemahlin.«

»Klar.«

»Indem er aber die Kinder legitimierte, machte er die beiden Prinzen automatisch zu Thronerben vor ihrer Schwester. Das heißt also: Durch die Widerrufung des Titulus Regius machte er den älteren der beiden Knaben zum rechtmäßigen König von England.«

Carradine schnalzte mit der Zunge. Die Augen hinter der Hornbrille leuchteten vor Vergnügen.

»Ich schlage also vor«, sagte Grant, »daß wir die Untersuchung in dieser Richtung weiterführen.«

»Einverstanden. Was möchten Sie wissen?«

»Ich möchte noch eine ganze Menge über Tyrrels Geständnis erfahren. Aber zuerst und vor allem hätte ich gern gewußt, wie die Betroffenen sich verhielten. Was geschah mit ihnen? Was andere über sie berichteten, interessiert uns nicht. Wir gehen wieder so vor, wie wir es im Fall von Richards Thronfolge nach Eduards unerwartetem Tod getan haben.«

»Schön. Was möchten Sie also wissen?«

»Ich möchte wissen, was aus den York-Erben geworden ist, die Richard so lebendig, wohlauf und begütert überlebten. Und zwar will ich das von jedem einzelnen wissen. Können Sie das in Erfahrung bringen?«

»Klar. Das wird nicht schwerfallen.«

»Und ich könnte auch noch mehr Informationen über Tyrrel gebrauchen. Ich meine, über den Mann selbst. Wer er war und was er getan hat.«

»Wird besorgt.«

Carradine erhob sich mit solcher Entschlossenheit, daß Grant einen Augenblick glaubte, er werde sich tatsächlich den Mantel zuknöpfen. »Mr. Grant, ich bin Ihnen so dankbar für all den – den –«

»Den Spaß?«

»Wenn Sie wieder wohlauf sind, dann – dann werde ich Sie am Arm in den Tower führen.«

»Lassen Sie uns lieber eine Bootsfahrt nach Greenwich machen. Wir Inselbewohner haben nämlich eine Leidenschaft für die Seefahrt.«

»Wie lange müssen Sie wohl noch im Bett bleiben?«

»Wahrscheinlich bin ich schon auf, bis Sie mit Nachrichten über die Erben und Tyrrel zurückkommen.«

XIV

Als Carradine das nächste Mal kam, war Grant zwar noch nicht aufgestanden, saß jedoch aufrecht im Bett.

»Sie können sich gar nicht vorstellen«, sagte er zu Brent, »wie faszinierend die gegenüberliegende Wand nach der Zimmerdecke ist. Und wie klein und komisch die Welt aussieht, wenn man sie im Sitzen betrachtet.«

Carradines unverhohlene Freude über den Fortschritt seiner Genesung rührte ihn, und es dauerte einige Zeit, ehe die beiden wieder zu ihrem eigentlichen Thema kamen. Grant mußte den Anstoß geben: »Nun, wie ist es den York-Erben unter Heinrich VII. ergangen?«

»Ach ja«, sagte der Jüngling, zog das übliche Bündel Aufzeichnungen aus der Tasche, schob mit der rechten Fußspitze einen Stuhl heran und setzte sich. »Wo soll ich anfangen?«

»Zunächst einmal mit Elisabeth. Über sie wissen wir Bescheid. Er heiratete sie, und sie war Königin von England bis zu ihrem Tod. Dann hielt er um die Hand der wahnsinnigen Johanna von Spanien an.«

»Ja. Elisabeth wurde im Frühjahr 1486 – genau gesagt, im Januar, fünf Monate nach Bosworth – mit Heinrich vermählt und starb im Frühjahr 1503.«

»Siebzehn Jahre. Arme Elisabeth. An Heinrichs Seite müssen sie ihr wie siebzig Jahre vorgekommen sein. Er war das, was man einen Haustyrannen nennt. Nun lassen Sie uns die Familie durchgehen. Ich meine, Eduards Kinder. Das Schicksal der beiden Knaben ist unbekannt. Was geschah mit ihrer Schwester Cecily?«

»Sie wurde mit Heinrichs altem Onkel, Lord Welles,

vermählt und ins tiefste Lincolnshire abgeschoben. Die anderen Schwestern, Anne und Catherine, vermählte man, kaum waren sie heiratsfähig geworden, mit zuverlässigen Lancaster-Anhängern. Bridget, die Jüngste, wurde Nonne in Dartfort.«

»Soweit macht alles einen ganz normalen Eindruck. Wer kommt nun? Georges Junge?«

»Ja. Der junge Warwick. Zu lebenslänglichem Tower verurteilt und wegen angeblicher Fluchtpläne hingerichtet.«

»So. Und Georges Tochter? Margaret?«

»Sie wurde Gräfin von Salisbury. Ihre Hinrichtung unter Heinrich VIII. auf Grund einer fingierten Anklage ist offenkundig ein klassisches Beispiel für einen Justizmord.«

»Elisabeths Sohn? Der nächste Erbe?«

»John de la Pole. Er lebte bei seiner Tante in Burgund bis –«

»Was, er lebte bei Richards Schwester?«

»Ja. Und kam schließlich bei einem Aufstand um, der einen falschen Prätendenten namens Simnel auf Heinrichs Thron bringen sollte. Aber er hatte einen jüngeren Bruder, den Sie nicht auf die Liste gesetzt hatten und den Heinrich VIII. hinrichten ließ. Er hatte sich Heinrich VII. auf Grund einer Garantie für seine persönliche Sicherheit ausgeliefert. Vermutlich war Heinrich zu abergläubisch, um sein Versprechen nicht zu halten. Und er hatte ja auch schon genug auf dem Gewissen. Heinrich VIII. aber wollte nichts riskieren. Er machte auch vor de la Pole nicht halt. Es gibt noch vier weitere Menschen, die Sie auf Ihrer Liste vergaßen: Exeter, Surrey, Buckingham und Montague. Er hat sie alle beiseite geschafft.«

»Und Richards Sohn? Der Bastard?«

»Dem gewährte Heinrich VII. eine Apanage von zwanzig Pfund im Jahr. Aber er war der erste, der ins Gras beißen mußte.«

»Und wie lautete die Anklage?«

»Er wurde verdächtigt, eine Einladung nach Irland empfangen zu haben.«

»Ist das ein Witz?«

»I bewahre! Irland war das Zentrum der loyalistischen Rebellion. Die Familie York war in Irland sehr populär, und in Heinrichs Augen war eine solche Einladung ein todeswürdiges Verbrechen. Ich kann mir zwar nicht vorstellen, warum Heinrich den jungen John so wichtig genommen hat. Nach zeitgenössischen Berichten war er ein ›unternehmungslustiger, gutmütiger Knabe‹.«

»Aber sein Anspruch war berechtigter als der Heinrichs«, sagte Grant giftig. »Er war der illegitime einzige Sohn eines Königs. Heinrich war der Urenkel eines illegitimen Sohnes des jüngeren Sohnes eines Königs.«

Es herrschte einige Zeit Schweigen.

Dann sagte Carradine in die Stille hinein: »Ja.«

»Was bejahen Sie?«

»Was Sie gerade denken.«

»Es sieht doch wohl so aus. Die beiden sind die einzigen, die uns noch fehlen.«

Wieder herrschte Schweigen. »Es waren lauter Justizmorde«, sagte Grant nach einiger Zeit. »Morde, die unter der Maske des Rechts ausgeführt wurden. Zwei Kinder kann man jedoch nicht eines Kapitalverbrechens anklagen.«

»Nein«, pflichtete Carradine bei und betrachtete weiter die Spatzen. »Nein, da mußte man sich etwas anderes ausdenken. Und schließlich waren sie die wichtigen.«

»Die ausschlaggebenden.«

»Wie wollen wir vorgehen?«

»Genau wie bei Richards Thronfolge. Wir müssen feststellen, wo sich jeder in den ersten Monaten von

Heinrichs Regierung befand und was er tat. Nehmen wir einmal das erste Regierungsjahr. Irgendwo wird sich dann eine Unstimmigkeit zeigen wie bei den Vorbereitungen zur Krönung des jungen Thronfolgers.«

»Ganz richtig.«

»Haben Sie etwas über Tyrrel herausbekommen? Was war das für ein Bursche?«

»Der war ganz anders, als ich ihn mir vorgestellt hatte. Ich hatte ihn für eine Art Randfigur gehalten. Sie nicht auch?«

»Ja. War er das denn nicht?«

»Nein. Er war eine wichtige Persönlichkeit. Er war Sir James Tyrrel of Gipping. Er war in verschiedenen – ich glaube, man nennt das Ausschüsse – unter Eduard IV. Und bei der Belagerung von Berwick wurde er zu einem Knight Banneret ernannt – was das heißt, weiß ich nicht. Unter Richard ging es ihm auch nicht schlecht. Ich kann aber nicht feststellen, ob er an der Schlacht von Bosworth teilgenommen hat. Eine Menge Leute kamen zu spät zu dieser Schlacht – wußten Sie das? Ich glaube also nicht, daß man aus seiner Abwesenheit besondere Schlüsse ziehen kann. Auf jeden Fall war er nicht die ehrgeizige Lakaienseele, als die ich ihn mir immer vorgestellt habe.«

»Das ist interessant. Wie erging es ihm denn unter Heinrich VII.?«

»Da wird es nun wirklich interessant. Für einen so hervorragenden und erfolgreichen Diener der Familie York scheint er unter Heinrich nicht schlecht floriert zu haben. Heinrich ernannte ihn zum Festungskommandanten von Guisnes. Dann wurde er als Gesandter nach Rom geschickt. Er war einer der Unterhändler beim Vertrag von Etaples. Und Heinrich bewilligte ihm lebenslänglich die Einkünfte einiger Ländereien in Wales, ließ ihn diese aber später gegen gleichwertige Einkünfte aus der Grafschaft Guisnes austauschen – es ist mir unverständlich, weshalb.«

»Mir nicht«, sagte Grant.

»Ihnen nicht?«

»Ist Ihnen nicht aufgefallen, daß all seine Ehrenämter und Aufträge außerhalb Englands liegen? Und nun sogar die Ländereien, aus denen er seine Einkünfte bezieht.«

»Ja, das stimmt. Und was schließen Sie daraus?«

»Im Augenblick gar nichts. Vielleicht war das Klima von Guisnes seinem Bronchialkatarrh zuträglicher. Man kann in historische Tatsachen zu viel hineinlesen. Sie lassen sich, wie die Stücke Shakespeares, beliebig interpretieren. Wie lange dauerte denn dieser Honigmond mit Heinrich VII.?«

»Oh, ziemlich lange. Bis zum Jahre 1502 war alles überaus rosig.«

»Und was geschah 1502?«

»Da kam Heinrich zu Ohren, daß Tyrrel bereit gewesen war, einem aus der York-Gesellschaft, der im Tower saß, zur Flucht nach Deutschland zu verhelfen. Er bot die gesamte Garnison von Calais zur Belagerung der Burg von Guisnes auf. Das schien ihm aber dann doch zu langwierig zu werden, und so schickte er seinen Lord-Siegelbewahrer zu Tyrrel und sicherte diesem freies Geleit zu, wenn er in Calais an Bord eines Schiffes käme und mit dem Schatzkanzler spräche.«

»Was Sie nicht sagen.«

»Das ist ein Ding, was? Er landete in einem Verlies im Tower und wurde am 6. Mai 1502 geköpft. Wie es heißt, ›in großer Eile und ohne Verhandlung‹.«

»Und was ist mit seinem Geständnis?«

»Es gab kein Geständnis.«

»Was?«

»Schauen Sie mich nicht so an. Ich kann nichts dafür.«

»Aber ich dachte, er hat den Mord an den Knaben gestanden.«

»Ja, verschiedenen Berichten zufolge. Aber es sind nur Berichte. Ein schriftliches Geständnis ist uns nicht überliefert.«

»Sie meinen, Heinrich hat kein Geständnis veröffentlicht?«

»Nein. Sein bezahlter Historiker, Polydore Virgil, berichtet den Hergang des Mordes. Aber da war Tyrrel schon tot.«

»Aber wenn Tyrrel gestand, daß er auf Richards Befehl die Knaben ermordete, weshalb hat man ihn dann nicht dieses Verbrechens angeklagt und öffentlich abgeurteilt?«

»Keine Ahnung.«

»Lassen Sie mich noch einmal wiederholen: Von Tyrrels Geständnis erfuhr man erst nach Tyrrels Tod?«

»Ja.«

»Tyrrel gesteht, daß er 1483, vor beinahe zwanzig Jahren, von Warwick nach London eilte, sich vom Kommandanten die Schlüssel des Tower aushändigen ließ – den Namen des Mannes habe ich vergessen –«

»Brackenbury. Sir Robert Brackenbury.«

»Richtig. Sich also die Schlüssel des Tower von Sir Robert Brackenbury für eine Nacht aushändigen ließ, die Knaben ermordete, die Schlüssel wieder zurückgab und Richard Bericht erstattete. Dies gesteht er und klärt damit ein Geheimnis, das größtes Aufsehen erregt haben muß. Und trotzdem wird er nicht vor der Öffentlichkeit dafür zur Rechenschaft gezogen?«

»Ja. So ist es.«

»Also, mit einer solchen Geschichte würde ich ungern vor Gericht erscheinen.«

»Ich würde nicht im Traum daran denken. Es ist eine der faulsten Geschichten, die ich je gehört habe.«

»Hat man sich denn nicht diesen Brackenbury vorgeknöpft, damit er die Geschichte mit den ausgehändigten Schlüsseln bestätigen oder für falsch erklären konnte?«

»Brackenbury fiel in der Schlacht von Bosworth.«

»Der ist also auch zum richtigen Zeitpunkt gestorben.«

Grant sank in die Kissen zurück und dachte nach. »Wissen Sie, wenn Brackenbury bei Bosworth fiel, dann haben wir noch immer ein kleines Beweisstück zu unsern Gunsten.«

»Wie? Was?«

»Wenn das wirklich geschehen ist, ich meine, wenn die Schlüssel auf Richards Befehl für eine Nacht ausgehändigt wurden, dann müssen eine Menge von Unterbeamten im Tower Kenntnis davon gehabt haben. Es ist ganz unvorstellbar, daß nicht der eine oder der andere Heinrich die Geschichte sofort erzählt hätte, als dieser den Tower übernahm. Insbesondere, wenn die Prinzen nicht mehr da waren. Brackenbury war tot. Richard war tot. Man mußte also vom Rangnächsten im Tower erwarten, daß er die Knaben herbeischaffe. Und wenn das nicht möglich war, dann muß dieser Mann gesagt haben: ›Der Befehlshaber hat die Schlüssel für eine Nacht ausgehändigt, und seither hat man die Knaben nicht mehr gesehen.‹ Dann hätte man fieberhaft nach dem Mann gefahndet, der die Schlüssel bekommen hat. Der wäre doch bei einer Verhandlung gegen Richard der ideale Kronzeuge gewesen. Heinrich hätte einen gewaltigen Pluspunkt für sich verbuchen können, wenn er diesen Mann herbeigeschafft hätte.«

»Nicht nur das. Tyrrel war den Leuten im Tower viel zu bekannt, als daß er unerkannt hinein- und herausgelangen konnte. Im kleinen London dieser Zeit muß er eine bekannte Figur gewesen sein.«

»Ja. Wenn diese Geschichte stimmte, dann wäre

Tyrrel 1485 in aller Öffentlichkeit des Prinzenmordes angeklagt und hingerichtet worden. Er hatte niemanden, der ihn hätte schützen können.« Grant griff nach seinen Zigaretten. »Uns bleibt also die Tatsache, daß Heinrich Tyrrel im Jahre 1502 hinrichten und dann von seinen willfährigen Historikern verkünden ließ, Tyrrel habe gestanden, vor zwanzig Jahren die Prinzen ermordet zu haben.«

»Ja.«

»Und er macht keine Miene, irgendwo oder irgendwann irgendeinen Grund anzugeben, weshalb er Tyrrel wegen dieser grauenhaften eingestandenen Tat nicht von einem Gericht hatte aburteilen lassen.«

»Nein. Nicht daß ich wüßte. Seine Wege waren immer krumm. Nie ging er etwas direkt an, nicht einmal einen Mord. Alles mußte getarnt sein und nach etwas anderem aussehen. Er wartete jahrelang, um für einen Mord irgendeine legale Rechtfertigung zu finden. Sein Gehirn war wie ein Schraubenzieher. Wissen Sie, was seine erste offizielle Handlung als König war?«

»Nein.«

»Einige der Männer, die bei Bosworth für Richard kämpften, wegen Hochverrats hinrichten zu lassen. Und wissen Sie, wie er es fertigbrachte, der Sache einen legalen Anstrich zu geben? Indem er seine Regierung vom Tag vor Bosworth an datierte. Ein Mensch, der einer solchen Handlungsweise fähig ist, der ist zu allem fähig.« Brent nahm die Zigarette, die Grant ihm anbot. »Aber das ließ man ihm nicht durchgehen. Das war den Engländern denn doch zu viel. Sie wiesen ihn in seine Schranken.«

»Wie?«

»Auf die bekannte höfliche englische Art servierten sie ihm einen Parlamentsbeschluß, demzufolge niemand, der gegenwärtig dem obersten Herrn des Landes diente, des

Hochverrats angeklagt oder seiner Besitzungen beraubt oder eingesperrt werden dürfe, und sie zwangen ihn, diesen Beschluß zu billigen. Das ist sehr englisch, diese erbarmungslose Höflichkeit. Man lärmte weder in den Gassen, noch warf man Steine, weil man seinen kleinen Schwindel durchschaut hatte und mißbilligte. Man servierte ihm nur diesen hübschen, höflichen und einleuchtenden Beschluß, und den mußte er schlucken. Ich wette, daß er ihm sauer aufgestoßen ist. So, und nun muß ich wieder gehen. Es freut mich wirklich, daß Sie jetzt schon sitzen und mitschreiben können. Wir werden unseren Ausflug nach Greenwich wohl schon sehr bald machen, denke ich. Was gibt's denn in Greenwich zu sehen?«

»Ein paar sehr schöne Bauten und ein prächtiges Stück verschlammten Fluß.«

»Ist das alles?«

»Und ein paar erstklassige Kneipen.«

»Auf nach Greenwich!«

Als Carradine fort war, legte Grant sich wieder flach und rauchte eine Zigarette nach der andern und überdachte dabei die Geschichte jener Erben des Hauses York, die unter Richard III. so prächtig gelebt hatten und unter Heinrich VII. so schmählich gestorben waren, noch einmal von allen Seiten.

Einige von ihnen mochten ihr Schicksal »herausgefordert« haben. Carradines Bericht war schließlich nur eine Zusammenfassung gewesen – ohne Wertung und ohne Schattierung. Aber es war jedenfalls ein beachtenswertes Zusammentreffen, daß sämtliche Menschen, die zwischen den Tudors und dem Thron standen, so termingemäß starben.

Ohne große Begeisterung betrachtete Grant das Buch, das der junge Carradine ihm gebracht hatte. Es hieß »Das Leben und die Regierungszeit Richards III.« und hatte einen gewissen James Gairdner zum Verfasser.

Carradine hatte Grant versichert, er würde Dr. Gairdner bestimmt lesenswert finden. Dr. Gairdner war, wenn man Brent Glauben schenkte, »zum Schreien«.

Grant machte das Buch nicht gerade einen heiteren Eindruck, aber schließlich war jeder Bericht über Richard unterhaltsamer als Bücher über andere Leute. Er fing also an, darin zu blättern und merkte schließlich auch, was Brent gemeint hatte, als er sagte, der gute Doktor sei »zum Schreien«. Dr. Gairdner glaubte stur, daß Richard ein Mörder war. Weil er aber ein ehrlicher, gelehrter und auch im Rahmen seiner Geistesgaben unparteiischer Schriftsteller war, lag es ihm nicht, Tatsachen zu verschweigen. Wie nun der gute Dr. Gairdner versuchte, seine Fakten mit seiner Theorie in Einklang zu bringen, das war die unterhaltendste Gehirnakrobatik, die Grant seit langem erlebt hatte.

Dr. Gairdner bestätigte, offenbar ohne sich einer Ungereimtheit bewußt zu sein, Richards große Klugheit, Großzügigkeit, Mut, Tüchtigkeit, Charme, Popularität und Vertrauen, das er selbst seinen besiegten Feinden noch einflößte. Und im gleichen Atemzug berichtete er von der niederträchtigen Schmähung seiner Mutter und dem Abschlachten zweier hilfloser Kinder. So sagt die Überlieferung, schrieb der geschätzte Doktor, und gab damit feierlich die grauenhafte Überlieferung weiter und machte sie sich zu eigen. Richard besaß keinen niedrigen oder kleinlichen Charakterzug, schrieb der Doktor, aber er war ein Mörder unschuldiger Kinder. Selbst seine Feinde vertrauten auf seine Gerechtigkeit, aber er mordete seine eigenen Neffen. Seine Lauterkeit war bemerkenswert, aber er tötete aus Habsucht.

Als Gehirnakrobat war Dr. Gairdner das Urbild des Schlangenmenschen. Grant hätte wirklich zu gern gewußt, mit welchem Teil ihres Gehirns die Historiker argumentierten. Gewiß taten sie es nicht auf die gleiche

Weise, in der gewöhnliche Sterbliche zu ihren Schlußfolgerungen kommen. Weder in Romanen noch in Tatsachenberichten und ganz gewiß nicht im Leben war Grant jemals einem menschlichen Wesen begegnet, das auch nur die leiseste Ähnlichkeit mit Dr. Gairdners Richard oder Oliphants Elisabeth Woodville gehabt hätte.

Vielleicht war doch etwas an Lauras Theorie, daß die Menschen nur schwer eine vorgefaßte Meinung aufgeben können. Daß eine undefinierbare innere Opposition gegen das Aufgeben einer einmal eingenommenen Haltung bestand. Jedenfalls schlug Dr. Gairdner wie ein geängstigtes Kind nach der Hand, die ihn auf den Weg der Erkenntnis hätte führen können.

Grant wußte nur allzu gut, daß charmante Männer von großer Untadeligkeit mitunter Morde begangen hatten. Aber nicht einen solchen Mord und nicht aus solchen Gründen. Die Sorte Mann, die Dr. Gairdner in seinem Buch über das Leben und die Regierungszeit Richards III. geschildert hatte, mordete nur, wenn das eigene Leben durch irgendeine gewaltige Erschütterung aus dem Gleichgewicht gebracht worden war. Vielleicht würde ein solcher Mann seine Frau wegen einer plötzlich entdeckten Untreue ermorden. Oder auch den Geschäftspartner, dessen heimliche Spekulationen die Firma und die Zukunft der Kinder ruiniert hatten. Jeder Mord, den er beging, würde nur die Folge einer heftigen Gefühlswallung sein können. Niemals wäre es ein von langer Hand vorbereiteter, niemals ein gemeiner, niedriger Mord.

Man konnte nicht sagen: Weil Richard diese oder jene Eigenschaft hatte, war er des Mordes unfähig. Man konnte aber sagen: Weil Richard diese und jene Eigenschaften besaß, war er eines solchen Mordes unfähig.

Es wäre ein törichter Mord gewesen, dieser Mord an

den kleinen Prinzen. Und Richard war ein ungewöhnlich kluger Mann. Es war ein unbeschreiblich gemeiner Mord. Und Richard war ein Mann von großer Untadeligkeit. Es war ein durch und durch gefühlloser Mord. Und Richard war für seine Warmherzigkeit bekannt.

Man konnte die ganze Liste seiner anerkannten Tugenden durchgehen und feststellen, daß jede einzelne dieser Tugenden seine Beteiligung an dem Mord außerordentlich unwahrscheinlich machte. Nahm man all diese Tugenden zusammen, so schien der Mord nicht nur unmöglich, sondern geradezu unvorstellbar zu sein.

XV

Eine Person haben Sie aber vergessen«, sagte Carradine, als er einige Tage später höchst vergnügt ins Zimmer gestürzt kam. »Ich meine, auf Ihrer Frageliste.«

»Guten Tag auch. Und wer ist das?«

»Stillington.«

»Natürlich! Der ehrenwerte Bischof von Bath. Wenn Heinrich den Titulus Regius als Beweisstück von Richards Untadeligkeit und der Illegitimität seiner eigenen Frau fürchtete, dann muß er den Urheber noch mehr gefürchtet haben. Was passierte mit unserem Freund Stillington? Justizmord?«

»Augenscheinlich hat der alte Knabe nicht mitgespielt.«

»Wobei hat er nicht mitgespielt?«

»Bei Heinrichs Lieblingsspiel. Abschlagen! Entweder war er ein gerissener alter Bursche oder zu unschuldig, um die Fallgrube zu bemerken. Meiner Meinung nach – wenn ein schlichter wissenschaftlicher Arbeiter überhaupt eine Meinung haben darf – war er so unschuldig, daß kein Agent provocateur ihn zu irgend etwas provozieren konnte. Auf jeden Fall zu nichts, was man als Kapitalverbrechen ausdeuten könnte.«

»Sie wollen mir doch nicht erzählen, daß er Heinrich überlistet hat?«

»Nein. O nein. Niemand hat Heinrich jemals überlistet. Heinrich stellte ihn unter Anklage und vergaß dann so ganz nebenbei, ihn wieder freizulassen. Und er ward nicht mehr gesehen ...«

»Sie sind aber heute morgen sehr lustig, um nicht zu sagen, übermütig.«

»Sagen Sie das nicht in einem so mißtrauischen Ton.

Ich habe keinen Tropfen Alkohol gesehen. Was Sie an mir bemerken, ist intellektuelle Kohlensäure. Trunkenheit sonder Wein. Ein rein zerebraler Vorgang.«

»Na, denn mal 'raus damit. Setzen Sie sich und schießen Sie los. Was ist denn so prächtig? Ich nehme an, Sie haben was auf Lager?«

»Prächtig ist kaum das richtige Wort. Es ist herrlich, einfach himmlisch.«

»Haben Sie nicht doch vielleicht ein ganz kleines Gläschen – ?«

»Ich brächte heute morgen beim besten Willen nicht einen Tropfen hinunter. Ich bin bis zum Überlaufen befriedigt.«

»Dann muß ich annehmen, daß Sie den fehlenden Stein im Mosaik gefunden haben?«

»Ja, ich habe ihn gefunden. Aber er liegt zeitlich später, als wir glaubten. Während der ersten Monate verhielten sich alle so, wie man es von ihnen erwarten sollte. Heinrich übernahm die Regierung, schaffte Ordnung und ehelichte die Schwester der Knaben – über die Knaben wurde kein Wort verloren. Sein eigenes Todesurteil ließ er durch ein Parlament aufheben, das aus seinen eigenen ehemals geächteten Anhängern zusammengesetzt war, und er ließ ein Gesetz zur Ächtung Richards und dessen getreuer Untertanen verabschieden, wodurch deren Lehnstreue zum Hochverrat wurde. Weil er einen Tag vordatierte, wie wir wissen, kam ein schöner Haufe eingezogener Besitztümer zusammen. Und über die Knaben noch immer kein Wort. Der Mönch von Croyland war übrigens über Heinrichs schurkisches Vorgehen in der Hochverratsangelegenheit furchtbar empört. ›O Gott‹, schrieb er, ›welche Sicherheit werden unsre Könige von nun an in Zeiten des Kampfes haben, wenn man ihre treuen Anhänger im Fall einer Niederlage des Lebens und Besitzes berauben kann!‹«

»Da rechnete er aber nicht mit seinen Landsleuten.«

»Ja. Er hätte wissen müssen, daß die Engländer sich früher oder später der Sache annehmen würden. Vielleicht war er ein Ausländer. Auf jeden Fall verlief alles genauso, wie man es erwarten durfte, nachdem Heinrich nun mal am Ruder war. Im August 1485 bestieg er den Thron, und im Januar darauf heiratete er Elisabeth. Elisabeth gebar ihr erstes Kind in Winchester, und ihre Mutter war bei ihr und bei der Taufe zugegen. Das war im September 1486. Im Herbst kam sie dann wieder nach London zurück – die Königinwitwe meine ich. Und im Februar – halten Sie sich bitte fest –, im Februar wurde sie für den Rest ihres Lebens in ein Kloster eingesperrt.«

»Elisabeth Woodville?« sagte Grant in höchstem Erstaunen. Das war das letzte, was er erwartet hatte.

»Ja. Elisabeth Woodville. Die Mutter der Knaben.«

»Woher wissen Sie, daß sie nicht freiwillig ins Kloster ging?« fragte Grant, nachdem er eine Weile nachgedacht hatte. »Bei großen Damen, die des Hoflebens müde waren, war es nichts Ungewöhnliches, daß sie sich in ein Kloster zurückzogen. Das Leben dort war nicht sehr streng. Für eine reiche Frau war es, glaube ich, sogar recht angenehm.«

»Heinrich beraubte sie aber ihres ganzen Besitzes und schickte sie in ein Nonnenkloster in Bermondsey. Und das hat übrigens ungeheures Aufsehen erregt. Es gab ›ein großes Staunen‹.«

»Das wundert mich nicht. Eine unglaubliche Geschichte! Hat er denn einen Grund angegeben?«

»Ja.«

»Und welchen?«

»Sie sei nett zu Richard gewesen.«

»Ist das Ihr Ernst?«

»Gewiß.«

»Und ist das auch der offizielle Wortlaut?«

»Nein. Das ist die Version von Heinrichs Lieblingshistoriker.«

»Virgil?«

»Ja. Der Wortlaut des Ratsbeschlusses, auf den hin sie eingesperrt wurde, lautet: ›Aus verschiedenen Erwägungen‹.«

»Zitieren Sie?« fragte Grant ungläubig.

»Ich zitiere. Er lautete wörtlich: ›Aus verschiedenen Erwägungen‹.«

Nach einem Augenblick des Schweigens sagte Grant: »Also für Ausreden hatte er keine große Begabung. Mir wären da mindestens sechs bessere eingefallen.«

»Entweder war es ihm nicht der Mühe wert, oder er hielt seine Umwelt für außerordentlich gutgläubig. Bedenken Sie, diese Nettigkeit Richard gegenüber störte ihn erst, als er schon achtzehn Monate lang auf Richards Thron saß. Bis zu diesem Augenblick schien alles in Butter gewesen zu sein. Als er Richard auf den Thron folgte, hatte er sie mit Geschenken, Landsitzen und wer weiß was noch überhäuft.«

»Und was ist der wirkliche Grund? Haben Sie eine Ahnung?«

»Nun, ich habe noch eine Kleinigkeit auf Lager, die Ihnen vielleicht weiterhilft. Mir jedenfalls ging ein riesengroßes Licht auf.«

»Lassen Sie hören!«

»Im Juni dieses Jahres –«

»Welches Jahr meinen Sie?«

»Elisabeths erstes Ehejahr, 1486. Jenes Jahr, da sie im Januar heiratete und im September Prinz Artur in Winchester gebar, von ihrer Mutter umsorgt.«

»Gut. Und was passierte da?«

»Im Juni dieses Jahres erhielt Sir James Tyrrel Generalpardon. Am 16. Juni.«

»Aber das bedeutet gar nichts. Das war damals am

Schluß einer Amtsperiode oder zu Beginn einer neuen ganz üblich. Das heißt lediglich, daß man alle Dinge bereinigte, die irgend jemand später vielleicht einmal gegen einen vorbringen könnte.«

»Ja, das weiß ich. Das ist mir bekannt. Der erste Pardon ist auch gar nicht so überraschend.«

»Der erste Pardon? Gab es denn noch einen zweiten?«

»Ja. Das ist der Clou. Genau einen Monat später, am 16. Juli 1486, wurde Sir James ein zweites Mal begnadigt.«

»Ja«, sagte Grant nachdenklich, »das ist allerdings ungewöhnlich.«

»Es ist sogar höchst ungewöhnlich. Ich fragte einen alten Knaben, der neben mir im B.M. arbeitet – er betreibt historische Nachforschungen und war mir eine große Hilfe –, und der sagte, es sei ihm noch nie etwas Derartiges untergekommen. Ich zeigte ihm die beiden Eintragungen in den ›Denkwürdigkeiten Heinrichs VII.‹, und er betrachtete sie mit der staunenden Hingabe eines Kenners.«

Grant rekapitulierte: »Am 16. Juni wird Tyrrel Generalpardon gewährt. Am 16. Juli wird ihm ein zweiter Generalpardon gewährt. Etwa im November kommt die Mutter der Knaben wieder in die Stadt zurück. Und im Februar wird sie für den Rest ihres Lebens hinter Klostermauern verbannt.«

»Das spricht doch Bände, was?«

»Allerdings.«

»Glauben Sie, daß er es getan hat? Tyrrel?«

»Möglich. Es ist jedenfalls sehr auffällig, daß wir auf der Suche nach dem fehlenden Mosaikstein gerade in Tyrrels Lebenslauf einen völlig unerklärlichen Bruch feststellen. Wann wurde das Gerücht über das Verschwinden der Knaben zum erstenmal laut? Ich meine, wann wurde zum erstenmal offen darüber gesprochen?«

»Offenbar schon ziemlich zu Beginn von Heinrichs Regierung.«

»Das paßt genau. Auf jeden Fall wäre es eine Erklärung für das, was uns von Anfang an bei dieser Geschichte so verwirrt hat.«

»Was wollen Sie damit sagen?«

»Es würde erklären, weshalb die Knaben so sang- und klanglos verschwanden. Das hat sogar die Menschen, die Richard für den Täter halten, immer stutzig gemacht. Wenn man es sich so recht überlegt, dann hätte man Richard diese Sache wohl niemals durchgehen lassen. Zu Richards Zeiten gab es eine große, sehr aktive und sehr mächtige Opposition, und Richard hat diese Opposition im ganzen Land frei und nach Gutdünken leben und walten lassen. Wären die Knaben verschwunden gewesen, dann hätte die ganze Woodville-Lancaster-Sippe Rechenschaft von ihm verlangt. Heinrich hingegen hatte keinerlei Einmischung oder lästige Neugierde zu befürchten. Er hatte seine Opposition sicher hinter Schloß und Riegel. Die einzig mögliche Gefahr war seine Schwiegermutter, und in dem Augenblick, da sie hätte lästig werden können, verschwindet auch sie hinter Schloß und Riegel.«

»Ja. Glauben Sie nicht, daß sie am Ende irgend etwas unternommen hat? Ich meine, als man ihr keine Nachricht mehr von den Knaben zukommen ließ?«

»Vielleicht hat sie gar nicht gemerkt, daß sie verschwunden waren. Heinrich konnte ja einfach sagen: ›Ich wünsche nicht, daß Ihr sie seht. Ich finde, daß Ihr einen schlechten Einfluß auf sie habt. Ihr, die Ihr Eure Töchter an den Geselligkeiten dieses Mannes habt teilnehmen lassen, sobald Ihr aus der Freistatt kamt!‹«

»Ja, das ist gut möglich. Er brauchte gar nicht zu warten, bis sie Verdacht schöpfte. Er konnte alles mit einem Schachzug bewerkstelligen. ›Ihr seid eine schlechte Frau und eine schlechte Mutter. Ich schicke Euch in ein Kloster, um Eure Seele zu retten und Eure Kinder vor Eurem verderblichen Einfluß zu bewahren‹.«

»Ja. Und dem übrigen England gegenüber war er so sicher, wie ein Mörder nur sein konnte. Nach dem glücklichen Einfall mit dem ›Hochverrat‹ hatte wohl niemand mehr Lust, Kopf und Kragen zu riskieren, indem er neugierige Fragen nach dem Wohlergehen der lieben Kleinen stellte. Vermutlich gingen damals alle auf Eiern. Keiner wußte, was Heinrich sich noch einfallen ließe, um die Seelen seiner Mitmenschen ins Fegefeuer zu schicken und ihre Besitztümer einzustreichen. Nein, es war nicht die Zeit für neugierige Fragen in Dingen, die einen nicht unmittelbar betrafen. Und überhaupt war es damals wohl recht schwierig, die Neugierde zu befriedigen.«

»Meinen Sie das, weil die Knaben im Tower lebten?«

»Ja, in einem Tower, der von Heinrichs Leuten verwaltet wurde. Bei Heinrich herrschte nicht die gemütliche Großzügigkeit, die Richards Regierung auszeichnete. Für Heinrich gab es kein York-Lancaster-Bündnis. Die Leute im Tower waren Heinrichs Männer.«

»Natürlich waren sie das. Wußten Sie, daß Heinrich der erste englische König mit einer Leibwache war? Ich möchte wissen, was er seiner Frau über ihre Brüder erzählt hat.«

»Ja, das würde mich auch interessieren. Vielleicht hat er ihr sogar die Wahrheit gesagt?«

»Heinrich? Niemals. Heinrich wäre in schwere seelische Konflikte geraten, Mr. Grant, wenn er hätte zugeben müssen, daß zwei und zwei vier ist. Ich habe Ihnen ja gesagt, daß er immer den krummen Weg nahm. Nie ist er irgendein Problem direkt angegangen.«

»Wäre er ein Sadist gewesen, dann hätte er ihr so etwas aus Gemeinheit sagen können. Sie konnte ja praktisch nichts tun. Selbst wenn sie gewollt hätte. Vielleicht hat sie es aber auch gar nicht so sehr gewollt. Sie hatte gerade einen Erben für den englischen Thron produziert und war im Begriff, einen zweiten zu produzieren. Vielleicht fühlte sie sich auch nicht bemüßigt, einen Kreuzzug für die beiden Knaben zu eröffnen. Ganz besonders nicht einen Kreuzzug, der ihr den Boden unter den Füßen weggezogen hätte.«

»Heinrich war kein Sadist«, sagte der junge Carradine traurig. Traurig deshalb, weil er Heinrich nicht auch noch diese Untugend ankreiden konnte. »In gewisser Weise war er genau das Gegenteil. Er hatte gar keinen Geschmack am Morden. Er mußte jeden Mord erst verniedlichen, ehe er sich mit dem Gedanken daran vertraut machen konnte. Er mußte ihn legal aufzäumen. Ich glaube, Sie irren sich mit der Annahme, es hätte Heinrich Spaß gemacht, sich vor dem Einschlafen Elisabeth gegenüber des Verbrechens an ihren Brüdern zu rühmen.«

»Wahrscheinlich haben Sie recht«, meinte Grant gedankenversunken. »Ich habe eben das richtige Adjektiv für Heinrich gefunden«, sagte er nach einiger Zeit. »Schäbig. Er war eine schäbige Kreatur.«

»Ja. Sogar sein Haar war dünn und spärlich.«

»Ich habe es nicht äußerlich gemeint.«

»Das weiß ich.«

»Alles, was er tat, war schäbig. Nicht nur seine Geldgier, der ganze Mensch war schäbig. Nicht wahr?«

»Ja. Dr. Gairdner hätte in seinem Fall keinerlei Schwierigkeiten gehabt, Handlungsweise und Charakter in Übereinstimmung zu bringen. Wie kommen Sie denn mit dem Doktor voran?«

»Ein faszinierendes Buch. Wenn Gottes unendliche Güte es nicht verhindert hätte, dann, glaube ich, wäre der ehrenwerte Doktor ein erfolgreicher Verbrecher geworden.«

»Weil er mogelte?«

»Weil er nicht mogelte. Er war grundehrlich. Er konnte einfach nicht von B auf C schließen.«

»Schön. Ich will's Ihnen abkaufen.«

»Jeder Mensch kann von A auf B schließen – selbst ein Kind. Und die meisten Erwachsenen können von B auf C schließen, aber viele können es nicht. Die meisten Verbrecher können es nicht. Ob Sie es mir glauben oder nicht – ich weiß, das ist eine furchtbare Enttäuschung, denn die breite Öffentlichkeit sieht im Verbrecher eine blendende und gerissene Erscheinung –, der Verbrecher ist im Grunde meist töricht. Sie können sich gar nicht vorstellen, wie töricht er manchmal ist. Man muß sich selbst davon überzeugt haben, wie sehr es ihm an Vernunft fehlt, um es auch wirklich zu glauben. Er kommt von A bis zu B, ist aber vollkommen unfähig, den Sprung nach C hinüber zu machen. Der Verbrecher kann zwei völlig unvereinbare Dinge vor sich haben und nach beiden ohne Zögern greifen. Er will einfach nicht verstehen, daß er sie nicht beide haben kann. Er ist wie ein Mensch, der keinen Geschmack hat und einfach nicht begreift, daß gefälschte Antiquitäten ein Unding sind. Haben Sie schon mit Ihrem Buch begonnen?«

»Nun – ich habe Ansätze dazu gemacht. Ich weiß, wie ich es schreiben möchte. Ich meine, ich bin mir über die Form klargeworden. Hoffentlich haben Sie nichts dagegen.«

»Weshalb sollte ich etwas dagegen haben?«

»Ich möchte alles so schreiben, wie es sich zugetragen hat. Daß ich zu Ihnen zu Besuch kam und daß wir diese Richard-Geschichte ganz zufällig und ohne zu wissen, wohin sie uns führen würde, begonnen haben und daß wir uns nur an Tatsachen und nicht an nachträgliche Berichte hielten. Und daß wir nach dem Bruch in der Geschichte suchten, der uns zeigen sollte, wo der Wurm saß. Und so weiter.«

»Das finde ich großartig.«

»Wirklich?«

»Ja, wirklich.«

»Na, dann fällt mir ein Stein vom Herzen. Dann werde ich weitermachen. Ich werde mich noch ein wenig mit Heinrich beschäftigen, nur so zur Verzierung. Ich hätte gern die beiden Leben, so wie sie wirklich waren, nebeneinandergestellt, damit die Menschen sich selbst ein Urteil bilden können. Wußten Sie, daß Heinrich die Sternkammer ins Leben rief?«

»War das Heinrich? Das hatte ich ganz vergessen. Das klassische Beispiel für Tyrannei. Sie werden keinerlei Schwierigkeit haben, die gegnerischen Porträts gegeneinander abzugrenzen! Ein hübscher Kontrast: hier die Sternkammer, da das Verbot, Geschworene einzuschüchtern und zu beeinflussen.«

»Hat das Richards Parlament verboten? Du meine Güte, was ich alles noch lesen muß. Atlanta spricht nicht mehr mit mir, sie haßt Sie wie die Pest. Sie sagt, sie könne mit mir ebensowenig anfangen wie mit einem Modejournal aus dem vergangenen Jahr. Und dabei bin ich doch zum erstenmal in meinem Leben etwas wirklich Aufregendem begegnet, Mr. Grant. Etwas Wichtigem, meine ich. Nicht aufregend, was man so ›aufregend‹ nennt. Atlanta ist aufregend. Mehr Aufregung brauche ich gar nicht. Aber unter wichtig verstehe ich etwas anderes – Sie werden schon wissen, was ich meine.«

»Ja, ich verstehe. Sie haben etwas gefunden, um das es sich lohnt.«

»Das ist es. Ich habe etwas gefunden, was der Mühe wert ist. Und ich werde mir diese Mühe machen. Das ist das Herrliche daran. Ich, der kleine Carradine. Ich bin mit Atlanta hierhergekommen und hatte keine Ahnung, was ich tun sollte, außer daß ich diese Studienarbeit als Alibi brauchte. Ich gehe ins B.M., um mir was zu suchen, was ich Papa vor die Nase halten kann, und mit einer großen Aufgabe komme ich wieder heraus. Ist das nicht umwerfend?« Er sah Grant fragend an.

»Mr. Grant, sind Sie ganz sicher, daß Sie das Buch nicht selbst schreiben wollen? Schließlich ist das eine tolle Sache.«

»Ich werde nie ein Buch schreiben«, sagte Grant im Brustton der Überzeugung. »Nicht mal ›Meine zwanzig Jahre in Scotland Yard‹.«

»Was, nicht mal Ihre Autobiographie?«

»Nicht mal meine Autobiographie. Es ist meine feste Überzeugung, daß viel zuviel geschrieben wird.«

»Aber dieses Buch muß doch geschrieben werden«, sagte Carradine, ein wenig gekränkt.

»Natürlich. Dieses Buch muß geschrieben werden. Hören Sie, ich wollte Sie noch etwas fragen: Wann bekam Tyrrel nach dem zweifachen Pardon diese Stellung in Frankreich? Wie bald nach dem Dienst, den er Heinrich vermutlich im Juli 1486 geleistet hat, ist er Kommandant der Burg Guisnes geworden?«

Carradine sah nun nicht mehr gekränkt, sondern so maliziös aus, wie es seinem gutmütigen Lämmchengesicht möglich war.

»Auf diese Frage habe ich gewartet«, sagte er. »Ich hatte mir die Antwort darauf schon für einen rauschenden Abgang meines heutigen Auftritts bei Ihnen aufgespart, wenn Sie sie nicht gestellt hätten. Sie lautet: Beinahe unverzüglich.«

»So. Wieder ein passendes Steinchen im Mosaik. Ich frage mich nur, ob diese Befehlshaberstelle gerade zufällig frei war, oder ob es Frankreich sein mußte, weil Heinrich ihn nicht mehr in England haben wollte.«

»Ich wette, daß die Stelle frei war und daß es Tyrrel war, der England verlassen wollte. Wenn ich von Heinrich VII. regiert würde, dann würde ich es gewiß vorziehen, einen beträchtlichen Abstand zwischen ihn und mich zu legen. Insbesondere, wenn ich Heinrich einen heimlichen Dienst geleistet hätte, der in Heinrich vielleicht den Wunsch aufkommen lassen könnte, daß ich kein biblisches Alter erreichen solle.«

»Ja, vielleicht haben Sie recht. Er ging nicht nur ins Ausland, er blieb im Ausland – wie wir bereits festgestellt haben. Interessant.«

»Er war nicht der Einzige. Auch John Dighton blieb im Ausland. Ich konnte nicht feststellen, wer die Leute, die angeblich bei dem Mord mitgewirkt hatten, eigentlich waren. Jeder Tudor-Bericht lautet anders, wie Sie vermutlich wissen. Ja, die meisten sind völlig widersprechend. Heinrichs Lieblingshistoriker, Polydore Virgil, behauptet, die Tat sei geschehen, als Richard in York war. Dem geheiligten More zufolge wurde sie viel früher verübt, nämlich als Richard in Warwick war, und die Mittäter sind in jedem Bericht andere Leute. Es ist also schwierig, sie festzustellen. Ich weiß nicht, wer Will Slater war. Und ich kenne Miles Forest nicht. Es hat aber einen John Dighton gegeben. Grafton schreibt, daß er lange Zeit in Calais gelebt hat, ›verachtet und angegafft‹, und dort in großem Elend starb.«

»Wenn es Dighton schlecht ging, dann scheint er Heinrich keinen Dienst geleistet zu haben. Was war er von Beruf?«

»Nun, es ist immer noch die Frage, ob es sich um unseren John Dighton aus dem Tower handelt. Der, den ich entdeckt habe, war Priester und alles andere als arm. Er lebte sehr angenehm von den Einkünften einer Sinekure. Heinrich verlieh am 2. Mai 1487 einem gewissen John Dighton die Pfründe Fulbeck bei Grantham. Das liegt in Lincolnshire.«

»So, so«, sagte Grant. »1487. Und auch er lebt angenehm im Ausland?«

»Ja. Hübsch, was?«

»Bezaubernd. Und niemand schreibt, weshalb der so begaffte Dighton nicht am Schlawittchen gepackt und nach Hause gebracht wurde, um wegen Königsmordes zu baumeln?«

»Nein. Nichts dergleichen. Die Tudor-Historiker konnten auch nicht von B auf C schließen.«

Grant lachte. »Wie ich sehe, lernen Sie dazu.«

»Klar. Ich lerne nicht nur Geschichte. Ich sitze zu Füßen von Scotland Yard und lausche einem Kolleg über den menschlichen Verstand. So, das wäre für heute alles. Wenn Sie sich dazu kräftig genug fühlen, werde ich Ihnen das nächstemal die beiden ersten Kapitel meines Buches vorlesen.« Er schwieg und sagte dann: »Mr. Grant, hätten Sie etwas dagegen, wenn ich es Ihnen widmen würde?«

»Ich glaube, Sie sollten es lieber Carradine III. widmen«. sagte Grant leichthin.

Aber Carradine schien die Sache sehr ernst zu nehmen.

»Ich benutze eine Widmung nicht zum Einseifen«, sagte er, ein wenig reserviert.

»Oh, ans Einseifen dachte ich nicht«, versicherte Grant eilig. »Ich dachte, es sei vielleicht diplomatisch.«

»Ohne Sie, Mr. Grant, hätte ich dieses Buch doch nie begonnen«, sagte Carradine, der sehr förmlich und bewegt und amerikanisch in seinem wallenden Mantel mitten im Zimmer stand. »Und ich möchte in aller Form dem danken, dem ich Dank schuldig bin.«

»Ich wäre natürlich entzückt«, murmelte Grant. Worauf die königliche Erscheinung sich wieder entspannte und zum lockigen Lämmchen wurde, und der peinliche Moment war vorüber. Vergnügt und beschwingt, wie er gekommen war, verschwand Carradine, der seit seinem ersten Auftreten vor drei Wochen dreißig Pfund an Gewicht und dreißig Zentimeter an Brustumfang zugenommen zu haben schien.

Und Grant starrte die gegenüberliegende Wand an und zerbrach sich den Kopf über die neuesten Erkenntnisse, mit denen er gerade vertraut gemacht worden war.

XVI

Man hatte sie aus der Welt verbannt, die tugendhafte Schöne mit dem Goldhaar.

Weshalb eigentlich Gold, überlegte er zum erstenmal. Wahrscheinlich silberblond. Sie hatte ganz helle Farben gehabt. Schade, daß das Wort Blondine im Lauf der Zeit derart mißbraucht worden war, daß es heute fast schon einen Beigeschmack hatte.

Bis ans Ende ihrer Tage hatte sie eingesperrt hinter Mauern gelebt, wo sie für alle unschädlich war. Aufregung und Unruhe hatten sie ihr Leben lang umzittert. Ihre Ehe mit Eduard hatte England erschüttert. Sie war der unschuldige Anlaß von Warwicks Ruin gewesen. Ihre Güte gegenüber ihrer Familie hatte eine neue Partei in England ins Leben gerufen und Richard die friedliche Thronfolge verwehrt. Bei jener kleinen Feier im tiefsten Northamptonshire, die sie zu Eduards Gemahlin machte, war der Same zu Bosworth gelegt worden. Aber niemand schien ihr gegrollt zu haben. Sogar Richard hatte sie die Ungeheuerlichkeiten ihrer Verwandtschaft nicht entgelten lassen. Niemand war ihr böse – bis Heinrich kam.

Sie war auf Nimmerwiedersehen verschwunden. Elisabeth Woodville. Die Königinwitwe, die Mutter der Königin von England. Die Mutter der Prinzen im Tower, die unter Richard III. unbehelligt und glanzvoll gelebt hatte.

Das war doch ein häßlicher Bruch im Gesamtbild.

Er ließ nun alle privaten Tragödien auf sich beruhen und fing an, wie ein Polizist zu denken. Es war Zeit, daß er seinen Fall klärte. Daß er ihn klipp und klar vorbrachte. Das würde dem Jungen bei seinem Buch helfen und vor allem Ordnung in seine eigenen Gedanken bringen. Er wollte es schwarz auf weiß niederschreiben, um es vor Augen zu haben.

Er nahm seinen Schreibblock und seinen Füllfederhalter und schrieb:

Zu Bearbeitender Fall: Verschwinden zweier Knaben (Eduard, Prinz von Wales; Richard, Herzog von York) aus dem Tower von London. Um 1485.

Er überlegte, ob es besser sei, die beiden Verdächtigen nebeneinander oder nacheinander aufzuführen. Vielleicht war es besser, zuerst Richard vorzunehmen. Er machte also eine neue Überschrift und begann dann sein Resumé:

Richard III.

Vorleben:

Gut. Hat vorzüglichen Leumund im öffentlichen Dienst und guten Ruf im Privatleben. Hervorstechendster Zug, wie durch seine Handlungen bewiesen: Vernunft.

Im Zusammenhang mit dem vorgeblichen Verbrechen:

a) Kein Nutznießer. Es gab neun weitere Anwärter des Hauses York, darunter drei männliche.

b) Es gibt keine zeitgenössische Anklage.

c) Die Mutter der Knaben steht bis zu seinem Tod weiterhin mit ihm auf freundschaftlichem Fuß, ihre Töchter nehmen an Festlichkeiten im Schloß teil.

d) Er zeigte keine Furcht vor den übrigen Erben des Hauses York, gewährte ihnen großzügig standesgemäßen Unterhalt und königlichen Status.

e) Sein persönlicher Anspruch auf die Krone war unbestreitbar, durch Parlamentsbeschluß und öffentliche Anerkennung gebilligt. Die Knaben waren von der Thronfolge ausgeschlossen und daher keine Gefahr für ihn.

f) Hätte er eine Absetzung befürchten müssen, so wären nicht die beiden Knaben zu beseitigen gewesen, sondern die Person, die tatsächlich in der Thronfolge nach ihm kam: der junge Warwick. Den er öffentlich zu seinem Nachfolger bestimmte, als sein eigener Sohn starb.

Heinrich VII.

Vorleben:

Ein Abenteurer, der an ausländischen Höfen lebt. Sohn einer ehrgeizigen Mutter. Nichts Gegenteiliges über sein Privatleben bekannt. Kein öffentliches Amt, keine Anstellung. Hervorstechendster Zug, wie durch seine Handlungen bewiesen: Geschmeidigkeit.

Im Zusammenhang mit dem vorgeblichen Verbrechen:

a) Es war für ihn von größter Bedeutung, daß die Knaben aus dem Leben schieden. Indem er das Gesetz, das die Illegitimität der Kinder bestätigte, widerrief, machte er den älteren Knaben zum König von England und dessen jüngeren Bruder zum Thronfolger.

b) In der Anklage, die er vor dem Parlament gegen Richard erhob, um dessen Ächtung zu bewirken, beschuldigte er Richard in Bausch und Bogen der Tyrannei und Grausamkeit, ohne jedoch die beiden kleinen Prinzen zu erwähnen. Daraus muß unweigerlich geschlossen werden, daß zu diesem Zeitpunkt beide Knaben lebten und daß ihr Aufenthaltsort bekannt war.

c) Die Mutter der Knaben wurde ihrer Einkünfte beraubt und achtzehn Monate nach Heinrichs Thronbesteigung in ein Kloster verbannt.

d) Er unternahm sofort Schritte, um aller Personen, die als Thronanwärter in Frage kamen, habhaft zu werden. Diese Personen hielt er in strengem Gewahrsam, bis er sie möglichst unauffällig beseitigen konnte.

e) Er hatte keinerlei Anrecht auf den Thron. Seit Richards Tod war der junge Warwick *de jure* König von England.

Während Grant das niederschrieb, kam ihm zum erstenmal der Gedanke, daß es ja in Richards Macht gestanden hätte, seinen Bastardsohn John zu legitimieren und ihn der Nation aufzuzwingen. Es gab genügend Präzedenzfälle, die eine solche Handlung gerechtfertigt hätten. Schließlich stammte die ganze Beaufort-Sippe, einschließlich Heinrichs Mutter, nicht nur aus einer illegitimen Verbindung, sondern aus einem doppelten Ehebruch. Nichts hätte Richard hindern können, jenen »lebhaften und wohlgeratenen« Knaben zu legitimieren. Daß eine solche Handlungsweise ihm offenkundig nicht in den Sinn gekommen war, ließ bemerkenswerte Rückschlüsse zu. Sogar im Augenblick tiefster Niedergeschlagenheit und größten persönlichen Kummers war die Vernunft seine hervorstechendste Eigenschaft geblieben. Vernunft und Familiensinn. Kein niedrig geborener Sohn, wie lebhaft und wohlgeraten er auch immer sein mochte, sollte auf dem Thron der Plantagenets sitzen, solange seines Bruders Sohn diesen noch einnehmen konnte.

Es war auffallend, wie deutlich dieses Familiengefühl in Richards ganzem Leben sich zeigte, von Cicelys Reisen als Begleiterin ihres Gemahls bis zur freiwilligen Anerkennung seines Neffen als seines Nachfolgers.

Und zum erstenmal wurde Grant sich voll bewußt, wie stark dieser Familiensinn für Richards Unschuld sprach. Die Knaben, die er angeblich beiseite geschafft hatte, waren Eduards Söhne. Kinder, die er persönlich und sehr gut gekannt haben mußte. Für Heinrich jedoch waren sie nichts als Symbole. Hindernisse auf seinem Weg. Vielleicht hatte er sie nie mit eigenen Augen gesehen. Wenn man alle charakterlichen Aspekte ausschaltete, dann konnte man den Verdächtigen nahezu ausschließlich an dieser Tatsache herausfinden.

Es war ein wunderbares Gefühl, den Kopf freizubekommen und alles fein säuberlich als a), b) und c) auf einem Stück Papier vor sich zu haben. Es war Grant bisher noch nicht aufgefallen, wie überaus verdächtig Heinrich bezüglich des Titulus Regius gehandelt hatte. Wenn Richards Anspruch, wie Heinrich behauptete, lächerlich war, dann wäre es doch das vernünftigste gewesen, dieses Gesetz öffentlich noch einmal zu verlesen und zu beweisen, wie falsch es war. Aber nichts dergleichen war geschehen. Heinrich machte sich eine unglaubliche Mühe, um selbst die Erinnerung daran zu tilgen. So konnte man schließen, daß Richards Anspruch auf die Krone, wie durch den Titulus Regius bewiesen, unanfechtbar war.

XVII

Als Carradine am Nachmittag wieder ins Krankenhaus kam, war Grant vom Fenster bis zum Bett und wieder zurückgegangen, und darüber war er so ausgelassen vor Freude, daß die Zwergin sich bemüßigt gefühlt hatte, ihn daran zu erinnern, daß auch ein Kind von achtzehn Monaten dazu in der Lage sei. Aber heute konnte nichts Grants Stimmung trüben.

»Sie haben wohl geglaubt, daß Sie mich monatelang hier festhalten könnten, was?« krähte er.

»Wir sind sehr froh darüber, daß Sie sich so rasch erholt haben«, sagte sie streng und fügte hinzu: »Wir sind natürlich auch sehr froh darüber, daß Ihr Bett frei wird.«

Und damit entfernte sie sich auf ihren Stöckelabsätzen, ganz blonde Löckchen und Stärke.

Grant streckte sich auf seinem Bett aus und betrachtete seine kleine Gefängniszelle beinahe wohlwollend. Weder ein Mann, der den Pol erreicht, noch ein Mann, der den Gipfel des Everest erklommen hat, kostet das Triumphgefühl eines Mannes, der nach wochenlanger Bettlägerigkeit und Niedergeschlagenheit zum erstenmal wieder an einem Fenster steht. Jedenfalls war das Grants Eindruck.

Morgen würde er nach Hause gehen. Nach Hause, um sich von Mrs. Tinker tyrannisieren zu lassen. Er würde zwar den halben Tag im Bett verbringen müssen und konnte sich vorläufig auch nur mit Hilfe von Krücken bewegen, aber er war wieder Herr seiner selbst. Nicht mehr willenlos anderen ausgeliefert. Nicht mehr bevormundet von einem ach so tüchtigen Däumling, nicht mehr der Betulichkeit überdimensionalen Wohlwollens ausgesetzt. Eine unbeschreiblich schöne Aussicht.

Er hatte Sergeant Williams bereits mit einem Halleluja empfangen, als dieser sich, wieder aus Essex zurück, nach seinem Befinden erkundigte. Nun sehnte er Marta herbei, damit er sich in seiner wiedergefundenen Männlichkeit vor ihr brüsten konnte.

»Wie sind Sie mit den Geschichtsbüchern zu Rande gekommen?« hatte ihn Williams gefragt.

»Ganz erstklassig. Ich bin ihnen auf die Schliche gekommen. Sie stimmen alle nicht.«

Williams hatte gegrinst. »Ich glaube, das ist gesetzlich verboten«, sagte er. »Hochverrat oder Majestätsbeleidigung oder so ähnlich heißt das dann. Heutzutage kann man nie wissen. An Ihrer Stelle wäre ich vorsichtig.«

»Ich werde nie mehr ein Wort von dem glauben, was in einem Geschichtsbuch steht. Solange ich lebe, und so wahr mir Gott helfe.«

»Sie dürfen aber das Kind nicht mit dem Bad ausschütten«, meinte Williams in seiner vernünftigen, nüchternen Art. »Königin Viktoria war in Ordnung, und ich glaube, daß Julius Cäsar wirklich in Britannien eingefallen ist. Und dann gab es 1066.«

»An 1066 beginne ich ernstlich zu zweifeln. Wie ich sehe, sind Sie mit der Essex-Sache fertig. Was macht denn Chummy?«

»Ein ausgekochter kleiner Mistkäfer. Dem ist es sein Leben lang zu gut gegangen. Seit er anfing, im Alter von neun Jahren seiner Mama das Kleingeld zu klauen. Hätte man den mit zwölf Jahren ordentlich versohlt, dann hätte ihm das vielleicht das Leben gerettet. Nun wird er baumeln, noch ehe die Mandeln blühn. Diesmal kommt der Frühling zeitig. In den letzten Tagen habe ich jeden Abend im Garten gearbeitet. Die Tage werden schon länger. Sie werden auch froh sein, wenn Sie wieder frische Luft schnuppern können.« Und damit ging er, rosig, gesund und ausbalanciert, wie es sich für einen Mann geziemt, der zu seinem eigenen Wohl in der Jugend versohlt worden ist.

Und Grant sehnte sich nach einem neuen Besucher aus der Außenwelt, an der er schon so bald wieder teilhaben sollte. Er war entzückt, als er das vertraute zögernde Klopfen an seiner Tür hörte.

»Kommen Sie 'rein, Brent!« rief er fröhlich.

Und Brent kam herein.

Aber es war nicht der Brent, der sich das letztemal von ihm verabschiedet hatte.

Verschwunden war die triumphierende Stimmung, verschwunden der neugewonnene Brustumfang.

Das war nicht mehr Carradine, der Pionier, Carradine, der temperamentvolle Pfadfinder im Dschungel der Geschichtswissenschaft.

Das war nur noch ein magerer Junge in einem sehr langen, sehr weiten Mantel. Er wirkte knabenhaft, entsetzt und gebrochen.

Grant musterte ihn bestürzt, als er mit müden, schleppenden Schritten auf ihn zukam. Heute lugte kein Bündel Aufzeichungen aus seiner Riesentasche.

Na schön, dachte Grant philosophisch. Es war hübsch und unterhaltsam, solange es eben gedauert hat. Irgendwo mußte ja schließlich ein Haken sein. Auf diese frivole dilettantische Art konnte man eben keine ernsthafte Forschungsarbeit verrichten und auch noch Beweise erbringen. Man erwartete ja auch nicht von einem Amateurdetektiv, daß er in Scotland Yard zur Tür hereinkam, um einen Fall zu klären, an dem die Berufskriminalisten sich die Zähne ausgebissen hatten. Weshalb sollte ausgerechnet er schlauer sein als die Historiker? Eigentlich hatte er nur vor sich selbst beweisen wollen, daß er das Porträt richtig hatte deuten können. Er hatte die Schande tilgen wollen, daß er den Verbrecher auf dem Richterstuhl, statt auf der Anklagebank vermutet hatte. Nun aber mußte er seinen

Irrtum erkennen und dafür einstehen. Geschah ihm vermutlich ganz recht. Vielleicht war ihm seine Begabung fürs Gesichterlesen allmählich zu Kopf gestiegen.

»Tag, Mr. Grant.«

»Tag, Brent.«

Für den Jungen war es eigentlich viel schlimmer. In seinem Alter glaubte man noch an Wunder. In seinem Alter war man immer noch überrascht, wenn ein Luftballon platzte.

»Sie blicken ein bißchen betrübt drein«, sagte er heiter zu Brent. »Ist was schiefgegangen?«

»Alles.«

Carradine setzte sich auf den Stuhl und blickte aus dem Fenster. »Machen diese verdammten Spatzen Sie nicht verrückt?« fragte er irritiert.

»Was ist denn schiefgegangen? Haben Sie herausgefunden, daß man doch vor Richards Tod über die kleinen Prinzen gemunkelt hat?«

»Ach, viel schlimmer.«

»Oh! Ist es was Gedrucktes? Ein Brief?«

»Nein, nichts dergleichen. Es ist etwas viel Schlimmeres. Etwas – Fundamentales. Ich weiß nicht, wie ich es Ihnen sagen soll.« Er blickte finster auf die zankenden Sperlinge. »Diese verdammten Vögel. Ich werde das Buch nun nie, nie, nie mehr schreiben, Mr. Grant.«

»Weshalb nicht, Brent?«

»Weil es niemandem etwas Neues sagen wird. Diese Sachen sind längst bekannt.«

»Was ist längst bekannt?«

»Daß Richard die Knaben überhaupt nicht getötet hat und so weiter.«

»Das weiß man? Seit wann denn?«

»Ach, seit Hunderten von Jahren.«

»Na, nun reiß dich mal zusammen, Freund. Die Sache ist ja erst vor vierhundert Jahren passiert.«

»Weiß ich. Aber das ändert nichts dran. Die Leute wissen von Richards Unschuld seit Hunderten und Hunderten –«

»Hören Sie jetzt bitte mit dem Unsinn auf und reden Sie vernünftig. Wann fing man mit dieser – dieser Rehabilitierung zum erstenmal an?«

»Wann sie anfing? Im erstmöglichen Moment.«

»Und der war?«

»Als die Tudors fort waren und man wieder reden konnte.«

»Zur Zeit der Stuarts?«

»Ja. Ich glaube – ja. Ein Mann namens Buck schrieb im 17. Jahrhundert eine Rechtfertigung, und Horace Walpole eine im 18. Jahrhundert, und ein gewisser Markham eine im 19. Jahrhundert.«

»Und im 20. Jahrhundert?«

»Ist mir nichts bekannt.«

»Und weshalb sollten Sie es dann nicht tun?«

»Aber verstehen Sie denn nicht, daß das dann nicht mehr dasselbe ist? Das ist doch keine große Entdeckung mehr!« Das Wort »Entdeckung« schien riesengroße Buchstaben zu haben.

Grant lächelte. »Aber, aber! Die großen Entdeckungen liegen nicht am Straßenrand und warten darauf, von Ihnen aufgehoben zu werden. Wenn Sie schon kein Pionier sein können, warum führen Sie dann keinen Kreuzzug?«

»Einen Kreuzzug?«

»Aber sicher.«

»Gegen was denn?«

»Gegen verlogene Geschichtsschreibung.«

Die Erstarrung auf dem Gesicht des Jungen wich plötzlich einem Schmunzeln, als habe er eben einen Witz begriffen.

»Wenn seit dreihundertfünfzig Jahren Leute darauf

hingewiesen haben«, fuhr Grant fort, »daß Richard seine Neffen nicht ermordet hat, und wenn ein Schullehrbuch noch heute kommentarlos mit dürren Worten behauptet, er habe es doch getan, dann finde ich es höchste Zeit, daß Sie sich an die Arbeit machen.«

»Aber was kann denn ich ausrichten, wenn Leute wie Walpole nicht gehört werden?«

»Denken Sie nur an den steten Tropfen, der den Stein höhlt.«

»Mister Grant, im Augenblick habe ich aber das Gefühl, als ob es bei mir nur sehr spärlich tröpfelte.«

»Ja, so sehen Sie auch aus. So was von Selbstbemitleidung ist mir noch nicht vorgekommen. Mit dem Gesicht können Sie die britische Öffentlichkeit nicht wachrütteln. Sie haben ohnehin einen sehr schwachen Stand.«

»Meinen Sie, weil ich noch nie ein Buch geschrieben habe?«

»Nein, das macht überhaupt nichts. Bei den meisten Autoren sind die ersten Bücher die besten. Das sind nämlich die, die sie wirklich schreiben wollten. Nein, ich meinte, daß alle Leute, die seit ihrer Schulzeit kein Geschichtsbuch mehr in die Hand genommen haben, jetzt auf einmal glauben werden, ihren Senf zu Ihrem Buch geben zu müssen. Man wird Sie bezichtigen, Richard reinzuwaschen. Reinwaschen hat eine geringschätzige Bedeutung, die das Wort ›Rehabilitierung‹ nicht hat, und deshalb wird man hier von Reinwaschen sprechen. Einige wenige werden im Lexikon nachblättern und sich dann für berufen halten, in der Angelegenheit noch ein wenig weiterzugehen. Und diese Leute werden Sie nicht nur heruntermachen, sie werden Sie in der Luft zerpflücken. Und die ernsthaften Historiker werden Sie einfach links liegenlassen.«

»Bei Gott, die werde ich zwingen, mir Beachtung zu schenken!« sagte Carradine.

Liebe Leserin, lieber Leser,

wir sind sehr daran interessiert, unser Buchprogramm im Zusammenwirken mit unserem Publikum weiterzuentwickeln. Deshalb würden wir gerne Ihre Meinung zu dem Buch, dem Sie diese Karte entnommen haben, erfahren. Dürfen wir Sie bitten, folgende Fragen zu beantworten? Vielen Dank.

1) Aus welchem Buch haben Sie diese Karte entnommen?

____

2) Hat Ihnen das Buch gefallen? Wenn ja, warum? Wenn nein, warum nicht?

____

____

____

____

3) Kannten Sie unseren Verlag schon vor dem Kauf dieses Buches? ☐ ja ☐ nein

4) Sind Sie an weiteren Informationen über unsere Bücher und den mit uns kooperierenden Verlagen interessiert? Bitte kreuzen Sie an: ☐ ja ☐ nein

5) Welche Themenkreise interessieren Sie besonders?

☐ Gestaltung und Typographie ☐ Buchkunst ☐ Kunstgeschichte ☐ Allgemeine Belletristik
☐ Sachbücher und Exzentrik ☐ Reisebücher ☐ Kriminalliteratur

PS: Bitte vergessen Sie nicht Ihre Adresse auf der Vorderseite. Herzlichen Dank.
Rio Verlag und Elster Verlag

Absender:

Name: ______

Vorname: ______

Straße: ______

Ort: ______

Unterschrift: ______

Datum: ______

Postkarte bitte frankieren

Postkarte

RIO VERLAG / ELSTER VERLAG
Klosbachstraße 144

CH–8032 Zürich

»So ist es recht! Das ist schon eher der Geist, mit dem man Weltreiche schafft. Hatten Sie mit Ihrem Buch schon angefangen, als Sie draufkamen, daß das Thema nicht mehr so originell ist?«

»Ja, ich hatte zwei Kapitel geschrieben.«

»Und was haben Sie damit gemacht? Sie haben sie weggeschmissen, als Sie der furchtbare Schlag traf. Stimmt doch?«

»Nein, aber ich hätte es fast getan. Beinahe hätte ich sie in den Kamin geworfen.«

»Und was hielt Sie davon ab?«

»Es war ein elektrischer Kamin.« Carradine streckte seine langen Beine gemütlich von sich und fing zu lachen an. »Bruderherz, ich fühle mich schon wieder besser. Ich kann es kaum mehr abwarten, der britischen Öffentlichkeit ein paar Binsenwahrheiten an den Kopf zu werfen. Carradine I. fiebert in meinem Blut.«

»Scheint mir ein sehr virulentes Fieber zu sein.«

»Er war der rücksichtsloseste alte Gauner, der jemals Bäume fällte. Als Holzknecht hat er angefangen, und mit einem Renaissanceschloß, zwei Jachten und einem Salonwagen hat er aufgehört. Ich meine, mit einem Sonderzug. Der hatte grüne Seidenvorhänge mit Quasten, und die Intarsien in den Abteilen müssen Sie einfach gesehen haben. Toll, sag ich Ihnen. Man hat allgemein geglaubt, das Carradine-Blut sei träge geworden. Vor allem Carradine III. hat es geglaubt. Aber ich fühle mich im Augenblick ganz Carradine I. Ich weiß genau, wie dem alten Knaben ums Herz war, wenn er einen bestimmten Wald kaufen wollte und jemand ihm sagte, er könne ihn nicht haben. Bruderherz, Ihr werdet noch was erleben.«

»Das ist aber hübsch«, sagte Grant milde. »Ich hatte mich schon so auf die Widmung gefreut.« Er nahm seinen Schreibblock vom Nachttisch und reichte ihn Brent.

»Ich habe hier eine polizeiliche Aufstellung gemacht. Vielleicht hilft sie Ihnen weiter?«

Carradine nahm sie und betrachtete sie mit gebührender Ehrfurcht.

»Sie können das Blatt abreißen und mitnehmen. Ich brauche es nicht mehr.«

»Wahrscheinlich werden Sie in ein, zwei Wochen schon wieder mit einer richtigen Untersuchung so beschäftigt sein, daß Sie sich nicht mehr mit einer – einer akademischen befassen können«, sagte Carradine ein wenig traurig.

»Ich werde nie wieder eine Untersuchung so genießen, wie ich diese genossen habe«, sagte Grant wahrheitsgemäß. Er warf einen Blick auf das Porträt, das noch immer an den Büchern lehnte. »Als Sie so betrübt hereinkamen und ich glauben mußte, alles sei zusammengebrochen, da war ich viel niedergeschmetterter, als Sie sich vorstellen können.« Er betrachtete wieder das Porträt und sagte: »Marta findet, er sei ein wenig wie Lorenzo il Magnifico. Martas Freund James meint, es sei das Gesicht eines Heiligen. Mein Chirurg meint, es sei das Gesicht eines Krüppels. Sergeant Williams findet, der sehe aus wie ein bedeutender Richter. Ich glaube, die Oberin kommt der Wahrheit am nächsten.«

»Was meint sie denn?«

»Sie sagt, in diesem Gesicht spiegle sich grauenhaftes Leid.«

»Ja, ja. Ich glaube, sie hat recht. Und kann das einen nach all dem, was wir wissen, noch verwundern?«

»Nein, nein. Es ist ihm kaum etwas erspart geblieben. Die beiden letzten Jahre seines Lebens müssen für ihn schrecklich gewesen sein. Alles war so glatt gegangen. England war endlich wieder einen geraden Kurs gesteuert. Man fing an, den Bürgerkrieg zu vergessen. Eine gute, gefestigte Regierung wahrte den Frieden, und ein aufblühender Handel sicherte den Wohlstand. Und in zwei kurzen Jahren dann – seine Frau tot, sein Sohn tot, und er selbst um den Frieden gebracht.«

»Aber etwas ist ihm erspart geblieben.«

»Was?«

»Das Wissen, daß sein Name jahrhundertelang ein Schimpfwort und der Inbegriff des Bösen werden sollte.«

»Ja. Das hätte ihm den letzten Stoß versetzt. Wissen Sie, was mir der ausschlaggebende Beweis für Richards Unschuld an jener thronräuberischen Absicht zu sein scheint?«

»Nein. Was denn?«

»Die Tatsache, daß er jene Truppen aus dem Norden hat kommen lassen müssen, als Stillington mit seiner Geschichte herausrückte. Hätte er auch nur geahnt, was Stillington zu sagen hatte, oder hätte er mit Stillingtons Hilfe eine Lügengeschichte auftischen wollen, dann hätte er diese Truppen bereits mitgebracht. Wenn schon nicht nach London, dann in die Home Counties, wo sie greifbar gewesen wären. Die Tatsache, daß er erst York und dann seine Nevill-Vettern so dringend um Soldaten bat, ist der Beweis dafür, daß Stillingtons Geständnis ihn völlig unvorbereitet traf.«

»Ja. Er kam mit seinem Gefolge in der Erwartung, die Regentschaft zu übernehmen. In Northampton erfuhr er dann, daß die Woodvilles Schwierigkeiten machten. Aber das hat ihn nicht weiter aufgeregt. Er hat die zweitausend Mann der Woodvilles mit der linken Hand erledigt und begab sich nach London, als sei nichts geschehen. Noch erwartete er nichts anderes als eine völlig normale Krönung. Erst als Stillington vor dem Rat gestand, ließ er eigene Soldaten kommen. Und er mußte in diesem kritischen Augenblick seine Bitte bis in den Norden Englands schicken. Ja, natürlich haben Sie recht. Er war ahnungslos.« Brent schob nachdenklich sein Brillengestell mit dem Zeigefinger hoch und brachte nun seine Theorie vor. »Wissen Sie, was mich von Heinrichs Schuld überzeugt hat?«

»Was?«

»Das Geheimnis.«

»Geheimnis?«

»Das Geheimnisvolle. Die Geheimnistuerei, das Versteckspielen.«

»Weil diese Geheimniskrämerei nicht ins Bild paßt?«

»Nein, nein. Viel einfacher. Verstehen Sie doch: Richard hatte gar kein Geheimnis nötig. Aber für Heinrich hing alles davon ab, daß das Ende der Knaben rätselhaft war. Niemand hat diese Geheimnistuerei je begriffen, die ja auf Richards Konto hätte gehen müssen. Er konnte doch nicht so irrsinnig sein und annehmen, daß man ihm ein so rätselhaftes Verhalten abkaufen würde. Früher oder später hätte er Rechenschaft über den Verbleib der kleinen Prinzen geben müssen. Er war etwa dreißig Jahre alt und mußte mit einer langen Regierungszeit rechnen. Kein Mensch hat sich je erklären können, weshalb er einen so umständlichen und gefährlichen Weg wählte, wo sich doch viel einfachere Methoden anboten. Er hätte die Knaben nur ersticken lassen und sie dann öffentlich aufbahren müssen, und ganz London wäre weinend an den beiden kleinen Geschöpfen vorbeidefiliert und hätte beklagt, daß sie so jung vom Fieber hinweggerafft wurden. Und das wäre auch die Methode gewesen, die er angewandt hätte. Du liebe Güte! Der einzige Sinn, den die Ermordung der Knaben für Richard gehabt hätte, wäre der gewesen, einen Aufstand zu ihren Gunsten zu verhindern. Und dazu hätte man ihren Tod ausposaunen müssen, und zwar so rasch wie möglich. Der Mord hätte nur einen Sinn gehabt, wenn das Volk sofort erfahren hätte, daß die Knaben tot waren. Für Heinrich lagen die Dinge ganz anders. Heinrich mußte einen Weg finden, um sie in der Versenkung verschwinden zu lassen. Heinrich mußte ganz unauffällig vorgehen. Er mußte verschleiern, wann und wie sie gestorben waren. Für ihn kam es nur darauf an, daß keiner erfuhr, was eigentlich mit den Knaben geschehen war.«

»Das stimmt allerdings, Brent. Das stimmt«, sagte Grant, der über den Eifer des Jungen lächeln mußte. »Sie sollten bei uns im Yard arbeiten, Mister Carradine!«

Brent lachte.

»Ich werde mich an die Säuberung der Geschichtsbücher halten«, sagte er. »Ich wette, da gibt's noch eine ganze Menge Dinge, die wir nicht wissen. Ich wette, die Geschichtsbücher wimmeln nur so von Fehlern.«

»Da nehmen Sie mal gleich wieder Sir Cuthbert Oliphant mit.« Grant holte den dicken, ehrfurchtgebietenden Wälzer aus der Schublade. »Man sollte die Historiker zwingen, einen Kurs in Psychologie zu absolvieren, ehe sie mit dem Schreiben beginnen.«

»Pah! Das würde ihnen gar nichts helfen. Ein Mensch, der sich mit dem Innenleben anderer beschäftigt, schreibt keine Geschichtsbücher. Der schreibt Romane oder wird Psychiater oder Richter –«

»Oder Hochstapler.«

»Oder Hochstapler. Oder Wahrsager. Ein Mensch, der andere versteht, hat kein Bedürfnis, Geschichte zu schreiben. Geschichte ist wie Zinnsoldatenspiel.«

»Na, machen Sie einen Punkt! Sind Sie nicht ein bißchen zu streng? Das ist doch ein sehr gelehrtes –«

»Ach, so hab' ich es nicht gemeint. Ich meine, sie schieben kleine Figürchen auf einer glatten Fläche hin und her. Wenn man es sich genau überlegt, ist es beinahe wie Mathematik.«

»Wenn es Mathematik ist, dann haben die Historiker kein Recht, Hintertreppenklatsch abzuschreiben«, sagte Grant. Er war plötzlich ganz böse. Der Gedanke an den geheiligten More brachte ihn noch immer in Harnisch. Abschiednehmend blätterte er in dem dicken, respekteinflößenden Sir Cuthbert. Als er zu den letzten Seiten kam, blätterte er immer langsamer und hielt plötzlich inne.

»Komisch«, sagte er. »Wie bereitwillig sie doch einem Mann Mut auf dem Schlachtfeld zugestehen. Sie gehen alle den gleichen ausgetretenen Weg, und keiner überlegt sich, ob es wirklich der richtige ist. Ja, nicht einer von ihnen versäumt zu bemerken, daß er ihn eingeschlagen hat.«

»Diesen Tribut hat ihm der Feind gezollt«, erinnerte Carradine. »Die Überlieferung von Richards Heldenmut datiert von einer Ballade, die vom Gegner verfaßt wurde.«

»Ja. Von einem Gefolgsmann der Stanleys. ›Dann sprach ein Ritter zu König Richard.‹ Hier steht es irgendwo.« Grant blätterte, bis er die Stelle fand, nach der er suchte. »Es scheint der ›brave Sir William Harrington‹ gewesen zu sein, der Ritter nämlich. Hören Sie zu:

Kein Mensch kann ihren Schlägen wehren,
Verderblich ist der Stanleys Hieb.
(Diese verräterischen Bastarde!)
Ihr müßt wann anders wiederkehren.
Mich dünkt, Euch lacht heut' nicht der Sieg.
Nehmt Euer Roß, es steht bereit!
Ein andermal mögt Ihr die Schlacht gewinnen
Und Kron' und Thron und Herrlichkeit.
Und Ihr mögt Engelland erringen.
›Nein! Gebt die Axt mir in die Hand!
Setzt mir die Krone auf — vor allen!
Für den, der einst schuf Meer und Land,
Will ich als Englands König fallen.
Nie soll mein Fuß zur Flucht sich wenden,
Solang' ein Herz mir in der Brust!‹
Und so geschah's. So tat er enden.
Ein König, stolz und selbstbewußt.«

»Setzt mir die Krone auf!« sagte Carradine nachdenklich. »Das war die Krone, die man dann in einem Schlehdornbusch fand.«

»Ja. Wahrscheinlich hatte sie ein Leichenfledderer beiseite geschafft.«

»Ich habe sie mir immer als eine von diesen hohen Plüschdingern vorgestellt, mit denen auch Königin Elisabeth gekrönt wurde. Aber es scheint nur ein goldener Reif gewesen zu sein.«

»Ja. Man konnte ihn über dem Helm tragen.«

»Puh!« sagte Carradine mit plötzlichem Grausen. »An Heinrichs Stelle hätte ich mir diese Krone aber nicht gern aufgesetzt. Das wäre mir schrecklich gewesen!« Nach einer kleinen Pause fuhr er fort: »Wissen Sie, was die Stadt York über die Schlacht von Bosworth schrieb? Was in ihren Annalen verzeichnet steht?«

»Nein.«

»Sie schrieb: ›Heute ward unser guter König Richard schändlich erschlagen und ermordet, zum großen Schmerz dieser Stadt!‹«

Der Lärm der Sperlinge zerriß die Stille.

»Nicht gerade der Nachruf auf einen verhaßten Usurpator«, bemerkte Grant nach einiger Zeit sehr bitter.

»Nein«, sagte Carradine. »Nein. ›Zum größten Schmerz dieser Stadt‹«, wiederholte er langsam, jedes Wort auskostend. »Der Kummer war so groß, daß die Leute von York, obgleich ein neues Regime bevorstand und die Zukunft noch im dunkeln lag, ihre Auffassung, es sei Mord gewesen, und ihren Kummer darüber schwarz auf weiß in den Stadtannalen festhielten.«

»Vielleicht hatten sie gerade erfahren, wie schändlich man den Leichnam des Königs behandelt hatte. Vielleicht war ihnen noch übel.«

»Ja. Man stellt sich einen Mann, den man gekannt und bewundert hat, nicht gern nackt auf einem Pferd baumelnd vor.«

»Man stellt sich nicht einmal einen Feind gern so vor.

Aber Empfindsamkeit ist nicht die Eigenschaft, nach der man bei Heinrich oder Morton suchen darf.«

»Morton!« sagte Brent und spie das Wort aus, als habe es einen schlechten Geschmack. »Als Morton starb, weinte ihm keiner eine Träne nach, das dürfen Sie mir glauben. Wissen Sie, was der Chronist über ihn schrieb? Ich meine den Londoner. Er schrieb: ›Es gibt keinen Mann in unserer Zeit, der es ihm auf allen Gebieten gleichgetan hätte. Und dennoch brachte ihm das Volk dieses Landes großen Haß und Abscheu entgegen‹.«

Grant wandte sich wieder dem Porträt zu, das ihm so viele Tage und Nächte Gesellschaft geleistet hatte.

»Wissen Sie«, sagte er, »ich glaube, Morton war in diesem Kampf mit Richard III. der Verlierer. Trotz all seiner Erfolge und seinem Kardinalshut. Richard kam trotz seiner Niederlage und seines schmählichen Nachrufs besser weg. Zu seinen Lebzeiten wurde er geliebt.«

»Das ist kein schlechter Grabspruch«, sagte Carradine ernst.

»Nein. Gewiß nicht«, sagte Grant und klappte Oliphant endgültig zu. »Niemand kann sich einen besseren wünschen.« Er reichte das Buch seinem Eigentümer. »Nur wenige haben es soweit gebracht«, sagte er.

Als Carradine gegangen war, begann Grant die Gegenstände auf seinem Nachttisch zu ordnen. Er bereitete sich schon auf die Heimfahrt am nächsten Morgen vor. Die ungelesenen Moderomane wollte er der Krankenhausbücherei stiften, damit sie andere Herzen als das seine erfreuen sollten. Nur das Buch mit den Bergaufnahmen würde er behalten. Und er durfte auf keinen Fall vergessen, der Amazone die beiden Geschichtsbücher zurückzugeben. Er suchte sie heraus, damit er sie ihr geben konnte, wenn sie das Abendessen brachte. Und zum erstenmal seit dem Beginn seiner Suche nach der Wahrheit über Richard III. nahm er sich die Schulbuch-

Erzählung über dessen Schurkerei wieder vor. Da stand sie klipp und klar, schwarz auf weiß, die schandbare Geschichte. Ohne ein Wort des Zweifels, ohne eine Bemerkung, ohne Kommentar, ohne Frage.

Als er gerade das erzieherische Buch zuklappen wollte, fiel sein Auge auf die Anfänge der Regierungszeit Heinrichs VII., und er las: »Es gehörte zu den Grundsätzen der Tudor-Politik, sich aller Thronrivalen zu entledigen, insbesondere jener Erben des Hauses York, die beim Regierungsantritt Heinrichs VII. noch am Leben waren. Dieser Politik war Erfolg beschieden, wenngleich es Heinrich VIII. überlassen blieb, die letzten von ihnen auf die Seite zu schaffen.«

Er starrte auf diese nüchterne Erklärung. Diese selbstverständliche Hinnahme eines Massenmords. Diese schlichte Bestätigung einer Familienausrottung.

Man hatte Richard III. die Beseitigung seiner beiden Neffen zugeschrieben, und sein Name war durch diesen Mord der Inbegriff des Bösen schlechthin geworden. Heinrich VII. jedoch, zu dessen »Grundsätzen« es gehörte, eine ganze Familie auszurotten, galt als ein kluger und weitblickender Monarch. Vielleicht nicht als ein liebenswerter, aber doch als ein konstruktiver und gewissenhafter und im großen ganzen sehr erfolgreicher Monarch.

Grant gab es auf. Geschichte war etwas, was er nie verstehen würde.

Die Maßstäbe der Historiker waren so völlig verschieden von jedem anderen ihm bekannten Maßstab, daß er keine Möglichkeit sah, sich mit diesen Leuten jemals zu verständigen. Er wollte wieder nach Scotland Yard zurück, wo Mörder Mörder waren und wo es gleiches Recht für alle gab.

Er legte die beiden Bücher säuberlich aufeinander, und als die Amazone mit seinem Auflauf und seinen Dörrpflaumen erschien, überreichte er sie ihr mit einer freundlichen Dankesrede. Er war der Amazone wirklich sehr dankbar. Hätte sie ihre Schulbücher nicht aufgehoben, dann hätte er sich vielleicht niemals auf jenen Pfad begeben, der ihn schließlich zur Wahrheit über Richard Plantagenet geführt hatte.

Die Amazone war von seiner Freundlichkeit ganz verwirrt, und er fragte sich schuldbewußt, ob er sich vielleicht während seiner Krankheit so rüpelhaft benommen hatte, daß sie von ihm nur noch Grobheiten erwartete. Ein bedrückender Gedanke.

»Wir werden Sie vermissen«, sagte sie, und ihre großen Augen begannen gefährlich zu glitzern. »Wir haben uns so an Sie gewöhnt. Wir haben uns sogar an das da gewöhnt.« Und sie deutete mit dem Ellenbogen auf das Porträt.

Da kam ihm plötzlich ein Gedanke.

»Würden Sie mir einen Gefallen tun?« fragte er.

»Aber gern. Was kann ich für Sie tun?«

»Gehen Sie doch, bitte, mit dieser Fotografie ans Fenster und betrachten Sie sie so lange, wie Sie brauchen, um den Puls zu messen.«

»Wenn Sie das wollen – gern. Aber weshalb?«

»Das spielt keine Rolle. Tun Sie es einfach mir zu Gefallen. Ich werde auf die Uhr sehen.«

Sie nahm das Porträt und trat ans Fenster.

Er sah auf den Sekundenzeiger seiner Uhr.

Er ließ ihr fünfundvierzig Sekunden Zeit, dann sagte er: »Nun?« Und da sie nicht sofort antwortete, wiederholte er: »Nun?«

»Komisch«, sagte sie. »Wenn man es eine Weile betrachtet, dann ist es eigentlich ein ganz nettes Gesicht, nicht wahr?«